繡色可餐 3

文創風 289

花樣年華 著

風 文創
289

目錄

第三十一章 …… 005
第三十二章 …… 023
第三十三章 …… 039
第三十四章 …… 055
第三十五章 …… 079
第三十六章 …… 095
第三十七章 …… 119
第三十八章 …… 139
第三十九章 …… 161
第四十章 …… 185
第四十一章 …… 205
第四十二章 …… 227
第四十三章 …… 255
第四十四章 …… 279
第四十五章 …… 299

第三十一章

李小芸跟隨侍女走出鳳鸞院，穿過兩個拱門，來到一處空地。這空地遠處有假山，還有蘆葦遍布的池塘，池塘上搭著木橋，沿著木橋走過去是座紅色涼亭，那涼亭上面坐著幾位身著華服的婦人，由侍女服侍著。

陳翩翩一看到她就跑了過來。「天啊，妳居然過關了！」

李小芸不好意思地垂下眼眸。「運氣吧。」

「什麼運氣，這是實力呀！妳叫李小芸對吧？妳得的是章還是評語？」陳翩翩主動問道。

李小芸一愣，猛地想起陳翩翩和葉蘭晴似乎一個得到的是章，一個得到的是評語；可是她是既有夏考官的章，又有評語，若是如實說出來會不會太引人注目？

夏考官似乎滿喜歡她的，莫非是偏愛嗎？她臉頰一紅，曾幾何時，自己也會被人偏愛了？她猶豫了好久，才道：「我是……蓋了個章。」

陳翩翩有些失望。「那看來妳我都不如葉蘭晴了，那丫頭居然得了夏考官的評語呢，考官樂意寫字總比蓋章費事吧？真不甘心。」

「真是難得，李小芸，沒想到妳倒是混著過關了。」葉蘭晴的聲音自耳邊響起來，李小芸轉過身，淡淡抬眼看過去。

葉蘭晴想到她剛才的所作所為，沒來由退後兩步。

李小芸心裡煩她，卻不想因為一個女孩耽誤了比試，她可是需要在這次比試中脫穎而出，拿回屬於師父的繡譜啊。

陳翩翩拉住她的手。「這世上唯女子與小人難養也。小芸，走，咱們那邊說話去，那兒有樹蔭，比這裡可涼快多了。」

葉蘭晴眉頭一皺，冷哼道：「說得好像妳不是女子似的。」

陳翩翩振振有辭。「葉姑娘，我想妳是誤會了，我們當然是女子了，但是妳是小人呀！」

李小芸見陳翩翩故作認真的表情，沒來由覺得好笑。

葉蘭晴跺了下腳，卻沒敢撲過來。

她顧忌李小芸高大的身材，而且考官來了——第二關一共有五名考官，除了四大繡坊各出一名以外，第五名考官居然是顧三娘子，不過她身子微恙，在遠處涼亭歇著，看來是不參與評判了。

沒一會兒人聚齊了，李小芸抬眼望過去嚇了一跳，小聲說：「這是全部的人嗎？」

陳翩翩道：「嗯，據說篩走了大半了，大多是小繡坊的推薦者，或者是醉翁之意不在酒的女子，從繡坊選出來的這點鑒賞能力還是有的。」

「……這還有一百人吧？」

「應該是吧。」

李小芸吐了下舌頭，剛才那比試都快折磨掉她半條命了，其實她也差點被淘汰了呢，至少自己到現在仍不清楚，第三幅圖針法的脈絡呢。

李小芸不瞭解的是，像她這樣完全不曾接觸過繡品、繡譜，純靠眼睛和紙筆便能推演針法的，已經是極具天分的了。

如果光靠目測推敲就可以破解繡譜，那麼繡譜還有存在的意義嗎？

所以夏氏才會不僅給了她蓋章，還追加了評語。

一陣風襲來，吹起女孩子們漂亮的裙襬，陳翩翩個子矮，隨著人數增多，索性挽住李小芸的胳臂，決定將對方當成大樹依靠。

「小芸，不要丟下我。」她笑呵呵道，整個人都快掛在李小芸身上了。

李小芸輕輕一笑，從小到大極少有人主動接近她，所以對陳翩翩並不反感，只覺得她很可愛，外加有點嘮叨。

侍女見人齊了，便過來按照號碼分撥，將二十五人分為一組。

李小芸是八十三號，居然分到了第一組，陳翩翩九十一號，是第一組最後一個，也就是意味著，光是前九十一人中，就淘汰了六十六人！

李小芸忍不住緊張起來。

陳翩翩則是不停拍拍胸口，高興地說：「好險，小芸，我們是一組呀。」

她還沒興奮多久，就看到葉蘭晴也在這一組。

「大家按照順序站好。」

陳翩翩依依不捨地離開李小芸，走到隊伍末端，成為第一組隊尾的人，瞬間淹沒在一群女孩裡。

李小芸搖了搖頭，沒有多說話。

第二關餘下的人數是一百零五人，所以第四組是三十人，其他組都是二十五人。第四組率先被考官帶走，長長的隊伍前後各有兩名侍女跟著。

李小芸這一組的考官偏偏來自葉蘭晴家的繡坊，所以她決定開始低調。

考官吩咐大家去吃了一頓簡單的午飯後，便開始進行第二場考試——按照提示鑒賞繡圖。

她暗自琢磨，這辨別和鑒賞有啥區別呀？

李小芸有所不知，辨別繡圖只是單純判斷流派、真偽，而她透過畫圖來解析繡法、針線脈絡，本身就包含著鑒賞的意思。

考官將二十五人安排到一處安靜的院子裡，這院子裡有三十張石桌、石凳，讓她們按照順序前後依次坐好；於是陳翩翩頭痛了，主動表示想換到前面的位子，恰巧李小芸坐在第二排，就主動讓給她了。於是，李小芸又是坐到最後一排去。

此次考官姓梁，見李小芸主動幫助陳翩翩，若有所思地掃了她一眼，再加上李小芸是這群繡娘子裡最不秀氣的女孩，本身就惹人側目。

葉蘭晴也坐在前面，以陳翩翩能聽到的音量小聲嘀咕。「還說不是自己帶進來的奴婢，誰信呢？」

陳翩翩剛想回嘴，考慮到考官是花城繡坊的人，終究忍氣吞聲道：「稍後妳最好還是第二個交卷，哼。」

陳翩翩嘴巴也夠毒，一下子戳到葉蘭晴痛處，兩個女孩大眼瞪小眼看了半天。李小芸坐在最後看著這一切差點笑出聲，稍稍緩解了自己緊張的情緒。

第二關正式開始，侍女們分別給大家發下繡圖。

這繡圖有的是手扇，有的是小掛屏。

李小芸拿到的是團扇，這團扇鑲著金線，圖案是白鵝在荷花池裡戲水。

考官見大家都拿到了繡圖，道：「第二關的比試物品便是妳們手裡的東西，妳們要通過觀察其特徵，判斷它來自哪一種繡法、創始人是誰。」

李小芸一聽還要猜創始人，額頭滲出汗水，想要大哭一場的心思都有了，這可是她最弱的一項。

其他繡坊世家出身的女孩或許一出生便開始學習刺繡歷史，掌握各門派的區別和特點，然後才是動手練習刺繡。

李小芸則完全相反。

在學習刺繡的路上，她一步一步慢慢摸索，靠著靈感與想像來完成一幅作品，所以她的繡品有靈性而無章法；後來進入如意繡坊，才開始吸收大量知識，但仍局限於繡法流派的特色，對於刺繡歷史她尚來不及瞭解啊。

如果你問她湘繡、蘇繡的特點，她或許還可以侃侃而談；但問她代表湘繡的彩霞繡坊當家人是誰？可是完全答不出啊。

難道就這麼認輸嗎？

她眼眶紅了，分別前李蘭眼底的期望令她無比著急。

突然，考官又開了口。

「稍後，我們還會發給大家一塊繡布還有針線，可是繡線顏色不可以挑選，而是任意發放三種。妳們在確認這種繡法後，要按照這種繡法完成一幅作品。」

李小芸彷彿活了回來，這麼說來第二關最終還是要靠作品說話的。

「我評判的標準，主要是這幅作品的成色，用時兩個時辰。」梁氏淡定道。

四周傳來一陣抽氣聲，可見是覺得此題難了。

李小芸卻沒工夫考慮，反正兵來將擋、水來土掩，她一個小小繡娘子連抱怨的資格都沒有。

考官一說完，接著開始分發繡線。

李小芸眉頭一皺，見有人主動向侍女討要鮮豔色澤的繡線，而且那侍女還真給了——正因為送出去好多鮮豔顏色，到了她這裡拿到的才會全是偏暗色。

興許是侍女也覺得過意不去，在遞給她棕色、藍色繡線以後，又把鮮黃色的繡線給她了。問題是黃色、棕色太相近，藍色又是藏藍色，這可不好搭配呀。

任誰都曉得，色澤鮮豔的繡品看起來起碼好一些，沒聽說死氣沈沈的繡品可以討得考官歡心的。

李小芸有些委屈，卻也曉得如意繡坊名不見經傳，難免會被侍女冷落。

她咬咬牙，不斷告訴自己，從小到大自己被冷落的次數還算少嗎？

哪一次不是站起來了？她一定可以的！

李小芸攥了下拳頭，立刻又變得鬥志滿滿。

她聚精會神地盯著手中團扇，良久，大腦仍是一片空白。

剛才第一關有三幅繡圖，她還可以比較推測，此時只有一把團扇，線索真少得可憐。

李小芸抬起頭見其他人都已經在手冊上寫東西了，唯獨她，完全不知道要從何入手。

考官梁氏感覺到了李小芸的迷茫，投射過來一道鋒利的目光。

她以為李小芸想作弊，便揚聲道：「每個人手中的東西並不相同，也就意味著，並非是一樣的風格。」

李小芸身子一僵，立刻低下頭不敢再輕易抬起來。

她吸了吸鼻子，暗罵自己好笨，情不自禁地落淚了，腦海裡浮現出李蘭期許的目光、爹娘冷漠無情的眼神……

不，她不能輕易認輸呀。

她是不知道這團扇的圖案有何寓意，扇子邊上的金線意味著什麼，可是……這不代表她無法仿造出類似的繡品。

李小芸用力咬住下唇，渾身泛起揪心的疼痛。

此時此刻，必須保持清醒。

嘴裡的血腥味讓她回過神，似乎不那麼緊張了。

她打開手心，全是汗水，將筆墨放下，再次研究起團扇的刺繡技法。這層金線……一般團扇，誰家會用金線鑲邊呢？

她揚起下巴，望著遠處的天空，閉上眼睛，仔細回想，誰家的繡法同金線有關？哪怕僅僅是一丁點的關係呢？

突然，腦海裡靈光一現，想起了曾經在易家讀過的一本書——

> 鋪針細於毫芒，下筆不忘規矩……輪廓花紋，自然工整。

傳言粵繡起源，最早以孔雀羽毛編線為繡，使繡品耀眼奪目，又摻和馬尾纏絨作勒線，將勾勒繡法更容易表現出來。

而且民間常把粵繡稱作皮金繡，就是說它金光閃爍，精美別致。

難道這團扇同粵繡有關係？

粵繡的針法講究多變，但是亂中有序，變卻不亂。因此很多人喜歡將它用在大型物品上，因為繁瑣的特點會讓作品顯得大氣不單薄，同時搭配對比鮮明的顏色，令人過目難忘。

如此看來，這團扇倒是符合粵繡特徵，它的金邊著實閃爍，色彩反差強烈，白鵝綠荷花……

撲通一聲，李小芸嚇了一跳，抬起眼才發現，葉蘭晴和陳翩翩同時起身——興許是葉蘭晴見陳翩翩起來了，為了不讓她搶第一個，便匆匆起身，把桌上物品都碰到地上了。

李小芸來不及高興自己有了答案，就驚訝地發現居然已經有人完成任務了。

她不敢再去關注她們，不確定地在手冊上寫下粵繡創始人的名字，接下來，就是繡一幅粵繡風格的成品。

雖然她方才浪費了很長時間，還好動手實作是她的強項。

小時候沒人陪她玩耍，所以就作白日夢，後來學會了刺繡，就將想像變成遊走在指間的針線，編織一幅幅好看的繡圖。

可是……

粵繡講究明豔，她猶豫地看著棕、黃、藍色繡線好久。

棕色一碰到黃色，就完全把它壓住了，最要命的是遠看根本分不出兩種顏色的區別，反而會以為棕色只是暗一點的黃色……

既然如此，就不要讓兩色相遇。

黃色和藍色還比較易於區分，可是她也不能只用這兩種顏色啊。

此時又有人站起來準備離開，李小芸有些著急了。

她對自己的速度尚有些信心，所以還是想定好思路後再動手。

她抬起頭，望著前面女孩的背影，發現她的頭髮散了下來，不得不重新紮起來。

她手裡的綢緞髮繩是麻花繩……

麻花繩！

李小芸眼睛一亮，立刻將藍色和黃色繡線各抽出一段細線，小心翼翼地將其扭擰在一起，隨即皺著眉頭搖了搖頭。

太細了，反而看不出色差。

於是，再次改良，將黃色細線剪成數小根，分別羅列起來成一根較粗的線，再將藍色也如此操作。

她將加粗的藍、黃線擰著扭在一起，就成了麻花線。鮮黃色和藍色映襯在陽光下，散發著鮮豔的光芒。

李小芸滿意地點了下頭，卻發現針孔太小，即便線可以做粗，可是針眼擺在那裡，這可如何是好！

她有些洩氣，卻從未想過放棄。

時間快到了，離去的人越來越多。

留下來的女孩大多數都露出焦急的神色。

李小芸滿頭大汗，鬢角的髮絲都濕了，緊緊地黏在耳鬢處。

她的眼眶微微濕潤，心裡有好多委屈，生怕此時考官一說停止，一切都前功盡棄。

她沒時間繡什麼富貴滿園的複雜圖案，那麼……繡個什麼呢？她望著自己的雙手，目光落在袖口處的金絲祥雲圖案上。

好吧，她決定就繡個衣袖袖面。

她將繡布對折，簡單地縫成袖口，然後穿上黃色線做底色，腦海裡不由得浮現出剛才前面女孩輕盈的背影，那墨黑色髮絲散漫在耳後時一閃而過的風情，漂亮的麻花繩輕輕綰在腦後，沈靜中透著幾分頑皮。

就是它了！

她深吸口氣加快手速，用黃色線繡出少女腦後的輪廓；再換上棕色線繡滿了腦後，宛若綢緞的棕色長髮映入眼簾。

她運用針線穿插的密度調節深淺變換，又將黃、藍兩色粗粗的麻花線裝飾在少女腦後，看起來像是用麻花繩綰起一頭棕髮。

因為麻花線很粗，只能串著兩端連接起來貼在腦後，反而更呈現出幾分立體鏤空感。

她又分別串了兩針，一根黃線、一根藍線。

因為袖口面積不大，繡出半身就足夠了，所以以藍線勾勒出少女的背影輪廓，再用黃色線繡出祥雲圖案。

為了讓黃色看起來更厚重一些，她反覆來回遊走了三、四次，加深了深度，空白處以藍色線調整，乍一看倒像是靛藍色金絲祥雲外衫。

李小芸深吸口氣，打算再將麻花線當成束腰柳帶縫在藍色外衫上。

她刺繡起來就失了神，全身心投入其中，直到光線被擋住，才驚訝地從繡活中回過神。

她抬起頭，嚇了一跳，梁考官不知何時來到她的桌子前站著。

「我、我……是時間到了嗎？」

她慌張地站起來，指尖處還攥著針。

莫不是比賽結束了？壞了，她完全忘記了時間！

梁氏搖搖頭，目光複雜地看著她，隨手拿起她放在桌角的手冊，一邊翻看，一邊說：「還有些許時間，妳快些收線吧，其他人都已經交了作品去旁邊院子休息了。」

李小芸吸了下鼻尖，嚇死她了，嚇得眼眶都濕潤了。她急忙為整幅作品收線，沒有注意到梁氏打量她的眼神。

梁氏本來就對李小芸印象頗深，起初她也和葉蘭晴想法一致，見她同陳翩翩走在一起，便認為她興許是花弄繡坊找來的繡娘子吧。可是陳翩翩都交卷了，她卻沒有離開。最後眾人都已經離去，這孩子還在考場待著，莫不是回答不上來，想耗到最後嗎？

梁氏有些不耐，便過來催她，卻沒想到見她真的在認真刺繡，而且似乎很趕時間，一隻手竟是同時拿了兩根針，指法靈活到令她這位老繡娘都感到咋舌震驚。

這樣的女孩放在任何一家繡坊裡都是人才吧？

更何況，她創作的這幅繡圖也極其有意思，並非一般的屏風、扇面、手帕，竟是袖面……

倒不是說袖面不好，而是很難繡出新意。

袖口那麼點大的地方，能繡出什麼花樣呢？總不出祥雲圖案吧，可她不過隨意一瞥，就渾身僵住。

這女孩竟試圖繡出一幅完整的繡圖！

若說繡圖還不足以令人稱奇的話，那麼她繡出來的圖案則真是別具匠心。

尤其是盤在女孩長髮後面的藍、黃麻花繩，竟是把線扭在一起縫上去的。

她掃了一眼李小芸的牌子，如意繡坊……完全沒聽說過，還有……

咦？

梁氏詫異地叫出聲音，彩霞繡坊那倔強的夏老太婆，居然給了她私章加評語的高分呀。

李小芸聽見考官叫喚，渾身嚇得哆嗦，急忙用牙咬斷線，封住口。「梁考官，我好了！」

梁考官見她面色蒼白，汗流浹背，一雙眼睛好像小兔子似地望著自己，讓她忍不住笑了起來。

李小芸見她笑，不由得也揚起唇角……

午後，明亮的陽光灑滿大地，空蕩蕩的院子裡三十張小石桌孤零零地坐在地上，年長的婦人綰著高高的髮髻，右手拿著女孩的手冊，揚聲大笑。

女孩從起初唯唯諾諾的模樣，漸漸挺直了腰板，那束腰處鑲著的一顆顆綠意，閃閃發亮。

它折射出來的光芒，把李小芸籠罩其中，讓她渾身泛著暖洋洋的氣息。

李小芸問道：「梁考官，我沒遲交吧？」

她生怕最後被人說時間過了，沒有通過考試。

梁氏抬起頭，眉眼帶著淡淡的笑意。

「夏娘子對妳評價很高呢。」

「夏娘子？」李小芸立刻捂住嘴巴道：「夏考官……她人好好……」

梁氏見她緊張兮兮地瞪著眼睛，聲音結結巴巴，不由得笑意更深了。

她回想起許多年前的自己，剛剛從小村子裡走出來。她本是去裁衣店裡做學徒，比較晚才接觸刺繡，後來意外遇到了師父，才進入繡坊，改變了一生。

李小芸見她不說話，害怕了起來。

梁氏是誰？花城繡坊的鳳娘子呢。葉蘭晴不就是花城繡坊的人嗎？怎麼看梁氏都會向著她一些，若是讓對方知曉她剛才得罪過葉蘭晴，會不會給她穿小鞋呀？

可是……

李小芸呆呆地望著梁氏，不知道為什麼，她覺得她的目光帶著善意。

梁氏身為鳳娘子，其骨子裡沈靜的氣質亦是十分出眾，這樣的女子，不會害人吧？李小芸自我安慰著。

「拿好手冊，作品還需要後面的人再次鑒賞後才會有結果。初試是否通過會在四大城門口放榜。」

這麼高調？李小芸偷偷地想。

「妳手裡的團扇叫做『白鵝惜春』，是某一年繡坊的貢品，讓當時的一位娘娘喜歡挑走了，她當時身懷六甲，寺廟住持說白鵝生男相，後來果然誕下麟兒；所以這幅畫雖然並不特別，卻收到了繡坊名錄裡面。」

……李小芸真想吐一地血，她如此辛苦花了半天時間也看不出多特別的圖案，原來竟是這般來由，難怪會被當成考題。

對於其他人來說，這題也忒簡單了。那麼，其他女孩手裡的圖案應該也都出自其他典故，並不難猜。

「妳的答案沒有錯，至於繡品嘛，我看著極其喜歡，不過根據慣例，還是要拿到後堂和其他繡品一起比試才是。妳知道的，到了這一關還有一百多人，實在是人數過多，我們打算把最終比試控制在三十人左右，否則貴人們看多了也會累。」

梁氏沒來由地耐心同她說著話。

其實不是梁氏嘮叨，而是她看出李小芸對繡娘子比試完全不瞭解。她年歲漸長，本就愛才，又對淳樸的李小芸生出好感，便趁著人都走光了，想要多叮囑她幾分。

這孩子一看就不是大繡坊出身，怕是根本沒人和她講這些。

貴人們？李小芸暗自琢磨，這麼看，控制人數的原因是宮裡會來人呢，難怪繡娘子比試都快趕上秀女選拔熱鬧了。

梁氏望著懵懂的李小芸，越看越是喜歡。

她仔細回想曾經聽說的各大繡坊名稱，可以確定並無如意繡坊；再一察看，竟是漠北東寧郡……別說東寧郡，就是漠北最知名的繡坊放在京城裡啥都不是，何況是東寧郡的小繡坊呢？

她深感李小芸這人才被糟踐了，猶豫片刻，問道：「妳是如意繡坊的繡娘子，也是他們家的學徒嗎？」

李小芸一愣。「是的，我也是如意繡坊的學徒。」

「終身？」

「啊？不是。」她直言道：「我簽了五年的身契，並非終身的。」

梁氏聽到此處，樂道：「如此說來，妳完全可以改換門庭了。」

「這……」李小芸愣住，臉頰微紅，這位考官……是在拉攏自己嗎？

她從小到大，可一次都沒被拉攏過啊；於是，李小芸隱隱地激動了……心跳加速，不過片刻後，立刻否決了這個想法。

如果沒有易姊姊和李蘭師父的幫忙，她依然是一介村姑，在爹娘的逼迫下嫁給金家傻子，苟且偷生過一輩子。

「我……對不起梁考官，我從未想過去其他繡坊。」李小芸惴惴不安道，目光卻是分外堅定。

梁氏剛剛分明察覺到了李小芸骨子裡的興奮，但是聽到的卻是這般回答。她愣了片刻，倒是不生氣，只是覺得李小芸這孩子不通世故！

她是考官呀，問她這種話，就算心裡想拒絕，也可以敷衍說先比試，日後再考慮。

李小芸也不知道自己的話是不是得罪了人，總之梁氏的眼神有些古怪。

她怕梁氏誤會她眼界太高，急忙解釋道：「實不相瞞，我在老家出了事，是繡坊坊主易姊姊救了我，和我簽了五年約。為了這五年約，易姊姊和我師父為我付出太多，這輩子除非她們不要我了，不然我是不會離開如意繡坊的。」

梁氏大概聽明白了。

在她的推測裡，本就當李小芸是貧困人家出身，如此看來，她拒絕去其他繡坊也是出於感恩。

這麼一想，反而更喜歡李小芸，覺得她心眼實在。

看李小芸蹙眉，拍了下她的肩膀說：「考了一整日，快去休息吧。」又喚來侍女。「帶她去春和苑吧。」

侍女明顯一愣，問道：「是三和苑，還是春和苑呢？」

梁氏不快道：「我說過了，是春、和、苑。」

侍女急忙低頭稱是，接著帶著李小芸離開考場，穿過一道月亮拱門。「李姑娘，一天考下來累了吧？稍後可以在春和苑休憩片刻，有茶點伺候。」

李小芸嗯了一聲，心思尚在剛才交給梁氏的繡品上。

她仔細回味了下針法和力度，拿捏得應該還算可以，若是不過，也算是實力不濟，怪不得其他了。

侍女見她不吭聲，暗道，莫不是有些背景來頭的人？否則怎能去春和苑休息？

原來，此次安排休息的地點共有兩處。

絕大部分的人都被分配在三和苑，只有知名繡坊出身的女孩才有資格去春和苑。

第三十二章

李小芸對此並不知曉，傻乎乎地來到春和苑，入眼的美景頓時令她目光一亮，這院子真別致，尤其是苑裡閣樓。

「李姑娘，我就送到這裡了，旁邊是樓外樓的副樓，若有事您派丫鬟來叫我。」

李小芸愣了一下，剛要開口問什麼，對方已經轉身去和院裡人說話。「妳叫什麼？」

院裡人道：「鴻雁。」

「鴻雁，這位是如意繡坊的李小芸姑娘，梁師父讓我帶她來休息一下，妳們好生伺候。」

鴻雁嗯了一聲，便福了個身。「李姑娘和我來吧。」

侍女朝李小芸點了下頭。「李姑娘先去休息一下，稍後會有考官過來宣佈後續事宜。」

李小芸猶豫了片刻，不再扭捏同鴻雁進了閣樓。

閣樓大堂處隱約有人嘻嘻呵呵笑著，見李小芸進來，似乎都嚇了一跳。

「小芸！」陳翩翩興奮地跑過來。「妳好棒呀，是不是梁考官讓妳過來的？這麼說，妳成績肯定不差！」

李小芸一頭霧水，拉住陳翩翩的手道：「考官說初試後在這裡休憩。」

「呀，那妳肯定是繡得好嘍，否則梁考官怎會如此待妳？」陳翩翩故意揚聲道，還不忘記抬頭環視一周，彷彿是做給那些自認為出身知名繡坊，就看不起李小芸的人。

李小芸見她如此，不由得失笑，小聲道：「這裡沒有葉蘭晴呀？」

陳翩翩唇角一揚，不屑道：「她啊，妳放心吧，她現在是無害的小白兔呢，巴不得裝得賢良淑德，就算見到妳都會特別和藹可親。」

李小芸有些不明所以。

陳翩翩貼過頭。「葉姑娘思春了，心上人在旁邊副樓喝茶，她自然去那邊獻殷勤。」

「心上人？」李小芸眼睛瞪得大大的。「誰會被那種眼高於頂的女孩喜歡？」

「妳應該知道此次的執事大人裡面有一位李少爺吧？他們李家的商行是後宮欽點的皇商，近幾年在京城風頭正盛。」

轟的一聲，李小芸只覺得大腦像是被什麼擊中。

她苦笑一聲，怎麼忘了，在很多人眼裡，李旻晟一家如今確實是新興權貴呢。李旻晟生得玉樹臨風，高大挺拔，外貌沒得挑，又是家中獨子，備受李大叔看重，出來行走，手中權力甚大，被小女孩傾心再正常不過。

「小芸？」察覺到李小芸的恍神，陳翩翩拍了她肩膀一下。

李小芸立刻回過神來。「無事，我有些餓了。」

「這裡有點心，來——桂花糕、糯米糍，還有小年糕，特意請樓裡大廚製作的哦。」陳翩翩像小主人似地一一介紹。

李小芸剛剛經過聚精會神的考試，肚子快餓死了，也不管點心的味道，分別挑了幾樣塞進肚子裡。

咚咚咚，鴻雁由遠及近走過來。

她朝陳翩翩福了個身。「陳姑娘，有人過來接您去旁邊副樓呢。」

李小芸心裡恍然。旁邊副樓裡都是知名繡坊位高權重之人，此時喚陳翩翩過去的應該是其長輩。

陳翩翩起身，拍拍手。「應該是我祖父。」

她才要同李小芸道別，卻見鴻雁又向李小芸福了個身，說：「小芸姑娘，也有人來接您。」

李小芸渾身一僵。若說旁邊副樓裡她可能認識誰，怕是唯有李旻晟一個人；可是……在那一日後，他們還適合見面嗎？不會尷尬？

陳翩翩一聽，立刻開心地挽住她的手。「如此看來，我們不用分開啦，咱們兩個吃貨從春和苑吃到副樓去！」

李小芸扯了下唇角，婉拒道：「我不過去了，稍後會有後續事宜在春和苑宣佈呢。」

鴻雁蹙眉，有些為難地說：「小芸姑娘，來者說是您的朋友呢。」

李小芸心中一亂，便被陳翩翩拉著走出春和苑。

月亮拱門外，站著一名粉衫姑娘，她身後是一轎子，顯然是來接陳翩翩的。

陳翩翩探頭望了下四周，朝鴻雁道：「小芸的朋友呢？」

鴻雁低聲道：「那人確實自稱是小芸姑娘的朋友，而且……他不可能說謊。」

「那人在哪裡？」陳翩翩有些生氣，認為鴻雁定是遭他人指使，故意戲弄李小芸。

李小芸見鴻雁欲言又止，面色微紅，便有些瞭然。「翩翩，妳先走吧。」

陳翩翩不放心地看著她。「我還沒走這幫人就敢欺負妳。」她不快地訓斥起鴻雁。

李小芸不由得失笑。「好了，快去吧，否則妳祖父會擔心妳。」

「嗯！」陳翩翩忿忿不平地離去。

李小芸回過身，剛準備離去，便聽到背後傳來一道低沈的聲音。「小芸！」

她渾身一僵，可以輕易辨認出這道聲音，卻極其不想見到他。她躊躇片刻，想要立刻離開，兩條腿卻生了根，根本抬不起來。

鴻雁垂下眼眸，委屈道：「小芸姑娘，剛才便是李公子讓我去請您的。」

李旻晟如今是執事大人，她哪裡敢得罪他。

李小芸硬著頭皮轉過身。

遠處樹下站著一名身形頎長的男子，穿著靛藍色長衫，前身翻領繡著金色流雲，腰間錦帶亦繡有金色祥雲，映襯在夕陽下閃閃發亮。

他的臉也泛著光，刺著人眼，李小芸看得不甚清晰，只見記憶中烏黑亮澤的頭髮被梳了起來，戴著一頂嵌玉小冠。
這人還是她曾經心儀過的二狗子嗎？
李小芸心頭一堵，低下頭，淡淡說：「有事嗎？」
他們之間不需要客套，她打從有記憶以來就和二狗子一起玩耍了。
李旻晟眉頭微皺，往前走了兩步，又停了下來。
由於陳翩翩同李小芸一起出來，顧及到李小芸畢竟是女孩子，他就沒有出來，直到陳翩翩離去，才趕緊叫住李小芸。
自從那日分別以後，他心裡也是亂糟糟的。其實很多事情不用李小芸言明，單看自從小芸生病後，小花待他的態度就可以分辨一二——小花從沒喜歡過他，至少在李家村時，對他是滿滿的敷衍。
現在的李旻晟心懷愧疚，那時候的小芸，才是最需要朋友的時候吧？可是他同其他人一般，嘲笑她、欺負她，甚至變本加厲……
他懷裡揣著那枚鵝卵石墜飾，想讓小芸拿回去，像是以前般戴在身上收好；至於原因，他想不通，只是認為如此最好。
李小芸見他不說話，擔心一會兒有人過來，便揚聲道：「沒事我就回去了，免得考官過來宣佈事情，我若是不在就不好了。」她客氣地福了個身，轉身就要離開。
李旻晟見她要走，心中一慌。

前幾日李小芸走得匆忙，定是不曉得他的心意，他只是想告訴她，過去的事情便是過去了，他不希望改變兩個人現在的狀態。有時候想著李小芸怕是這輩子都不會再多看他一眼，心裡就難受起來。

他追了過來，一手拉住她的手腕。

李小芸嚇了一跳，用力甩開，冷淡開口道：「你幹什麼？」

李旻晟尷尬地摸了下後腦，也詫異於自己的踰矩。

他抬起頭，直視李小芸明亮的眼底，心中一動。「小芸，我們……我們還像以前那般相處，好不好？」

這次反倒換李小芸呆住。「以前哪般？」

李旻晟猶豫再三道：「就是……平常心即好，反正不是像現在誰都不理誰就成。」

「哦。」她垂下眼眸，這算是什麼意思？她真的無法裝作若無其事同李旻晟相處啊，畢竟是喜歡過的人。

「小芸，春和苑沒有主食，先和我去旁邊的雅間吃點東西吧？」李旻晟望著李小芸明顯疲倦的面容，低聲建議道。

李小芸沈默了。

良久，搖搖頭道：「不用了，這麼多繡娘子都在這裡等著，我離開算怎麼回事？」

李旻晟見她不肯接受他的好意，臉上始終冷冰冰的，遂煩躁道：「讓妳去妳就去，何必這麼客氣。妳以為剛才陳翩翩為何離開？四大繡坊的姑娘誰在這裡等著？消息本就是從副樓出來，妳會第一時間知曉的。」

李小芸自從放下過往後就決意和李旻晟劃清界限，仍固執搖頭。「不了，翩翩是去尋她爺爺，我同你又算怎麼回事？我又不是多特出的繡娘子，和大家一起等是應該的。」

「妳……」李旻晟臉上一沈，這些年來他在京城也算是手握大權，一般人很少違逆他。尤其是他所謂的二娘不過是生了個女兒，他爹想著家裡一直是單傳，越發籠絡他，但凡李旻晟想要去做的事情，哪怕明知結果不好，李銘順都會依著兒子。

李小芸抬起眼同他平視，兩個人誰也不說話。

李旻晟咬住下唇，竟是有一股就這般拉走李小芸的衝動。

突然，一道女聲傳來。「李大哥，你在這裡和誰說話呢？」

李小芸心裡咯噔一下，扭頭看過去，可不是和她犯沖的葉蘭晴嗎？

葉蘭晴來到李旻晟身邊，目光略帶敵意地盯著李小芸，厲聲道：「妳和李大哥拉拉扯扯地在說什麼？」

李小芸沈下臉，剛要開口卻被李旻晟的聲音蓋住了。

他冷著臉，客氣道：「葉姑娘有事嗎？」

葉蘭晴咬住下唇，雖然臉色不好看，態度卻一百八十度大轉彎。「考官們帶過來幾幅出眾的繡圖，幾位執事大人都一起看呢，李大哥不過去嗎？」

李旻晟本對此不甚在意，可是轉念一想，若是不在意，稍後別人給他們家的繡娘子評分低他都不清楚；再說，李小芸的作品八成也在其中，他不能不在場盯著。

他蹙眉淡淡掃了一眼葉蘭晴，目光落在李小芸身上，輕聲道：「小芸，我先回去，稍後等我一起走。」

李小芸臉上一熱，急忙搖頭。「不用了，我自己回去就成；況且，沒準兒師父她們不放心會來接我呢。」

李旻晟沒有應聲，只是堅持道：「一會兒來接妳。」

李小芸無言；葉蘭晴則快氣得跳腳。

這麼一尊大個村妞，到底和李旻晟什麼關係？李旻晟對女孩一直冷冷淡淡的，莫非他喜歡這種類型的？

李小芸爭不過他，更不想和李旻晟在葉蘭晴面前爭執，於是道了一句先走了，就急忙回到春和苑。她的步伐倉促，竟生出幾分落荒而逃的感覺。

李旻晟望著她離去的背影，落日將小芸的背影拉得特別的長。

記憶裡，李小芸與眾不同的身影永遠是這般一個人行走在落日之中，忍受著眾人嘲弄，也從未見她生氣。她就是如此默默走著、走著，直至今日，走到了京城，走到了這萬人矚目的繡娘子比試！

李旻晟捂住胸口，他沒有幫忙就算了，過去到底對李小芸做過多麼殘忍的事情？心口一疼，心臟像被狠狠抽打著。

葉蘭晴望著他失魂落魄的模樣，也覺得心裡難過。

她眯著眼看著遠去的李小芸，心裡生出許多敵意。

李旻晟懶得搭理她，轉身便往副樓走去。

此時，副樓裡極其熱鬧，幾大繡坊坐鎮的高級繡娘子，連同執事大人，以及宮裡大太監都坐在一起，對著繡品商討起來。這大太監不是別人，正是上次去漠北的王德勝，他見李旻晟進屋，還笑著起身打招呼。

「賢姪快來這裡坐下。」說話的是花城繡坊主使者，葉千籌，葉蘭晴是他的親閨女。

「我們都攔不住小晴，她偏要親自去叫你，這孩子……」葉千籌故意在眾人面前提及，若說李旻晟做他的女婿，他是極其樂意的。

李旻晟淡淡點了下頭，笑而不語，卻沒有在葉千籌旁邊落坐，而是挨著王德勝。

眾人見此，並未多說什麼。

桌子上擺了好多件繡品，大家議論紛紛。這場比試要淘汰七十多人，一時無法定下確定人數，所以他們首先打算先淘汰一半，過幾日再從最後五十幅繡圖中，選出三十名繡娘子。

葉蘭晴回來了，在她父親耳邊說了幾句話。

葉千籌一愣，便對一旁的鳳娘子道：「將李小芸的繡品直接淘汰。」

不巧那位鳳娘子正好是梁氏。

她皺了下眉頭，輕聲說：「不好吧。」

葉千籌看了一眼葉蘭晴。「梁師父既然說不好，可見這孩子技法不錯。」

葉蘭晴不甘心地望著她爹，又看向梁氏，暗道——梁氏這個老古板，此次幹麼讓她來做考官呢？

不過葉千籌磨不過女兒撒嬌，只好喚來一名侍女，讓她去待選繡品中將李小芸的作品拿過來給他看。

侍女過去翻繡品，好久才回來，鬱悶道：「坊主大人，沒有李小芸的繡品。」

「沒有？」葉千籌尚未回話，葉蘭晴卻蹙眉起來。「確定沒有嗎？不可能呀，難道已經在晉級繡品裡了？」葉蘭晴想要自己翻，卻被父親一把拉住。

葉千籌搖搖頭。「什麼場合，瞧瞧妳的樣子。這女孩到底哪裡得罪妳？梁師父認為她好，她的作品又能晉級，可見並非沒有來頭。」

葉蘭晴咬住嘴唇。「不可能有來頭，除非……」她恍然道：「定是她求過李大哥！」

葉千籌怔了下，這才明白女兒發怒的原因。

他吩咐侍女將葉蘭晴看住，瞇著眼看向遠處正和王德勝侃侃而談的李旻晟。這孩子並不如他表面看起來那般好惹，他知道女兒喜歡此人後，便曾趁同李銘順喝酒時談過，才知道他讓李旻晟的婚事自個兒決定！

他曾派人調查，才曉得李旻晟喜歡的人入了宮，還是太后娘娘身邊辦事的姑娘。眼看李家從一個小商行起家，如今竟名響京城，連自家繡坊都有了，他當然不敢強迫李家半分。

李旻晟確實已把李小芸的繡品提前選出來，扔進了晉級作品中。

過了約莫半個多時辰，討論結束。

繡娘子待選人數縮減到五十人整。

陳翩翩在旁邊的雅座向爺爺要入選名單，待看到李小芸後開心道：「剛才考試多虧了這個小姑娘。爺爺，是您把她挑出來的嗎？」

陳家老太爺笑看著孫女。「不是我挑的。本來我看她成績這般好，就想順了妳的意去要了她的作品，卻被告知已經入選了。」

「好作品總是有人會發現的！」

陳家老太爺沒應聲，不願意打擊孫女的想法。其實這種比試，若說沒點背景，繡得再好都沒用！他得到消息，終試時會有宮裡人到場。

春暖花開，鳥語花香，這種熱鬧貴人們當然要湊上一湊呢。

所以，但凡可以在貴人面前露臉的事，有點勢力的家族必然會費盡心思，也要保下可以代表家族出面的繡娘子。

此時，春和苑已經得到結果出來的消息。

片刻後，有侍女拿著一張記著名單的白紙，貼在大堂門上。

「規則有變，由於此次繡品出眾的太多，就留了五十幅，可是終試時貴人們會來，為了控制入選人數，過幾日還會有放榜名單。至於淘汰的姑娘們也不要灰心，妳們的作品會再經過一輪篩選，參與此次比試的繡品展示。」

侍女說完話就走了，外面天色漸暗，她怕是也急著回去。

李小芸個子高，一眼就看到自己的名字，心裡踏實下來。她本以為自己會很激動，可是長時間磨下來，只覺得肚子餓得直叫。

陸陸續續有人離開春和苑，繡娘子們彼此道別，入選的難免笑容滿面，落選的則是愁眉苦臉。

李小芸只同陳翩翩有交集，若是翩翩在，她怕是也會一起慶祝吧？

她收拾好東西，走出春和苑，本想去樓外叫馬車，卻看見李旻晟走過來。

「走，我送妳回去。」

李小芸不知道該如何是好，身後偶爾走過繡娘子，紛紛小聲說著什麼，她臉上一熱，低著頭往右邊繞路走著。

李旻晟大步追了過來。「妳這是彆扭什麼？我們認識那麼多年，妳和蘭姊又孤身在外，我幫一把不應該嗎？」

他的聲音不小，引來路人側目。

李小芸惱道：「你小聲點！」

李旻晟立刻低聲道：「我小聲就是，妳先上車，有什麼事情回家再說！」

李小芸咬住下唇，同他四目相覷，良久，在李旻晟執著的目光裡嘆了口氣。「真是的，我隨你去便是。」

李旻晟一聽，唇角揚了起來。「快上來吧，我讓人煮了碗麵，就放在車上小桌子上，快趁熱吃了，還有妳最愛的醬牛肉。」

李小芸心頭不由得一暖，她確實曾以為天下最好吃的便是娘親做的醬肉麵……她最怕回憶過往，眼眶忽地一紅，悶著頭上了馬車。

李旻晟坐在車外車伕旁邊。「走吧，城南老戲院，駕車穩點，裡面的姑娘在吃麵呢。」車伕嗯了一聲，揚鞭前行。

李小芸望著小桌子上熱騰騰的醬肉麵，心底五味雜陳。

旁邊坐著一名侍女，道：「奴婢叫做藍鶯，少爺讓我伺候您。」

「嗯。」李小芸心不在焉應了聲，她本就餓了，狼吞虎嚥瞬間搞定一碗麵。

藍鶯看得咋舌。剛才主子親自跑到廚房張羅，說什麼一定要牛胸脯的嫩肉，醬肉不要放辣的，鹹一點，亂七八糟說半天以為是給自己做的麵條呢，誰曉得竟是給一位姑娘。

她不動聲色暗中觀察起李小芸，她在李旻晟身邊待了三年，不敢說少爺性情多好，在女色方面卻絕對潔身自好。聽說少爺在老家有喜歡的姑娘，莫不就是眼前這位？可是還有老婆子說，那姑娘進了宮呀。

李小芸吃完後心情沈靜許多，剛才興許是太餓了，總是莫名慌亂。

她看向藍鶯，將碗筷遞過去。「麻煩了。」

藍鶯急忙搖頭，卑微道：「姑娘客氣了，這本是奴婢的職責。」

聽到她們的對話，李旻晟的聲音從外面響起。「小芸，可是飽了？」

李小芸怔了一會，淡淡地說：「飽了。」

「好吃嗎？」

「……還好。」她尷尬回應。

「我記得以前妳特別能吃，尤其是醬肉麵。當時小花最討厭醬牛肉的味道，只肯吃麵，妳就把她的肉醬都要走了。」

李旻晟一邊說著，唇角不由得揚起，回想起年少往事，心情好得很。「但是即便妳那麼愛吃，也會留給我半份。」

李小芸心底一慌，怎麼回事？吃飽了還會鬧心慌？

她沒有得病前，確實吃得多，二狗子那時候也是個吃貨，可是他家裡並不富裕，尤其是李大叔生死未卜的日子裡。他們家最初本就是借錢跑商，好多債主追過來，一家子孤兒寡婦的日子未免淒涼，所以李小芸看姊姊如此浪費，便會故意把肉醬撥出來倒給二狗子……

李小芸吸了吸鼻子，真是不樂意去想過往的事情。

李旻晟也沈默下來，空氣裡洋溢著一股道不明的氣氛，有些溫暖，又有些情愫。

藍鶯從未見過如此莫名其妙的少爺，於是也噤了聲。馬車就在這般安靜的氛圍下，慢悠悠抵達了易家新宅。

李旻晟早就讓李蘭派去樓外樓的家丁回來報了喜訊，他們都來到大門口迎接她。

馬車剛剛抵達易宅，就聽到李蘭的聲音。「小芸！」

李小芸掀起車簾子，伸出手和師父握了一下。「我這就下來。」

她撩起裙襬，準備下車，車外站著的李旻晟便伸過來一隻手。他的手很漂亮，手上戴著翡翠扳指，翠綠翠綠得閃著人眼睛。

李小芸猶豫了片刻，不願在眾人面前和他拉扯，索性垂下眼眸，把手伸出來遞給他，兩腿跳了一下到地上，然後迅速把手抽回來。

她急忙跑向李蘭，指尖處似乎還留著屬於李旻晟的溫度。

李蘭環抱住她，心情無比激動。「小芸，妳真棒！」

李小芸額頭滲著汗水，這一天下來，真是累到沒了半條命呢。

「蘭姊，小芸累了，讓她好好休息吧，我明兒個來看妳們。」

李蘭笑著望向李旻晟。「旻晟，謝謝你，小芸能順利晉級，你必定是幫了忙吧。」

李旻晟慚愧一笑。「小芸的繡品真的很不錯，兩個考官都對她做出極高評價，我不過是舉手之勞。」

李小芸不願意承李旻晟的人情，挽住師父的手揚聲道：「是啊，兩個考官都待我極好呢，我是憑實力晉級的。」

李蘭無語失笑，摸了摸她的頭。

李旻晟也笑著搖了搖頭，眼底帶著一抹不易察覺的溫暖。他不曾想過為何會如此替李小芸高興，但是望著眼前自信滿滿的小芸，心情就莫名好了起來。

李小芸撇開頭，反正她就是討厭李旻晟好像沒事人似的淡定笑容。

李蘭送走了李旻晟，拉著小芸回了屋子。

李小芸忍不住把一整天的際遇講了出來，嘰嘰喳喳的像隻小麻雀般說個不停。

李蘭安靜聽著，時不時附和兩句。

「唉……總算可以休息幾日，如果明日就是最後比試，我怕會承受不住呢。」李小芸仰躺在床上。

李蘭溫柔一笑。「說得好像已經進入最終比試似的，據說還要淘汰二十個人呢。」

「對啊！」李小芸猛地想起來，雙手捂臉，仰天長嘆。「真的好辛苦呀！」

李蘭搖著頭失笑，幫小芸鋪好被褥。「快睡吧。」

李小芸嗯了一聲，才鑽進被子裡就睡熟了。

李蘭望著她熟睡的臉頰輕聲笑了，待了好長時間，才回去休息。

第三十三章

次日，一道明亮的陽光滑落窗櫺，照在李小芸的綢緞被褥上閃閃發亮。

李小芸揉了揉眼睛，又是一個明媚的早晨。

大丫鬟嫣然端著水盆進來。「姑娘快洗洗吧，前面有客人呢。」

「誰？」她起身後，看了一眼窗外，驚訝問道：「現在是什麼時辰了？」

那日光明亮得哪裡像是清晨？

「都晌午了，李蘭師父說您昨日肯定累著了，不讓叫醒姑娘。」

「不會吧。」李小芸撓了撓頭，開始洗漱。她生活極其規律，很少賴床。

「是李記商行的少東家呢，說是給您送考題來了。」嫣然說得隨意，李小芸卻僵住身子。

陰魂不散呀！她才徹底放下對李旻晟的感情，不去想他、念他，可是對方總是如影隨形。

李小芸慢吞吞地打扮著，恨不得把對方熬走了才好。

但是李旻晟硬是待到午飯時，李小芸本藉口練習刺繡並未露面，卻等來師父喚她去前堂吃飯的消息。

她鬱悶地穿好長裙。「李公子沒走嗎？」

嫣然點了點頭。「沒走呢，李蘭師父留了他午飯。」

「他一個大忙人也沒拒絕？」

李小芸進入大堂，一眼就看到和李蘭聊得甚歡的李旻晟，她坐下來，正式開飯。這頓飯吃得有些悶，除非有人問話，否則李小芸極少主動開口。飯後，李蘭累了半日去午睡休息，吩咐李小芸送李旻晟離開。

李小芸同他走在林蔭小路上，一路無語。

眼看著快到門口了，李旻晟忽地開口。「小芸，我給的考題妳記得看，今年終試因為貴人們會來，排場很大，我怕妳到時候怯場。」

李小芸哦了一聲，客氣地表示感謝。

李旻晟認真看著她。「小花今日出宮了。」

李小芸渾身僵住，許多疑問找到出口，胸口處卻彷彿一下子被堵住，腦子熱了起來。

她忍了好久，終是敵不過心底的憤怒，開口諷刺道：「李公子，難怪你捺著性子在我這裡熬了半日多。」

李旻晟臉色一沈，低聲說：「小芸，妳誤會了，她是有說要見妳，但是我並未替妳應下！」

午後陽光照在李旻晟身上，那雙黑白分明的眼睛顯得真誠。

李小芸不明白，李旻晟一直討厭她的啊，為什麼在說開後又對她好了？

她咬住下唇，不想思考這些事情，一想起李小花就煩躁。

李旻晟怔怔地看著她，見李小芸眼眶發紅，他心口不大舒服，右手本能抬起來觸碰了她的髮，輕聲說：「我真的……回絕了她。」

李小芸渾身一僵，急忙後退兩步。

她尚未開口，已有家丁來報。「李姑娘，外面有位自稱是妳姊姊的人求見。」

別說李小芸，就是李旻晟都嚇了一跳。「小芸，妳相信我，不是我告訴小花的，她一早確實來找過我，但是我以要商談要事為由回絕了。」

李小芸根本不相信，冷冷瞪了他一眼。「不見。」

她話音未落，外面已有人闖入，李小花身著一身大紅長裙，身後跟著數名護衛，不是易府家丁可以阻擋住的。她瞇著眼睛，大步走了過來，柔聲道：「小芸，進京了為何不同我說呢？」

她嬌笑一聲，又去看李旻晟，責怪道：「旻晟大哥，我以為你不關心人家了，沒想到還是過來幫我做說客嗎？」

李小芸咬住下唇，竟是一句話都說不出，胸口堵得要死。

四周丫鬟、婆子圍了過來，李小芸掃了一眼李小花身後的護衛，倒也知曉這些人轟不出去，反而會把事情鬧大，便吩咐嫣然去廚房備茶。

「去房裡說話吧。」

李小花抬起下巴，得意地跟了過去。

李旻晟猶豫片刻，生怕李小花又胡說八道什麼讓小芸誤會，思考再三沒有離開。他轉過身厚著臉皮追了過去，臉上不由得揚起一抹苦笑，他都不清楚自己在做什麼了。按理說，李小芸若是誤會他，那麼便讓她誤會，又能如何？可是他的心情就是鎮定不下來，身上彷彿有無數隻螞蟻咬著，定是不能讓李小芸徹底疏離了自己。

李小花見李旻晟追過來，故意慢悠悠地等著他，親近道：「旻晟大哥上次派人送來的茶很好喝，我還私下給貴人們送去了，都在問我是從哪裡討來的。」

李旻晟哦了一聲，目光落在李小芸挺直的背脊上，心不在焉道：「下次我讓人再送去便是。」

李小花臉上一紅。「嗯，旻晟大哥待我真好。前幾日太后娘娘還說，像是咱們這般青梅竹馬至今還可以見面的夥伴也不多。」

李旻晟愣了一下，沒有接話。他明顯感覺到自從李小花在太后娘娘身邊伺候後，對待自己的態度有了很大轉變。

這或許同李家這些年的飛黃騰達有些關係，他本是為此隱隱開心的，現在卻莫名躊躇。他喜歡了李小花這些年，對方終於有了回應，為何他反而找不到當初的雀躍？

反倒是李小芸……近日來，他滿腦子都想著小時候同她在一起的時光，這本是他藏在心底的秘密，一點點被揭開，才發現他是那般愧對曾經一心待他的女孩。有時從夢裡驚醒，想起的也是那日李小芸說著恩斷義絕的冷漠面容，於是心臟彷彿被生生撕開，難過得不得了。

那些記憶，曾是在他無助的時候，總被拿出來溫暖內心的一帖良藥。如今這味藥早就深入了他的骨髓，遊走在血液裡；但是現在，李小芸要把他的血肉生生抽走，他怎麼能不痛、不難過呢？為什麼當初苦戀李小花時，他會傷心卻從不曾感受切膚之痛；此時面對李小芸的冷若冰霜，卻有種毫無鬥志的感覺？

李小花似乎沒看出李旻晟的心情，還一味說著親近的話。她在宮裡看得多了，便不再認為伺候皇帝是好活，更沒興趣嫁給那些早就有一堆漂亮侍女伺候的皇子們。反倒李旻晟越發英俊偉岸，又有身家背景，性情更是溫和可靠，宮裡面好多姊姊都羨慕她有福氣，有個男人願意等她。

兩人各懷心思來到客房，李小芸開門見山道：「坐下說吧，妳來尋我何事？」

李小花掩嘴輕笑。「小芸妹妹，妳我好歹是同胞姊妹，不用如此如臨大敵。」

李小芸冷笑一聲，她被賣了那麼多次，能不謹慎？尤其是眼看著就要到繡娘子的最終比試，李小花特意出宮尋她，若說沒有目的，真當人是傻子不成？

李小花眉眼輕轉，嬌氣地看向李旻晟。「旻晟大哥，你竟是什麼都沒和小芸說嗎？」

李旻晟被點名了，猶豫片刻道：「小花，小芸昨日考試累了，我便不想煩著她。」

李小花一愣，這話她不愛聽，噘嘴道：「旻晟大哥，你這是什麼話呢？你不想煩著她，是說我煩著她嗎？」

李小芸望著他們一來一回的對話著實膩了，不耐煩開口道：「沒事我就送客了。」

「別呀！」李小花急忙道，唇角一揚。「小芸，妳可知道我特意出宮是為了誰？還不是為了妳！」

李小芸真想吐一口血，李小花最讓她受不了的地方就是不管做什麼，都能圓滿解釋成為了別人好。

李小花嘆了口氣道：「看來旻晟大哥什麼都未曾同妳講吧。首先呢，我如今伺候的是太后娘娘，妳可知曉？」

李小芸點了下頭，連嘴巴都懶得張。

「太后娘娘自從娘家遭逢大難後，整個人很是孤獨，我便要想盡辦法讓太后娘娘開心。後來我發現她很樂意聽鄉間趣聞，便把咱們村的好多事都講給她聽，其中自然提到過小不點；不過我為了讓故事生動些，便說是我撿到小不點的。小芸，妳能理解姊姊的苦衷吧？」

李小芸才剛喝了一口茶水，差點噴出來。

她臉色一沈道：「妳同我說這些到底想做什麼？」

李小花垂下眼眸，嘆了口氣。「誰能想到妳會來京城呢？還通過了繡娘子比試的初試；若是有機會進入終試，搞不好會被貴人們看上呢。妳若是普通繡娘子也罷，偏偏妳是我妹子，所以被太后娘娘召見的可能性極大。」

李小芸蹙眉，總算明白李小花的言外之意。合著她自己編造故事，欺騙太后娘娘後害怕被揭穿，要讓她一起說謊？

「小花，妳知道嗎？矇騙太后是要掉腦袋的！」李小芸氣憤道。

李小花臉色也不好了起來，她不願意承認自己的錯誤，氣急敗壞指著李小芸。「妳若是不來京城，不就什麼事都沒有了？」

李小芸被她堵得說不出話來，李旻晟插嘴道：「小花，確實是妳的錯，妳又何故推到別人身上？」

李小花驚訝地看向李旻晟，無法置信地紅了眼眶。「旻晟大哥，小芸妹妹不瞭解我在宮裡的苦衷，你還不知道嗎？你怎麼偏向她呢？」

李旻晟眉頭一皺，吸口氣道：「小花，妳如今不過是希望小芸幫妳一把，妳便直說就是，沒必要執著於誰對誰錯吧。小不點確實是小芸撿回來，又照顧多年的，妳讓小芸幫妳圓謊，總是要姿態放低一些。」

李小花瞪大眼睛看著李旻晟，生氣道：「我在宮裡出不來，你們兩個倒是要好起來，竟聯手欺負我。」

李小芸急忙道：「誰敢欺負妳？我還要忙活繡娘子的比試呢，真沒空陪妳演這齣欺騙他人的戲碼，這還是太后娘娘呢，妳可真是膽大包天！」

李小花見她態度惡劣，索性直言道：「好呀，那若是太后娘娘召見妳，妳便揭穿我好了，反正欺君之罪搞不好會連坐九族，我就看看有多少人會為妳的自私而死。」

李小芸看著她跳腳的樣子，忽地笑了。若她是一般小女孩，怕是真會被唬住；可是她這些年下來也算是看清了李小花，她連爹娘都不認了，還在乎一個只會出賣妹妹的姊姊嗎？

李旻晟沒想到兩人會鬧到如此地步，出來打圓場。「好了，有話好好說，妳們是親姊妹呀。」

「誰家妹妹如此待姊姊的！」李小花忿忿不平道。

李小芸則是懶得搭理她。「嫣然，送客吧。」

李小花站起身子道：「不用妳轟，我自己走。不過我還是那句話，李小芸，妳最好想清楚了，否則鬧到最後大家一起完蛋！」

李小芸心裡有氣，不過多年來經歷的事情太多，她早就不再是當初怒形於色的小女孩，她撇開頭，留給李小花一個冷峻的側臉。「放心，我早和李家一刀兩斷，妳不會不曉得，今日妳來本是自取其辱。」

「妳……」李小花瞇著眼睛放狠話道：「別以為妳進了終試就能放心了，既然妳如此不識抬舉，就別怪姊姊以其人之道還治其人之身！」

說完看了一眼李旻晟。「旻晟大哥，我們走！」

李旻晟猶豫片刻，見李小芸臉上生出厭棄的神情，擔心李小花繼續纏著她，便起身告辭，硬著頭皮先送她離去。

李小花得意地朝著李小芸揚起下巴，小時候，她總是可以看到二狗子討好自己時李小芸沮喪的目光；但是這一次，李小芸根本沒看她，而是轉身走進裡屋。

李小花氣到不行，卻因為話說出去了不好久留，邊走邊和李旻晟道：「旻晟大哥，你就幫人家把李小芸剔掉吧，否則她若是在太后娘娘面前胡說什麼，我怕我真會失寵。」

李旻晟垂下眼眸，仔細思索了片刻，道：「好，我幫妳，妳先回宮吧。」

李小花聽到此處，甜甜道：「謝謝旻晟大哥。」

李旻晟尷尬地撇開頭，他絕對不會剔掉李小芸的資格，之所以如此說，只是怕小花另尋其他門道。他十分清楚這次比賽對於李小芸，乃至李蘭的意義，所以更樂意幫她們一把。

李小花和李旻晟離去後，李小芸鬱悶地坐在窗前。雖然她嚴詞拒絕了李小花，但是也曉得若是太后問話，她直言揭穿小花，最終搞不好牽連甚廣。

真是發愁，跟宮裡人說話豈是可以隨便編造的？就算今日不揭穿小花，日後小不點萬一平步青雲，還真能認她當姊姊？

想起李桓煜，李小芸終於笑了，這孩子怕是一棒打死李小花的事都幹得出，還親密無間的姊弟……用腦子想想都知道不可能！

李小芸甩甩頭，準備練習繡法。兵來將擋、水來土掩，很多事情不是光想便可以解決的。

「姑娘，李公子又回來了。」嫣然將李旻晟領了進來。

李小芸一愣，暗道——真是蒼蠅……在她看來，李旻晟就是李小花的同夥，頓時對他沒什麼好感。

李旻晟見李小芸的表情，就知道她又惱自己了。

他有些洩氣，又責怪李小花總是自作主張。「我送走李小花了。她想讓我剔掉妳的資格，我擔心她託其他人幹同樣的事，我們反而無從對付，便表面應下她，可是實際上我不會幫她的，小芸。」

他目光灼灼地盯著她，似乎是等著一句道謝。

李小芸目光沈靜道：「若你只是純粹幫我，我很感謝；若是想讓我同小花關係緩和，那永遠不可能。」

李旻晟皺起眉頭。「李小芸，我說了那麼多妳還不懂嗎？我從未想過讓妳們關係緩和，我也不清楚李小花如何得知妳住在哪兒。」

「哦。」李小芸垂下眼簾，呼吸有些急促，在李旻晟越發清明的目光裡，竟是緊張起來。

李旻晟深吸口氣。「一會兒看看考題，這些都是四大繡坊的人拿來的，我想應該有用；此次繡娘子比試陣仗極大，搞不好終試會場會定在演武場。小芸，加油啊。」

李小芸嗯了一聲，儘量用正常語氣同李旻晟說話。「演武場可是我從書上看過的演武場？」

李旻晟點了點頭。「演武場在城西，是一大塊空地，四周有階梯、座位可以觀看，兩側還有兩座樓，叫做望武樓和演月樓，屆時貴人們會在樓上觀看。正因為有後宮貴人們參與，所以才可能把地點移到這裡，而且演武場四周又可以聚集民眾，到時候場面會極浩大。」

李小芸聽得很是嚮往，又有些緊張。「我明白了，若是進了最終比試，是不是就不能再靠走後門了？」

「是的，到時候就各憑本事！妳……一定可以的。」李旻晟從懷裡掏出什麼，遞過去道：「妳……這個妳也拿著，它跟了妳那麼多年，會……保佑妳的。」

李小芸一怔，接過來打開，發現是她還給李旻晟的那枚鵝卵石墜飾。

她驚訝地看著他。「不成，我都還給你了。」

「我不要！」李旻晟立刻否決，撇開頭，尷尬道：「已經送給妳了，憑什麼妳說還給我就還給我？」

李小芸聽著他任性的口氣，失笑道：「我還給你還不好嗎？我們之間算是兩清，你也可以……嗯，徹底放下了。」

她聲音很低，好像蚊子，細小的語音被掩埋在風裡。

李旻晟故作沒聽見，臉上一熱。「小芸，妳不覺得……我們之間兩清不了嗎？」

李小芸愣住，渾身僵硬，根本沒勇氣抬頭，有些搞不清李旻晟的意思到底是不是她理解的意思？

「剛才李小花所說的茶，是我家關外商隊帶回來的關外茶，我爹說孝敬給太后娘娘和賢妃的，小花說還想要，我便差人給她，所以並不是送給她的。」他也不曉得為何要解釋。

李小芸蹙眉。「你同我說這些做甚？你和李小花的事我不想管。」

「妳不用管，我們本就沒什麼。我在京城家裡的事忙不完，小花之前也根本沒機會出來，這些年我們不過見了五、六次面。」

李小芸古怪地看著李旻晟，見他表情有些彆扭。

一時間李旻晟尷尬得不得了，他不清楚心底想法，一切是出於本能想要澄清，說到最後連自己都不曉得要說什麼。他突然慌亂起來，又害怕李小芸把東西硬生生塞回給自己，索性雙手一拱，佯稱有事急忙道別離去。

李小芸尚未開口說送客，李旻晟便沒蹤影了。

她搖了搖頭，盯著手裡還有溫度的鵝卵石，心底五味雜陳。

怎麼一切都朝不受控制的方向走了呢？

她臉上沒來由發熱，暗道——千萬不要自作多情，否則日後又要被奚落成了落湯雞；再說，小時候受李旻晟奚落還少嗎？搞不好又是他和李小花湊在一起的陰謀，玩弄她呢。

李小芸甩了甩頭，決定不去想李旻晟，回到後屋看他送來的考題。

遙遠的邊關，西河郡

烈日炎炎之下，少年光著膀子，露出被曬成古銅色的肌膚，跟隨軍隊操練。他下身穿著的淺色短褲，此時已被汗水浸濕，冷峻的側臉也有汗水不停滴落。

直到前方將領一聲令下，所有人才放鬆身子，一下子仰躺在地。

這少年正是李桓煜，他整個人成大字狀倒在地上，旁邊是同樣筋疲力盡的歐陽燦。

燦哥兒小聲嘟囔著。「我真後悔被你拉來大哥這裡，完全沒受到照顧不說，還被扔到特訓營，老子渾身都脫層皮了，還不如去和六皇子混呢。」

李桓煜心不在焉道：「陪六皇子去泡小姑娘嗎？沒出息。」

歐陽燦冷哼一聲。「你這幾天怎麼脾氣這般差？我看西河郡郡守家的小姑娘很心儀你呢，昨日又送來不少新衣裳。」

李桓煜瞇著眼睛，盯著遠處的陽光。「我不會穿其他人做的衣裳。」

歐陽燦曉得他執拗勁又上來了。「不是說你家胖妞來信了嗎？為何心情反而更差？」

「是『小芸』來信了，不是『胖妞』，說話放尊重一些。」

歐陽燦改口道：「好吧，你媳婦來信如何說？」

李桓煜咬住下唇沒吭聲，良久，嗓子裡竟帶著幾分哽咽，委屈道：「她根本沒看我寫的信，否則就不會這樣回信了。」

……歐陽燦沈默片刻，道：「興許是忙吧。」

「她當然忙！」李桓煜心口被一股氣堵得發疼，尤其李小芸非但來信敷衍不說，還和他提什麼二狗子會在京中照顧她的。

李小芸這個白眼狼，看下次見面他如何教訓她！

都恨西河郡和京城離得太遠，李桓煜再如何咬牙切齒都沒法解氣，索性拉著歐陽燦起身。「走，燦哥兒，陪我再打一場吧！」

本是天氣最好的季節，李小芸卻是一起床就不停打噴嚏。

她揉了揉鼻頭，暗道——莫不是誰念叨她呢？

她穿好衣裳，命人拿來李旻晟送來的考題仔細研究。

通過此次初試，她才瞭解為何樓外樓門口有人兜售考題，這種出題方式雖然無法推究出真正的考題，但至少類型是可以預測的。

她翻開李旻晟送來的本子，見裡面大多數是仕女圖，不由得陷入深思。

這畫本既然是從四大繡坊處拿出來的，所以最終考試同仕女圖有關係？

「姑娘，天氣熱了，吃點水果吧。」嫣然把盤子放在李小芸身邊，笑著說：「這荔枝好新鮮，李公子說是給宮裡娘娘快馬加鞭運過來的。」

咳咳……李小芸一口氣嗆到咽喉處，望著白嫩嫩的荔枝不知道該吃呢，還是有骨氣地放在一邊？

「這清茶也是李公子特意派人送來的，說是可以讓人頭腦清醒，對眼睛還有好處。姑娘刺繡最費眼睛了，李公子待咱們真好。奴婢聽說李公子也是東寧郡李家村出身吧？」嫣然隨意問著，李小芸卻莫名心虛起來。

她較勁似地說道：「我不想吃，撤了吧。」

嫣然一愣，倒也沒有問為什麼。

李小芸的性子她多少瞭解一些，看起來溫柔，實則外柔內剛，她和李蘭骨子裡都是堅持原則之人，若說不是，那麼便不是，而不是客氣。

嫣然離去，留下李小芸獨處。

李小芸仔細看著畫冊，覺得很是奇怪。

這是描述著大黎服飾演變的畫冊，從最初原始的單衣裹身，到如今複雜的好幾層刺繡襦裙，每一時期似乎都有其特殊性；難道最終考試除了刺繡，還和服飾歷史有關係嗎？

她用了整整一天才讀完這本談論大黎服飾的畫冊，頓覺受益頗多。

以前完全不曉得什麼叫做「慢束羅裙半露胸」，在東寧郡，怕是只有歌女才敢著這樣的服飾；可是到了京城，竟只有貴女才可以在晚宴時穿。

她不由得對李旻晟多了幾分感激之情，若是最終的考試果真和這些有關係，怕是又要丟臉了。

城門口處放榜的日子很快到了，李蘭派人去看了一眼，果然入選者有李小芸。李小芸對此並不意外，畢竟李旻晟都同她直言了。她不由得感嘆權勢的重要，尤其在京城，沒點人脈拿著大把銀兩連處房子都買不著！

她全身心複習刺繡，進行最後的衝刺。

顧氏繡譜，她志在必得！

但凡進入最終比試的人都會獲得一分內務府請帖，請帖都要寫上繡娘子的名字、隸屬於哪家繡坊，還有所擅長的繡法。

李蘭琢磨著反正都已經是終試了，更何況今年考官裡有顧三娘子，這女子按理說應該是她娘親的三姨吧？所以毫不猶豫在上面寫下兩個大字——顧繡。

李小芸見她常年積壓的怨氣頃刻間消散，一臉意氣風發的模樣，心底越發堅定——

她絕對不能讓護了她多年的師父失望！

第三十四章

轉眼間，就到了終試當日。

地點果然是選在京城鼎鼎有名的演武場。

這裡是前年武狀元最終比試的地方，沒承想今年會是繡娘子比試的場所，可見此次繡娘子比試規格之高。相較於武狀元比試，百姓們自然更歡喜看繡娘子比試，看著花枝招展的女孩子們，自然比看一群大老爺們打鬥有趣多了。

所以到了這一日，果真是萬人空巷。

李小芸身穿淺粉色襦裙，上半身是加半臂短襦。她的頭髮被李蘭盤得很高，髮髻上插了一支鳳釵，打扮得極其素淨。

李蘭見她裙子下襬過寬，怕她走路不方便，立刻拿出針線縫了兩下。「今日閣樓處都是貴人，京城這種地方，多大的官都有，所以就算是皇上、皇后娘娘親臨現場，也是正常的事情；妳莫要緊張，總之咱們不打扮得太花枝招展，又沒那個心思，何苦惹人討厭。」

李小芸輕輕嗯了一聲，她的臉本就白淨，一雙大大的眼睛透著清明沈穩，淺粉色胭脂搽在唇上，更顯得端莊大氣。她知道，此次入選的三十名繡娘子內定有那居心叵測之人，目標不是奪魁，而是要入了某些人的眼；可惜她不是，她就是為了顧家繡譜來的，所以沒有在裝扮上花大心思，越是樸素簡單越好。

「師父，妳們會在吧？」李小芸不放心問道。她再如何鎮定，也希望有自家人陪伴。

李蘭用力點頭。「我們就坐在觀望席，好好欣賞我們小芸的風采。」

李小芸臉上一紅。「不丟人便是了。」

她……真是有些緊張了。所有繡娘子都有專車接送，所以李小芸並非和李蘭一同前往。她同師父道別，上了前來接她的馬車。馬車上有兩名丫鬟、一名車伕，還有個小太監服侍。這太監看服裝是最低品級，但是外人見到，也會稱一句大人。

小太監姓王，道：「快走吧，今日路堵，怕妳誤了考試。」

李小芸趕緊上車，掀起簾子又回頭望了一眼李蘭，才又縮回車內，閉上眼睛假寐了片刻。

「姑娘喝茶嗎？」侍女笑著問道。

李小芸見她手腳麻利沖好茶水，琢磨了一會兒，道：「謝謝，我不渴。」

侍女一愣，沒有多說什麼。

李旻晟昨日又過來探望她一次，叮囑了好多話，還說不許喝外人沏的茶，省得臨門一腳被人害了去。她本覺得李旻晟多想，後來琢磨多一事不如少一事，一切等到了考場再說吧。

想起李旻晟，李小芸不由得揚起唇角。

這傢伙近來不知道哪根筋不對了，整個人嘮嘮叨叨，快趕上她師父李蘭了。她從未想過，當她說出隱藏多年的往事以後，得到的卻是這樣的回覆。李旻晟真奇怪，不知道怎麼想的？都說女人心思難猜，男人也好不到哪裡去。

馬車突然顛簸起來，李小芸微微一愣，其中一名丫鬟也神色不對，探出頭去詢問車伕。

李小芸右眼皮莫名跳了起來，她掀起簾子，這才發現馬車竟走到一片黃土地，四周是寂靜的楊樹林。

她眉頭一皺，當機立斷揚聲道：「停車！」

車伕倒是聽話地聽了下來，一道尖嗓音問道：「姑娘，何事？」

李小芸不顧兩名丫鬟的阻攔，跳下車。「請問王大人，我們可是去演武場？」

她見車伕神情閃爍，兩名侍女也蹙眉，遂冷笑道：「莫不是王大人要帶我去別處？」

王太監冷漠地瞅著她。「前面封路，我們換路走而已。」

「哦？那麼請問此處是哪裡？」

一名侍女站出來。「王大人，這明明是去東華山的路，再走不遠就要出城了吧？」

王太監冷冷盯著她，似乎責怪她亂說話。

李小芸心思一轉，立刻明白侍女同王太監不是一夥的，這便好辦了。

她抬起頭道：「王大人，我想剛剛怕是車伕走錯了路，我們繞回去吧。」

不提及對方故意為之，便是給他尋個臺階下。

王太監眯著眼睛，直言道：「李姑娘，有人不想您出現在最終比試裡呢。」

的。

兩名侍女大驚，但是琢磨此事非自己之責，對方既然敢同李小芸攤牌，定是背後有人

李小芸咬住下唇。「王大人，您是要阻止我去演武場嗎？王大人可曾想過，一共才三十名繡娘子，缺少一個上面真的不會過問嗎？」

王太監冷哼一聲。「李姑娘，您未免太高看自己了，您自己晚到錯過比試，莫不是想推到其他人身上？」

李小芸心底一動，暗道不可再和他爭執下去，兩人每說一句話，便是浪費了一些時辰，熬到最後真是中了別人奸計，成了她耽誤時辰沒趕上了。

她仔細回想近來發生的事，除了得罪過葉蘭晴和李小花以外，並未樹敵。對方好歹是宮裡太監，怕是葉蘭晴她爹都未必使喚得動，如此說來，李小花從中做梗的可能性極大。

她試探道：「王大人，若是小女子沒有猜錯，囑託您的人也姓李吧。」

王太監一愣，眼神閃爍。

李小芸揚起下巴，故作囂張道：「那麼王大人可知，她是我親姊姊呢？她之所以不願我出現在比試現場，便是怕我有機會得貴人垂青；可是貴人為何要垂青我？王大人，您沒有搞清楚前因後果便欺我沒有背景，未免草率！」

「大膽，不過是妳自己誤了考試，同本人何干！」

李小芸環視他們一周，言辭誠懇道：「我李小芸經過重重考試，從上百名繡娘子中脫穎

而出，憑的是真本事。這世上有句話叫做莫欺少年窮，還請兩位姊姊和車伕大叔幫幫我，日後定有厚報。我出身貧寒，也毫無背景，走到現在一路坎坷不言而喻。我親姊姊當年為進宮，拉攏當地縣令，全家人逼迫我嫁給對方的傻兒子，可惜對方命短，我終是逃脫而出；沒承想，如今親生姊姊竟還要阻我參加繡娘子比試，我不求別人憐憫我，只求兩位姊姊和大叔給我指條生路。」

李小芸見他們面露猶疑，再次強調道：「我不需要你們陪我前去，不阻攔我便是，告訴我大概方向，我自己走著去。」

其中一名侍女露出同情的神色。「李姑娘，您若是走著去定是晚了。」

「沒關係，不試試又如何知曉？我不會使用馬車，你們不算違逆王大人。」她擔心的是這群人不肯放她離去，就算他們和王太監不是一夥，卻肯定不願意得罪他。

王太監躊躇地看著李小芸，他確實是被李小花所託，可是她可沒說這女孩是她親妹子；若是日後太后知曉未參加比試的是李小花妹子，萬一大發慈悲召見她，可會把自己賠進去。

王太監思及此，見李小芸也打算息事寧人，便道：「這樣吧，我現在送妳進城，不過時辰快到了，一切聽天由命。」

總之他算是阻礙過了，稍後就算李小芸真趕上，那也是人家自己發現趕過去的；最重要的是，他不認為李小芸還趕得上。

李小芸沒想到對方妥協了，她懶得去想王太監的想法，急忙稱是。

聽了剛才李小芸一番話，但凡有點良心的人都不忍心責難一名小姑娘，所以大家開始趕路，即便如此，還是在半路堵住了。今日趕往城西看熱鬧的人本就多，他們又因為繞了遠路，錯過了禁道期。

所謂禁道期，便是繡娘子比試開始半個時辰以前，只允許特殊車輛行駛，前來接李小芸的便是特殊車輛。

很快，便是演武場大門關閉的時間。

李小芸顧不得那麼多，直接跳下馬車，她將長裙撩起繫住，左右手開弓一邊撥人，一邊狂奔。侍女和車伕原本想追著她跑，卻早早被落在身後。

侍女望著她遠去的身影，道：「這女孩真有勇氣，若是可以趕上，定會大放異彩。」

另一名侍女點了點頭。「氣勢凌人，明明趕不上了卻停不下來往前衝，見她跑成那樣，我……我……不好意思，我不追了。」

李小芸根本顧不及自己在別人眼裡是什麼模樣，全身心只有一個信念——必須要趕上！

李蘭多年的寄託、她自己付出過的努力、遠在邊疆的小不點……她為了他們，也一定要趕上！她要拿到顧繡繡譜，她要在貴人面前露臉……她要拔得頭籌，她一定可以！

演武場的副樓上，李旻晟身穿錦緞長袍，面帶微笑前後打著招呼。他一路下了樓，來到簽到處，問道：「李小芸來了嗎？」

簽到官一愣。「李公子，繡娘子基本都到了，唯獨不見您問的李姑娘。她是來自如意繡坊，對吧？沒錯，冊子上沒有她的名字。」

李旻晟眉頭緊皺，右手從寬袖中拿出一錠銀子塞過去。「麻煩大人通融一下，我幫她簽到可以嗎？」

「公子，不是本官攔著您，可是今日來的大人物太多，您幫她簽到無所謂，萬一她最後沒來怎麼辦？」

李旻晟堅定道：「她一定會來的。」

簽到官猶豫了一會兒。「這樣吧，我再等一等，您快去尋她可好？」

李旻晟急忙應聲，大步向外面走去，正好碰到了李小花。

「咦，旻晟大哥這是要去哪裡呢？」

李旻晟臉色不善地躲過她伸過來的手，客氣道：「出去一趟。」

「出去嗎？我那親妹妹還沒到嗎？」李小花揚起下巴，心有不甘。

從小到大，李旻晟從未違逆過她的話，如今倒是有趣，竟是瞞著她幫了李小芸！若不是她今日多看了一眼名冊，尚不知道李小芸入選了，這才會臨時抱佛腳，搞清楚是誰去接她，便急忙去拜託。

李旻晟著急去尋李小芸，懶得同她說話，便敷衍道：「先行走了。」

他繞過她，揚長而去。

李小花望著他遠去的背影越發怨恨起李小芸，曾幾何時，李旻晟倒是心疼起李小芸來了？

她轉過身對一名宮女道：「去問簽到官，剛才李旻晟同他說了什麼？」

小宮女走了一趟回來，將剛才李旻晟為李小芸求情的事告知李小花。

李小花只覺得心臟是鑽心的痛。她以前是看不上李旻晟，但不意味著就允許他和李小芸情投意合！更何況她現在看李旻晟甚好呢！

李小芸很努力很努力地奔跑，和煦微風明明是溫暖的，卻硬生生打在她臉上，生出莫名的刺痛。她雙眼有些模糊，濕潤的淚水迷了眼，偷偷流了出來。

她胡亂一抹，毫無知覺地向前奔跑，直到眼前發暈，兩腿發軟快倒下的時候，迎面而入一個懷抱。

她詫異地抬起頭，矇矓的目光裡，是李旻晟柔和的臉，她所有的委屈瞬間爆發，哇的一聲哭了起來。「李旻晟，我還趕得上嗎？求求你帶我去吧，我一定要趕上！」

李旻晟用力地將眼前失控的女孩摟入懷裡，右手用力地握著她的衣服。「趕得上，我騎了馬，還特意去五皇子那兒借來了官符，咱們走官道進內城！」

「好，你帶著我，我……一定要趕上！」李小芸聽說有機會趕上，二話不說止住大哭，這種時候，哭又有什麼用！

李旻晟低頭看著她，心疼地抬起手幫她擦乾臉上的淚水。「不哭，我們走。」

「走！」李小芸被他用力一拉就上了馬。

兩人一路狂奔進入內城，來到演武場。他們手持五皇子官符，倒是一路暢通來到簽到處。

眼看著簽到官已在收場，李旻晟直接出示官符，又塞給對方一錠銀子。

簽到官急忙為李小芸做了記錄，他嘆氣道：「幸好冊子還未送上去，否則誰來也救不了這姑娘。」

李小芸沒說話，她整個人快虛脫了，若不是心底的執著，她怕是真趕不到此處。

李旻晟右手撐著她，輕聲在她耳邊道：「小芸，看到了嗎？妳登記成功了，妳可以參加比試，快打起精神來！」

李小芸閉了下眼睛，真是何德何能有這般「疼愛」自己的姊姊！她吸了吸鼻頭，用力咬破嘴唇，血腥味讓她頭腦清醒許多。

「妳瘋了啊！」李旻晟被她嚇傻，急忙用袖子擦淨她的唇角。「妳這是何苦？實在不成，就退出吧……」

他看著面容憔悴、臉色蒼白的李小芸，心臟揪得發疼。

「沒事，我好了！」李小芸前所未有地鎮定道。

她仰起頭看了一眼遠處一白如洗的天空，天真的很高，萬里無雲，這，便是她的戰場！

只要有一口氣在，她絕不會認輸。

「快去吧，稍後還要再次點名呢。」簽到官好心提醒。

李旻晟不放心，親自送她過去。

演武場的大堂內，此時聚集了所有繡娘子，每人身邊都有家奴伺候，唯有李小芸，旁邊跟著的是李旻晟。

李旻晟在繡坊世家中也算是名人了，所以他的到來多少引起了女孩們的矚目。

尤其是葉蘭晴，嫉妒得快發瘋了，她主動走過去迎向他們。「咦，這不是名不見經傳的李小芸姑娘嗎？妳這是幹什麼去了，瞧瞧這頭髮，像鳥窩一般。」

李小芸垂下眼簾，懶得和她吵，她要保留精力用在稍後的比試裡。她右手伸到腦後，把金釵拔出來，整個髮髻徹底散開，墨黑色髮絲像布幕似地落下，如同最精緻的綢緞。

李旻晟一怔，只覺得鼻尖傳來李小芸髮絲的清香，差點衝動地伸出手去撈起黑絲，替她綁起來。

李小芸表情肅穆，兩隻手在腦後隨便一束，將長髮束成一條辮子。這髮髻像是書生模樣，不過顯得俐落許多。

她把鳳釵遞給李旻晟。「幫我收起來吧，用不上了。」

李旻晟嗯了一聲，望著眼前無比沈靜的面容，心生憐憫。

葉蘭晴氣不過，繼續諷刺道：「我說妳怎麼能入選最終比試呢？原來是背後有人。」

她說得大聲，引來繡娘子們議論紛紛。大家望著李小芸，誰都沒有聽說過如意繡坊，自然認定她是靠李旻晟才得以進了最終比試，不由得冷眼旁觀。

還有同葉蘭晴交好的人說了些風涼話，李小芸聽著面無表情。

「姑娘們，我們準備出去了，進了會場，便不可以像現在這般說話。」一名宮女在前面揚聲道。

李小芸深吸口氣，望著大堂外明亮的演武場地，知曉一旦進入場地，四面都是看著她們的人。

她剛要走，便感覺身後被人拉了一下。她回過頭，映入眼簾的是李旻晟幽深的目光。

不知道為什麼，今日的他眼眸特別深沈。

「小芸，別人潑在妳身上的冷水，早晚有一日，我們用實力燒開了潑回去！」他左手攥拳，右手輕輕捏了下她的手心。

李小芸忽地有些釋然，她搖搖頭，目光堅定地看向李旻晟，柔聲道：「你放心吧……李小芸是要做石灰一般的人，別人越潑冷水，我便越沸騰。我已休整完畢，便是神擋殺神，佛擋殺佛！」

「小芸……」李旻晟輕輕唸著她的名字，好想將這張自信的臉深深印在腦海裡。

李小芸向李旻晟福了個身，挺起胸膛向會場走去。

她深吸口氣，大步走出大堂。頓時，和煦微風夾著明亮日光撲面而來，她覺得晃眼，忍不住用右手遮了下眼睛。

耳邊傳來雷鳴般的鼓聲，她驚訝地放下手，入眼的是空曠的場地，上面立著三十張桌椅。每張桌椅隔得老遠，她儘量控制腳下的步伐，隨著侍女的引領，走到她的座位。

她閉了下眼睛，再次睜開。

正對面是兩座閣樓，一樓下面站滿了身著金色鎧甲的將士，二樓有侍女撐著大傘遮擋陽光，這傘面極大，每一把都做工精緻，上面的刺繡映在明晃晃的日光下閃閃發亮。

她又深吸口氣，讓心情平復下來。

繡娘子們的背後是觀眾的座位臺，黑壓壓的人頭一眼望不完，可見前來湊熱鬧的民眾之多。

她右手摸了下耳朵，將垂下的髮絲挽到耳後，心裡不停告訴自己——

李小芸，妳看到了，這是屬於妳的戰場。有這麼多人在看著妳，妳何德何能？不要怯場！

她垂下眼眸，兩手相握垂於胸前，整張臉肅穆冷靜。

二樓角落，李旻晟坐在一張椅子上，目不轉睛地盯著李小芸。

此時的她在眾多繡女中並不出色，可是不知道為什麼，他卻從未如此清晰地看到過李小芸。她梳著簡單的辮子，不過是束上一條繩帶，可是那墨黑色長髮卻像是畫出來似的，深深映入他的眼簾，黏住了他的目光，片刻都捨不得移開。

李小花同樣盯著李小芸猛看，為何這萬人矚目的場合，偏偏存在一個李小芸？

她站在太后身旁，是正對著繡娘子的位置。

但凡可以坐在貴人對向的，必然是四大繡坊培養出的繡娘子；相較於角落的李小芸，太后自然沒有很認真看。

她瞇著眼睛，忽地開口道：「小花，這名冊上有個姑娘叫做李小芸，同妳只差一個字，我看她是東寧郡李家村人士，莫不是妳識得的人？」

李小花咬住下唇，不情願地開口。「回稟太后娘娘，這位姑娘不是別人，正是我曾經講過的嫡親妹妹，李小芸。」

「哦？就是妳那身子不好，備受爹娘慣養的妹妹嗎？」可見在李小花的故事裡，李小芸不僅是個胖丫頭，還性子驕縱。

李小花硬著頭皮稱是，心裡卻將李小芸罵了一百八十遍都不嫌多。

李太后抬起下巴。「在哪裡呢？」她之所以關注李家村的一切，其實是想多瞭解李桓煜的事，總是聽李小花一個人講，耳朵都聽膩了。

「在哪兒呢？妳倒是指給我看看啊……」太后慢悠悠的嗓音十分洪亮，皇后娘娘和賢妃娘娘自然也扭過頭來看。

李小花不甘心地踮著腳尖尋了一會兒。「稟太后娘娘，在第三排的西南角。」

「喲，這位置排的，故意讓我尋不著啊。」太后撇了撇唇角。

她說者無心，聽者有意，大太監立刻上前服侍道：「不然給李姑娘換個位置？」

「不了，知道的是讓她換位置，不知道的以為出了什麼事。」

大太監俯身稱是，心裡卻將安排座位的太監記住，決定稍後罰他一頓。

李小花的嫡親妹子來參加比試，太后娘娘能不問嗎？

這幫繡娘子想出頭，塞錢給好處一個勁地往前排，可是人家太后娘娘知道她們個屁啊？也不打聽清楚李小芸的背景，便胡亂安排位置。對於奴才們來說，這人背景好不好無所謂，關鍵是貴人知道不知道、惦記不惦記！

太后娘娘抬了下眼皮，淡淡地說：「太遠了，還是比試後直接宣她過來說話吧。」

一旁太監急忙應聲，暗自把李小芸的名字記下來。

這女孩要嘛是大造化，要嘛是大不造化，全看太后娘娘一念之間。

可是依著太后娘娘對李小花的寵愛程度來看，應該會比較偏愛她的妹子。片刻間，上面的聖意下面就感受到了，李小芸糊裡糊塗被換了個侍女，就連桌上筆墨又都重新上了一份。

不過是繡娘子比試，幹麼要筆墨？

李小芸沒敢多問，聚精會神地看向前方考官。

興許是演武場比較空曠，考官的聲音無法傳到每個人的耳裡，所以製作了專門的考試手冊。

李小芸接過侍女發下的手冊，打開一看，不由得怔住。

這手冊上寥寥幾句話便將過程講解得十分清楚。

同樣的手冊貴人們也是人手一份，李太后讓人唸出來聽，樂道：「這定是陳家那丫頭搞出來的吧？還挺有新意。」

賢妃娘娘在一旁附和。「可不是嗎？這孩子簡直把一場考試弄成戲碼，定是知道太后娘娘愛看戲，這分心思真是難得。您不曉得，前幾日她和三公主來管我要人的時候口風可緊了，還瞞著不告訴我幹什麼。」眾人皆知，陳諾曦曾被寺廟高僧斷言身世不凡，賢妃娘娘早有意讓她做五皇子妃呢。

李太后笑了兩聲，道：「全當是看戲吧。」

原來所謂繡娘子終試的考題果然和大黎服飾有關係。

為了讓過程有看頭些，陳諾曦尋來三十位少女。這些女孩全部著相同衣裳、梳相同髮型，素顏站在場地上。

對李小芸來說，這世上沒有比此刻更尷尬的了，她竟然覺得眼前三十名女孩看起來跟一個人似的。這考試就是為她們做一套適合的衣裳，做衣裳對繡娘子們來說並不難，但是什麼叫做適合？

所以每個女孩可以回答三個問題，繡娘子根據她的答案和氣質對其身分進行猜測，然後現場繡製服飾——考慮到時間有限，有許多素色衣裳成品，如襦裙、長衫，又或是寬袖禮服等等。

李小芸不由得對李旻晟心懷感激，若不是臨時抱佛腳研究了大黎仕女圖，怕是自己此時還對女子服飾完全沒概念。

李旻晟望著樓下的白裙女子們，唇角不由得揚起，可以幫到小芸真是太好了。

李小芸並沒有主動去搶女孩，而是順其自然，於是那些高壯的、矮小的，或是外型極具特色的女孩都被繡女們選走了。

待眾人挑得差不多了，她才走入會場，發現角落裡一名皮膚白皙的女孩無人問津，就走了過去。「妳樂意和我走嗎？」

女孩一怔。「這又豈是我樂意不樂意的……」

「好吧。」李小芸尷尬地伸出手，牽著女孩回到座位上。

遠處人群中傳來喝彩聲，倒不是覺得多精彩，只是看到一群女孩子就覺得賞心悅目。出題者的想法可真是奇異，李小芸暗自琢磨。

她讓女孩坐下來，歪著頭仔細看向她。

她只有三次提問機會，總不好輕易浪費掉。興許是看得太久，女孩有些不耐煩了。「妳倒是說話呀，別人都開始裁衣了，妳莫不是就要和我這樣大眼瞪小眼？」

李小芸哦了一聲，腦海裡卻閃過一個念頭，這女孩脾氣不大好，有些大小姐性子，應該不是來自市井的女孩。

難道是官家小姐，甚至……更高？

李小芸想了片刻，在侍女的監督下提出了第一個問題。「姑娘平時的興趣是？」

「聽戲。」

李小芸愣了片刻，按照常理說，一般官家小姐，別人問到興趣時，大多會回答讀書、寫字、刺繡或幫娘親管家；可眼前的女孩卻根本懶得提及這些，要嘛是她個性大剌剌，要嘛就是家裡真心寵愛著她，對她亦無要求。

一回答就是聽戲，聽起來多少有些輕浮，多半是嬌生慣養的主，不大像是清流世家的女孩。

李小芸陷入思考，又惹毛了眼前女孩，她著急道：「妳還可以再問兩個呢，愣著幹麼呀？」

她揚聲中語速過快，偶爾帶出一點南方口音。

李小芸是外地人，每次開口都會糾正自己的發音，所以對女孩流露出來的南方口音有些敏感。

她撇開頭，暗道——這姑娘並非京城人士。

外地來京人員，出身富貴，那麼應該和近來回京述職的官員有關。

應該不是將軍世家，眼看著西疆戰事要起，沒聽說皇帝要召回哪位前線大員；也不大可能是四品以下官員，因為唯有三品以上官員需要回京述職，一般大員家的女孩也不會這般嬌鸞。要說這姑娘像誰，她腦海裡不由得浮現出三公主的模樣。

她應該不是公主，但不排除是個小郡主或者有封號的縣主呢？

「姑娘不是京城人士吧？」

女孩眼底露出錯愕的神色，她看了一眼旁邊的侍女。「這算違規的問題嗎？」

侍女想了片刻，道：「不算違規。」

女孩咬住下唇，微微不快道：「對。」

李小芸揚起唇角，果然猜對了。

她想起日前同陳諾曦、三公主見面的時候，她們曾提及湘雲王帶著小郡主入京。會是她嗎？堂堂郡主來參加這種比試？不過她記得三公主曾說這郡主愛聽戲，搞不好會答應這種事情。

她猶豫片刻，直言道：「這位姑娘和彩霞繡坊是否有些許關係？」

彩霞繡坊地處湘州，此地歸湘雲王所管。

女孩愣住，責問道：「大膽！妳到底想試探什麼？」

「姑娘，您只須答是或者不是，李娘子並未詢問太過的話。」

女孩極其不快，噘著嘴巴悶聲道：「是。」

李小芸會心一笑，其實不知道這些也無所謂，但是瞭解越多反而多了幾分致勝籌碼。考慮到女孩故鄉八成是湘州，不如用湘繡為她繡一件長裙吧。她決定動工，拿著尺為女孩量身，這才發現，大多數人早就開始刺繡了。

她們都不認為可以從三個問題便看出女孩們的身分，與其花費時間在識人身分，不如用心於刺繡，畢竟識人未必能答對，還很浪費時間；況且繡娘子比試，最終拿出來能令人信服的制勝法寶，終究還是刺繡成品啊。

閣樓二樓，貴人們圍著太后娘娘一團和氣，格格笑個不停。

「我說小酈兒，你們家祁芸竟打扮成這副樣子給人家當仕女去啦？」

被喚作酈兒的女人約莫四十來歲，她面容白皙，眉眼清秀，歲月並未給她帶來痕跡，反而讓她多了幾分韻味。

她全名夏酈兒，是曾經的雲南王獨女，如今的湘雲王妃。

她捂嘴淺笑道：「祁芸和三公主打賭，輸了就答應她們去胡鬧了。唉，這孩子我也管不了，眼看著快及笄了，卻還沒訂親，家裡那頭怕是沒有合適人選，此次入京還要請太后娘娘幫忙看著點呢。」

太后娘娘揚起唇角，自嘲道：「我這一把老骨頭，眼光不好呢。」

眾人急忙搖頭。「哪裡的話，老祖宗身體最是好了。」

太后眯著眼睛，沒有應聲。

顧慮到貴人們不耐久候，整場比試定在半個時辰內完成，根本無法認真完成一件繡品。

沒一會兒，李小芸就發現她又太過認真，隨著大家漸漸完成作品離去，她又成了最慢的繡娘子。

這可如何是好？她心裡著急，索性拇指、食指挾針，無名指、中指也不放下針了，左手還拿著另種色線的細針，像在編麻花似地上演著令人稱奇的繡法。

因為人少了，她便顯得出眾，太后娘娘本是疲倦的眼眸不由得一亮。「咦，小花，這不是妳的妹子嗎？」

李小花扯著唇角稱是，心裡卻暗怪李小芸有心計，竟是故意拖延時間，獨留自己一個人在場上，這不是讓人不想注意都難嗎？

李小芸完全沈浸在刺繡中，眼前這位貴女性格張揚，容貌豔麗，她莫名就想起盛放的孔雀——牠在一片翠竹林裡面，孤芳自賞，獨自盛開！

她另闢蹊徑選擇靛藍色這種很大氣的顏色作為底色，在上面繡起了金色鳳凰。鳳凰羽毛選擇了豔麗的紅色，三種色澤映襯在明晃晃的日光下，特別亮眼。她記得當下京城貴女間特別流行胸衫敞開的款式，毫不猶豫地在領口處刺了繡，還給長裙配上一條素色綢帶。

眾人都被她行雲流水的動作吸引住目光，四周陷入嚇人的寂靜之中。

興許是早年陪李桓煜練字練就的特殊技能，李小芸最多做過雙手拿四根針，同時穿針刺繡。

她像在書寫書法，又像是著墨畫畫，動作優雅，因為拿針手法極其特殊，竟看不出指尖處針線的走勢。只見她一會兒仰頭，眉眼帶笑，自信滿滿；一會兒蹙眉，目露沈思，嫻熟中透著幾分道不明的味道。

太后不由得探了下身子，沒想到一名小小的繡娘子，身上竟有這種氣勢。身為考官的顧三娘子此時也盯著李小芸。

這種拿針手法，倒不是辦不到。他們顧家早先就曾因為既要筆墨，又要刺繡，講究一心二用，一手拿兩針；對此，更有先人獨創出一種方式，怎麼和眼前女孩的手法如此雷同呢？

她急忙命人拿來李小芸的手冊，待看到師承顧繡的時候，渾身一僵，眼眶莫名濕潤起來，捧著手冊的兩手微微顫抖……

旁邊，太后咳嗽一聲，貴人們方全部回過神來。

賢妃娘娘率先開口，拍馬屁道：「不愧是太后娘娘身邊宮女的嫡親妹子，瞧瞧這淡然自得的氣勢。這是哪裡？這裡可是演武場，周圍人數成百上千，她竟如入無人之境，反倒是把我們目光吸引過去。」

太后樂道：「妳嘴甜倒是真甜，人家小芸繡得好，同小花有什麼關係？」

眾人聽到此處都笑了，緩解了原本尷尬的氣氛。

李旻晟卻始終目不轉睛望著會場上額頭滲出汗水的女孩。

她的容顏並不豔麗，卻是那般耀眼地展現在世人面前；她的眼睛亦不夠勾人，卻好像一縷樹蔭下和煦的暖陽。

小芸，妳真棒！

李旻晟莫名就感嘆起來。

直到李小芸完成繡品，長吁了一大口氣，這才發現四周空無一人。

她緊張無比，對侍女硬著頭皮道：「這位姊姊，我……」

「沒事，貴人們說了，讓妳繡完，所以才不曾打擾。」侍女恭敬道，她剛剛離李小芸最近，被她那副捨我其誰的專注勁感染到了，欽佩不已。

「我、我好了。」李小芸惴惴不安地交卷，但願沒惹出大麻煩。

卻不承想到耳邊竟傳來震耳欲聾的掌聲，她不曉得這掌聲是給誰的，只覺得臉頰通紅，快燒了起來。

遠處，陽光明媚，整片大地，是這般明亮，宛若她的人生，定會像金子般燦爛。

李小芸迷迷糊糊地被人送了出來，尚來不及詢問到底發生了什麼事，就被門口處的李蘭擁抱住了。

「師父！」李小芸臉蛋紅撲撲的，小聲說：「我好像……表現得還不錯。剛才感覺可好了，一切特別順利，一點都沒感覺到有多難。」

「傻孩子，妳剛才沈浸在一種最理想的刺繡狀態，並非一般人可以達到的，下次再想進入這種狀態也不容易……」李蘭捏了下她的臉蛋。「走吧，結果不當場宣佈的，貴人們都累了，怕是要吃午飯。」

「那我們呢？」李小芸問道。

「我們也有飯局。說到底，任何一種形式的比試都是一種交際，妳們都很年輕，可以藉此機會結交一些小夥伴們。」李蘭耐心解釋著。

「小芸！」李旻晟揚聲道，他大步走過來，腳下帶風，真是惹人矚目呢。

李小芸臉上一紅，回想起比試前在李旻晟面前的失態，多少有些不好意思。

暖陽下，李旻晟明亮的臉越來越近，她急忙說：「今天……謝謝你。」

李旻晟一怔，搖搖頭，深沈的目光帶著幾分喜色。「小芸，妳表現得真好，比試的結果一定會很出色的，我都為妳感到驕傲呢。」

「是啊，我也很驕傲呢。」李蘭接話道。

她左手挽著李小芸，右手挽住李旻晟。「今天好高興，小芸肯定餓了，走，吃飯去！」

三個人興奮地朝飯堂走去。

這飯堂對繡娘子和繡坊開放，拿著手牌便可以進入。李蘭從懷裡掏出繡坊的手牌遞過去，扭過頭，不由得一怔。

李小芸感覺到她渾身一僵，抬起頭道：「師父，怎麼了？」

李蘭甩了下頭，皺眉道：「沒什麼，好像見到了一個熟人。」

李旻晟聽到後說：「誰呀，我認識嗎？難道是老家的人進京了？」

李蘭垂下眼眸，淺笑道：「定是我看錯了。」

李旻晟哦了一聲，目光又落在李小芸墨色的長髮處，躊躇了片刻，鼓起莫大的勇氣似地說道：「小芸，一會兒吃完飯……我帶妳去梳頭好了。」

李小芸一愣，臉頰發紅。

女子髮膚，是極其私密的，不能任人碰觸，連提都不能提，李旻晟對她說這些，到底是什麼意思？

李旻晟故作沒事人似地左右張望，右手忽地握住了李小芸手腕，拉著她大步朝屋裡走，邊走邊說道：「先吃午飯吧，否則飯堂裡只餘剩飯了。」

他眼神莫測高深，臉頰處亦有些許紅暈，用力的指尖隱隱顫抖著。

第三十五章

李小芸渾身一震，嗖的一下就想抽出手。

可李旻晟攥得很緊，她一使勁沒抽出來不要緊，整個人竟還順勢往他身上撲了過去。

他本是有些緊張，見她如此狼狽反而放鬆下來。「怎麼，妳這是投懷送抱嗎？」

李小芸惱羞道：「胡說什麼！你放手啊……」

李旻晟立刻鬆開，李小芸又差點仰過去，最後還是被他一把拉住，這才沒有倒下。李小芸慌亂站好，顧左右而言他道：「那邊有位子，我先過去了。」

她才走兩步，又被人影擋住，陳翩翩笑呵呵地挽住她的胳臂。「喂，小芸妳剛剛好厲害，連我爺爺都向我問起妳呢！」

李小芸深吸口氣，差點被陳翩翩嚇了一跳。

「來這兒吃吧，我也剛到；不過飯堂都是大鍋飯，吩咐下人去盛裝即可。」

陳翩翩招呼著她坐下，吃起一桌飯菜。

李小芸回頭張望了下，李蘭和徐研都被其他繡坊娘子們攔住，彼此交流經驗呢；但是奇怪，李旻晟沒跟過來……

她用力甩甩頭，暗道——沒跟過來還不好！整個人怪兮兮的，她還是躲著他吧。

「小芸，我爺爺說會有四、五名繡娘子可以進宮見貴人。」陳翩翩開口，眨了眨眼睛，小聲說：「妳知道嗎？本來應該是四大繡坊各出一名，現在嘛，妳表現那麼出色，自然是要進宮的；各大繡坊的執事大人們正鬧得慌，誰都不樂意犧牲掉自家名額，所以應該會有五個繡娘子可以進宮。」

李小芸謙虛一笑。「所謂比試，總要有個名次吧……」

陳翩翩搖搖頭。「未必是尋常的一、二、三等，因為說是比試，其實也是各家繡坊宣傳的場合，若不是貴人們注意到妳的表現，否則不管妳繡品再好，也不可能脫穎而出。」

李小芸哦了一聲，雖然有些不甘心，卻可以理解。

主辦方就是各大繡坊，費時費力總不能沒有好處吧？比如說這次最終比試，連演武場都用上了，最後不過是一場討好宮裡貴人的表演；總共才花上一個時辰，哪裡可能真心靜下來繡出出色的繡品？

「小芸，葉蘭晴來了。」陳翩翩戳了下她。「妳到底哪裡和她犯沖？我瞅著她對妳的怨恨比對我的還要多。」

李小芸臉上熱了一下。「葉家要和李記商行結親家嗎？」

陳翩翩一愣，不屑道：「那也要李家公子看得上她吧？我可是聽說李家公子有心上人，就等著日後得了恩典出宮成親呢。」

李小芸差點把剛塞進嘴裡的米飯吐出來，翩翩說的這人應該就是李小花吧？她終於肯嫁給李旻晟了？

她嘆了口氣，以前說起二狗子和小花姊姊，她的心臟跟被針刺似的，如今聽說小花終於看得上李旻晟了，心裡反而沒那麼難受，或許時間真的可以帶走許多東西吧。

撲通一聲，旁邊座位坐下了個人，正是葉蘭晴，她臉色不善，吩咐侍女去倒茶水。

陳翩翩一臉不悅地看著她。「葉小姐大駕光臨，難道不該問問這地方是否有人？可不是誰都愛和妳一桌子吃飯的。」

說完還不忘做出食難下嚥的表情。

李小芸悶頭吃飯，她折騰一上午可真餓了，懶得參與這群錦繡世家子女之間的吵架中。

葉蘭晴吸了吸鼻頭，盯著李小芸看了又看。

她也不說話，這動作放在其他人眼裡著實詭異。

尤其李小芸，只覺得四周冷風颼颼不停拂面而過，終究無法視若無睹，抬起頭，淡淡開口道：「葉姑娘看我幹什麼？」

葉蘭晴不說話，扭捏地歪了下頭，喝了口茶水。

李小芸低下頭，繼續悶頭吃飯。

可是葉蘭晴又不由自主盯著她看，忽地開口道：「妳和李大哥到底是什麼關係？」

啊……陳翩翩猛地捂住嘴巴，好吧，她只是沒想到葉蘭晴發呆半天第一句竟是這個。

她所說的李大哥必然就是李記商行的李旻晟嘍？這人和小芸有什麼關係？

頓時，陳翩翩覺得有些尷尬，卻止不住八卦的心思，屁股死沈地坐在原位不移動。

葉蘭晴這話說起來容易讓人誤會。

李小芸環視一周，好在桌子上就三個人。

她佯裝沒有聽見，繼續吃飯。

她決定吃完就回家，反正結果暫時出不來。

葉蘭晴咬住唇角，眼眶發紅委屈道：「妳告訴我，妳是不是李大哥喜歡的那個女孩？」

……李小芸真想哭，她豈不是成了李小花的替死鬼？

她抬起頭，很鎮定地搖搖頭，道：「妳誤會了，我不是李旻晟喜歡的人；他啊……」

忽地怔住，記憶回到小時候，二狗子純淨的目光、樹蔭下燦爛的笑臉……

「我和他不過是同鄉，他先來京城，我後到的，所以他對我多少有些照顧；至於李旻晟喜歡的姑娘，確實是存在的，同我有些關聯，卻並不是我。他從小到大，心裡念著、想著的都是那個女孩。」

本以為青山綠水，十幾里地，就是一個女孩的一輩子。很多人沒有走出過大山，也過得安詳自得，只要是無愧於心的喜歡，誰都沒有資格鄙視。

所以雖然李小芸認為自己和葉蘭晴不是一路人，卻不會因為李旻晟的事看不起她。

每個女孩心裡都會對某個人產生朦朧的念想，葉蘭晴再不知羞，也不如她當年癩蛤蟆想吃天鵝肉那般難堪吧。

她忽地有些感慨，竟有過這麼一段難以啟齒的歲月，身體裡充滿了自暴自棄的情緒；若不是後來專心帶小不點、同李先生學習讀書，眼界必然像是普通小村姑似的。

想起李桓煜，李小芸眼底爬上一抹連自己都不曾察覺的溫柔。

葉蘭晴的下唇都快被自己咬破了，她擦了下眼角。「可是若不是妳，為何以前李大哥從未那般同我說話，今日卻好像變了個人？」

李小芸一怔。「他同妳說什麼了？」

葉蘭晴吸了口氣，也許是被方才演武場上李小芸的氣勢震懾了，竟莫名對她信服起來。「我提前交卷後就去尋家人，正好碰到李大哥，本想上前尋幾句鼓勵，卻被他冷淡回絕，還直言我是大姑娘了不該總是主動尋他。」

李小芸蹙眉直言道：「李旻晟這般說話也是為了妳好。」連她都聽到了葉蘭晴倒追的傳聞，若是李旻晟無意娶她，這種流言終歸對女孩名節不好。

葉蘭晴不甘心道：「妳沒騙我？」

「我騙妳幹什麼？不過你們的事情同我無關，葉姑娘，妳問錯人了呢。」

「可是我從不見李大哥親近誰，他卻對妳這般好。我剛剛全都看到了，他特意去尋妳，還領著妳來飯堂。」

李小芸扯著唇角笑出了聲，可能是旁觀者清吧，李旻晟近來似乎待她確實比以前好，可是為什麼呢？莫不是她坦承了當年的那個人是自己後，他就改為心儀她了？這話說出去簡直是笑掉人的大牙！

李小芸甩甩頭，她萬不可領會錯了意思，否則丟人現眼的會是她。

兩人對話還沒完，李小芸就感覺飯桌上的日光被遮擋住了。她一回頭，映入眼簾的竟是李旻晟。

「小芸，妳要回去了？我送妳。」他揚起唇角，眼底帶笑，臉頰好像閃著光。

李小芸才聽完葉蘭晴的控訴，此時若是就這麼和他離去，豈不是……很是人神共憤？尤其對葉蘭晴來說，這不是故意的是什麼！

果然，葉蘭晴沈了臉，尚未學會掩飾心機的小姑娘眼看著快哭了。

陳翩翩也是滿臉錯愕，她急忙站起來道：「李大少，你真的和我們小芸關係要好嗎？」

李旻晟同陳翩翩自然是見過，不過並不熟悉，他的目光始終落在李小芸身上。「她累了，我先送她回去，改日再聊。」

「李大哥真是體貼人呀……」陳翩翩不放過任何戳葉蘭晴心窩的機會。

李小芸蹙眉，不想如此欺負人，她曾經何嘗不是葉蘭晴？

她垂下眼眸，客氣道：「李旻晟，我等師父呢，你有事就先回去吧。」

李旻晟一愣，沒把她的拒絕放在眼裡，目光深沈道：「別人都叫我李大哥，倒是妳，我們相識十餘年，我當不起妳一句大哥嗎？」

「這……」李小芸心底莫名慌了。

他輕輕低下頭，附在李小芸耳邊說：「小芸，妳莫不是想逼我強拉妳走？現在可不是剛才般沒人看著！」

李小芸嚇了一跳，耳朵癢癢的急忙往後退，盯著李旻晟的目光，見他竟是認真的，咬牙道：「走！去問問我師父走不走……」

李旻晟忽地笑了起來，親近地拍了下李小芸的額頭。「以前都是妳追著我，為何現在卻老躲著我？成何體統！」

李小芸怕越說越錯，索性急忙和陳翩翩道別後匆忙離去。

陳翩翩若有所思地望著李小芸離去的背影，朝葉蘭晴說道：「妳可看得清楚？若說誰喜歡誰，也是李家大公子喜歡小芸，小芸分明對他沒意思的。」

葉蘭晴冷冷掃了她一眼。「又不是喜歡妳，自鳴得意個什麼勁。」

她跺了下腳，生氣地轉身離開。

李小芸去尋李蘭，卻被告知她遇到多年好友，決定再多待一會兒，而且作為如意繡坊在京城少得可憐的主事人，李蘭也確實需要多走動一下。

一時間李小芸走也不是，留下也不對。

她硬著頭皮和李旻晟一起離開，兩個人走了一會兒，她才想起來道：「你不是騎馬來的？」

「嗯，不過我遣人去趕來馬車。京城有專門給姑娘設計髮髻的地方，妳想去看看嗎？說起來妳還沒怎麼逛過京城吧。」

「我……」李小芸有些心動，暗罵自己沒出息，這麼容易被收買！她強壓下好奇心，拒絕道：「不了，家裡還好多事情要做呢。」

「哦。」李旻晟微微有些失望，淡淡地說：「本是特意騰出了一天，還想帶妳遛遛。」

「來日方長，不在乎這片刻。」

「那明日呢？出榜怎麼也要好幾天，明天妳應該有空吧？」李旻晟追問道。

寂靜的長道上，似乎只有他們兩人。

午後太陽微熱，李旻晟還撐起一把傘，弄得李小芸渾身不自在起來。

她從未被人精心照料過，只覺得何德何能，李旻晟忽然待她如此細膩入微？她終是不想彆扭下去，索性直言道：「李旻晟，你不覺得自己很奇怪嗎？」

李旻晟沈默下來，低著頭看她。

他逆著光，臉上忽明忽暗，唇角忽地一揚。「我也不知道……」

李小芸垂下眼眸，心情莫名慌亂起來，周圍空蕩蕩的一個人也沒有，午後的日頭又特別曬，她不知道該接什麼話，或者乾脆佯裝無事，繼續裝傻下去？

可是她再傻，也懂得男女授受不親。

李旻晟忽近忽遠的試探當是玩弄傻子呢！

李小芸推開他的傘，站在一望無際的石板路上，揚起下巴，認真道：「你就直說吧。」

李旻晟見她如此嚴肅，還特意同自己保持一段距離，生怕沾染上什麼似的，忽地想要大笑。他果然笑了，低沈的嗓音在和煦微風裡好像帶著香甜的味道。

「小芸，妳躲得那麼遠，是在害怕什麼？」他揚起唇角，瞇著眼睛彷彿在說——李小芸，我就知道妳還是很在意我的，對吧？

李小芸惱羞道：「有話就說，一天到晚陰陽怪氣的有意思嗎？」

李旻晟面露躊躇，臉上一熱。「我還給妳的墜飾妳都沒看吧？」

李小芸一愣，因為決心放下，所以那墜飾雖然讓李旻晟硬塞回來，卻被她放進盒子裡了，莫不是還有什麼機關不成？「你直說吧。」

李旻晟張開嘴巴竟是說不出話來。

良久，他蹙眉，用一種恨鐵不成鋼的口氣道：「妳是傻子嗎？我做得還不夠明顯？」

「什麼明顯……」李小芸見他目光溫和，眼睛直勾勾地看著她。她渾身一僵，大腦一片空白。

她從未想過終有一日，李旻晟會站在這裡告訴她——小芸，我做得還不夠明顯嗎？

尤其是在她下定決心了斷過往後，怎麼會變成如今的境地？

人的感情不是手裡的風箏，能夠收放自如，她曾經寧可流著血、打碎牙齒往肚子裡嚥進去，都不想表露出一絲對李旻晟的想法。

如今，他卻站在這裡，替她撐傘，送她回家，整張面容是從未有過的寵溺笑容……她整個人慌亂起來，心跳咚咚咚像快跳出來了。

「小芸……」李旻晟的喚聲像雷鳴，讓李小芸渾身泛起雞皮疙瘩，她轉過身瘋狂跑著。

她奔跑在陌生的街頭，迷迷糊糊之中，回到家裡卻如何都無法靜下心。

她告訴自己，不去想，都已經過去了，身體卻不由自主翻開箱子，取出盛放李旻晟墜飾的裝飾盒。

不是要將一切都埋葬嗎？

她咬住下唇，打開盒子，所謂墜飾還是那塊普普通通的鵝卵石，樣子醜陋，如同李家村小河邊所有深灰色鵝卵石一般，一點都不好看。她仔細觀察石頭，這才發現串著的紅線變了樣，不再是曾經摸起來滑順的綢緞繩子，而是麻花繩，在穿過鵝卵石小眼處打了個結。

是……同心結。

李小芸捂住胸口，久久都無法發出聲音。

她整顆心亂得不得了，強迫自己必須幹點事情轉移注意。

她的目光落在盒子裡的信函，這才發現不知不覺中，李桓煜的來信都快疊成小山高了。

這孩子，像是遊玩，哪裡有打仗遠行的樣子？怕是跟在歐陽燦身邊混得不錯，這才可以隨時寫信。

她打開第一封信，應該是剛上路沒多久就寫的，說是路過一座小村莊，村民十分淳樸，見他們是士兵就偏要留他們休息一日。

晚上，村民燒起篝火，有女孩跳舞，夜幕下的天空繁星滿天。他告訴自己最遠處、最明亮的那顆星就是小芸，她陪著他、她看著他，一路向西。那一晚他喝了酒，還吃了烤串，烤什麼都有，包括昆蟲，於是第二天就拉肚子了，可是行軍不會因為他停下，所以硬著頭皮繼續走、繼續走……

李小芸莫名心疼，擦了下眼角。小不點雖然無父母，卻從小嬌生慣養，她眼前浮現出小屁孩極不舒服卻仍堅持走下去的模樣。

第二封信還是在路上，他的身體好了，同一起上路的小夥伴們踢蹴鞠，蹭壞了衣裳，心疼得不得了。他似乎長高了，帶著的褲子都不到腳踝了，邊關天氣冷，他沒法湊合穿，就在腳踝處裹了厚重的沙袋，一邊練腿勁，還可以保暖；但是再過幾月，怕是帶著的衣服都會偏小，他叮囑小芸，幫他趕緊做幾件新褲子。

李小芸心裡咯噔一下，急忙看了一眼信的落款日期。

距今已數月過去了，李桓煜豈不是早就沒了衣服穿？

本是想看信寬寬心，沒承想才看了兩封，心情就更加鬱悶！

李小芸打開第三封信，受不了地落下眼淚。

李桓煜這傻孩子不樂意穿別人新作的棉服，硬是凍著自己也不換棉褲，於是腳踝都凍了瘡。

她難過得急忙去尋針線將前些時日做過的褲子補長半截，這才想起來，現在已是春夏交接之際，如今做好寄過去也來不及了，還是累積多一些，直接做冬服吧？

李小芸吸了吸鼻頭，對李桓煜的思念如潮水般湧向心底深處。

小不點從未離家走那麼遠，身邊還沒人照顧。

她暗怪自己幹麼不早看信呢？李桓煜豈不是認定了她不關心他？

李小芸花了大半日做手工，好多衣服本就是路上做的，現在不過是改一改尺寸，但是內襯的棉花她卻想彈新棉花，這樣穿著舒服；反正都晚了，索性攢下數量。

她打算一次多做一些，趕在五月底六月初送走……到時天氣轉涼，他便可以穿上了。

她又打開幾封信，李桓煜極盡描述自己有多慘、多可憐。她捂著胸口，越看越心疼，淚如泉水再次洶湧而出。

李蘭剛好回到府上，見李小芸一個人捧著布料哭，不明白怎麼回事，詫異道：「小芸……」

李小芸睜著紅兔子似的眼睛，看向師父，委屈地投入她懷裡。「小不點……小不點受了好多罪。」

李蘭愣住，不由得失笑道：「兒行千里母擔憂，前幾日我看了小土豆的信，好幾夜都睡不著，這孩子還都是報著喜事，根本沒同我講他受罪的事情呢。」

「啊？」李小芸嘟著嘴巴。「小土豆可真懂事，李桓煜那渾蛋，就差拿著筆把傷口畫出來給我看了。」

「哈哈……他有力氣同妳訴苦，說明人還是活蹦亂跳的。」

李小芸仔細一琢磨，可不是嗎？有工夫三天兩頭寫信，可見日子不差吧。

「如今考試完了，妳可是要趕緊給小不點做衣服？」

「嗯，正好回來的時候聽說隔壁有彈棉花的，我想弄點新棉給他做衣裳。」李小芸咬住下唇，根本不願意去想像李桓煜可憐的樣子，否則胸口連呼吸都困難了起來。

「小芸？」李蘭忽地鄭重喚她。

李小芸抬起頭道：「嗯？」

李蘭垂下眼眸，看向窗外。「李旻晟送妳回來的？」

「啊，不是，我自己回來的……」她臉上一熱，不想提起這個人。

「妳對他……」李蘭尷尬地扯著唇角。「我總覺得李旻晟待妳有些不同，你們可是發生過什麼事？如果妳不樂意說就算了，沒關係，我只是覺得……妳也不小了，好多事情妳爹娘沒想著給妳訂下來，我們不如藉著此次機會在京中訂下，也省得日後節外生枝，妳說呢？」

李小芸滿臉通紅。「師父，您不是想給我說親吧？」

李蘭摸了摸她的頭。「京城知道漠北事情的人畢竟是少數，況且妳在貴人們面前有露臉的機會，必然會有人想為妳牽線搭橋；哪怕是為了避免日後金家或者妳爹娘的糾纏，咱們都應該把妳的婚事先訂下來，畢竟有貴人作媒，妳爹娘能說什麼？」

「話是如此……可是金家的事情不能瞞著人呀。」李小芸憂愁道。

「所以，我這不是問妳和李旻晟到底怎麼回事嗎？我總覺得他看妳的眼神不對勁，興許是對妳有意思。其實仔細想想，咱們同他知根知底，他爹在妳爹那兒也說得上話，妳明白我的意思吧？」

可不是很明白嗎？只是李小芸跨不過心底的那道坎。

若是不曾心儀過李旻晟，現在做什麼都可以；可是她喜歡過他呀，明明做出了斷了，又如何在一起？她拉不下臉面不說，也怕真的再對李旻晟抱有期望。這些年來，她也想明白了，與其找個喜歡的男人，還不如找個靠譜的婆家，越不用投入感情，搞不好婚姻反而穩定；因為她不愛，便不會輕易被傷害。

「要不然我試探下李家，看李銘順如何說？他是男方，若是有意必然會直接挑明同我開口，妳同金家的事李家最為清楚，倒也省了很多麻煩。」

李小芸兩隻手撥弄著指甲，舉棋不定道：「還是算了吧，我同李旻晟，如今還可以稱得上同鄉，若是真成了那種關係，感覺怪怪的。」

「這有什麼怪怪的？妳總是要許配人家。」李蘭倒是不以為意，照她來看，若是李旻晟能娶了小芸最好不過。「而且這樣一來，妳的公婆和夫君都是熟識的，李銘順還可以搞定妳爹娘和金家，等小不點日後功成名就，他算是妳半個弟弟，李家也欺負不得妳。」

李小芸見李蘭一副就差拍手叫好的樣子，真的有些無言。

師徒倆又說了些貼己話，外面傳來嫣然的聲音。

嫣然端著水果走了進來。「李師父，咱們家姑娘比試結束後，不過一個多時辰，來了好多帖子呢，奴婢都不曉得該如何回了。」

李蘭嗯了一聲，對此倒不很意外。

李小芸揚起唇角。「有沒有黃怡的帖子？我答應過比試結束後就去看她。」

「有的有的，那麼奴婢就先回了她家；可是奴婢看這其他家也都是名門望族，咱們怕是沒法回絕的呀。對了，還有顧三娘子的帖子呢，她過幾日要在西菩寺後山的尼姑庵，做一場講學，給許多繡娘子都發帖子了。」

李蘭聽到顧三娘子的名字，激動不已。

她攥了下李小芸的手。「這個一定要去！」

李小芸急忙嗯了好幾聲。「好，我肯定去的。」

「除此之外，代表秀州顧家來京的人也派人捎了話，說是要拜訪李蘭師父，您看……」

「不見。」李蘭毫不猶豫拒絕。

笑話，這群人可是當初令她外祖母家倒臺的罪魁禍首！

「好的，那我就命人回絕了。除此以外，梁府的葉嬤嬤派人稍來口信，說是繡娘子比試結束了，但是最終結果尚未出來，出眾的繡娘子有機會進宮覲見貴人，按照以往來看，這事怕會定在下個月。」

李蘭哦了一聲，看向李小芸。「聽明白了？這個月妳除了給小不點做衣裳，還要學些宮裡的基本禮儀。」

李小芸一陣頭大，鬱悶道：「不是說進宮很難嗎？怎麼感覺沒幹啥就能進宮了？」

「貴人們作決議都慢著呢，幾大繡坊定會藉著這一個月的時間發揮繡娘子比試餘威，大力宣傳此次不錯的繡品，怕是又有一批人會被吹捧出來。我們雖然沒有什麼資源，但妳也該趁此機會練習禮儀，才不會失了禮數。」

「哦……」李小芸不甚在意地打了個哈欠。「我看我還是專心給小不點做衣服吧，這孩子挺倔強的，我不想他受苦。」

李蘭搖了搖頭，苦笑道：「妳倒是真心疼他。」

李小芸揚起唇角，溫和地笑了，並沒有否認。

李蘭不曉得的是，在李小芸腦海裡，始終留存著這樣一個畫面——

慘澹的日光透過窗櫺灑在屋內，李桓煜拿著匕首，不顧後果殺死了金浩然。

他的眼底沒有畏懼，只有濃濃的擔心，彷彿可以為了她而死。

這樣的小不點，她如何對他狠得下心呢？

可惜的是小不點可不這麼認為呢……

第三十六章

遙遠的西河郡，李桓煜即將帶著二十人左右的小隊，外出執行任務。

李桓煜自己都有些驚訝，歐陽穆竟會直接讓他帶領一個小隊，其中還包括謀士裴永易。

李小芸還是沒有任何音訊。

他已經從最初的氣憤、發洩演變成如今的麻木不仁了。

清晨，李桓煜蹲完馬步，跳上木樁子狠狠自虐一番。

他光著膀子，原本光潔白皙的肌膚曬成了古銅色，臉上淌著汗珠，映在日光下，閃閃發亮。

他的面容本就無可挑剔，隨著年齡增長越發英俊，高挺的鼻梁、完美的唇形，以及渾身散發的冷峻氣質，都是極其吸引年輕女孩的。

吃過早飯後，李桓煜不死心又命人去驛站詢問，可有京城送過來的包裹？

答案依然是沒有。

他忽然有些受傷，整個人沒精打采起來。

他的謀士裴永易是太后特意安插過來的人，所以對李桓煜特別恭敬，態度比面對歐陽家子弟還要謙恭幾分。

他發現李桓煜特別在意驛站寄送包裹的消息，總會因此影響情緒。

他急忙命人私下打探消息，這才曉得原由，又聽到燦哥兒講起李桓煜的姊姊去參加繡娘子比試，裴永易總覺得哪裡不對勁。

不是說在宮裡伺候太后娘娘的女孩就是小主人的姊姊嗎？

那她又如何參加繡娘子比試呢？

裴永易見李桓煜整個人失魂落魄，考慮到過幾日還要出任務，便暗中命人去尋小土豆過來問話。

小土豆跟隨李蘭的姓，大名李新。

李蘭對孩子從小沒有父親一事心裡有愧，便希望他的人生是嶄新的，便取了「新」字為名。

李新身材高大結實，不過長相隨了李蘭，略偏柔弱，皮膚白嫩，好在一曬就黑，幾個月下來成了黑煤球。

由於他從小就伴在李桓煜身邊，裴永易不敢怠慢他，見他進屋，立刻放下手中筆墨，吩咐道：「去給李新公子搬把椅子。」

然後一陣客套的噓寒問暖，倒是讓李新既納悶又渾身毛骨悚然，有些快坐不住了。

但考慮到這人是歐陽穆將軍派來輔佐李大哥的，自然小心翼翼回話。

良久，裴永易見寒暄得差不多了，直接步入正題。「其實在下有件事情想和李公子確認。」

李新挑眉，這應該才是正事吧？他從小和李桓煜一起長大，一心向著他，對突然來到軍營裡的的裴永易心懷警惕。

裴永易猶豫片刻，低聲道：「歐陽將軍派在下過來輔佐桓煜少爺，除了要幫忙謀事以外，還叮囑在下務必好好關照。」

……李新低頭聽著，沒敢擅自多言。

裴永易嘆了口氣，搖頭道：「可是在下讓將軍失望了，近來桓煜少爺心不在焉，太勤於鍛鍊身體，還不聽人勸說；雖然勤奮努力在軍中不是壞事，可是總覺得哪裡不對。我意外聽下人說，前陣子天寒地凍的桓煜少爺都不肯穿新衣，差點凍壞了身子，這可不是小事，不知你可知道其中原由？」

李新一愣，考慮到李桓煜待小芸姊姊極其特別也不是什麼秘密，索性直言道：「我是瞭解的，李大哥從小便只穿慣小芸姊姊親手縫製的衣裳，不喜歡外人做的。」

「小芸，小芸是誰？」

「小芸是當年撿到李大哥的女孩，當年李邵和先生京城、漠北兩地奔波，一直都是小芸姊姊照顧李大哥的，這些年下來他們感情甚好，歐陽燦公子也認識小芸姊姊。」

裴永易哦了一聲，這應該就是小主人心裡念著的姊姊吧？

「她長得……何種模樣？」他垂下眼眸，試探問道。

小主人如此惦念一個村裡姑娘，這可不是什麼好事，莫非這位姑娘美若天仙，才可以如此影響到小主人？

若是如此，他有必要立刻寫信給京城說一聲。

不過奇怪的是，如此重要的角色，白嬤嬤為何沒有上報呢？

他哪裡曉得，白嬤嬤最初覺得李小芸不足為懼，便沒有多說，後來又深深憐憫小芸，就刻意避談這件事情；再說她心知李小芸對於李桓煜的重要性，絕對不是三言兩語便可以帶過的。

李新臉頰微微紅了一下。「我們小芸姊姊……是極好的女孩呢。」

他沒見過多少女子，加上他娘是寡婦，村裡沒人和他們家走得近，小時候李小芸也是極其照顧他的；再加上李桓煜老說小芸好，李新便覺得，這世上小芸姊姊就是最好的女子了。

裴永易徹底憂心起來，看李新這表情，李小芸必然是村裡的一枝花了！

李新怕別人誤會了李小芸，急忙道：「先生，您別多想。我能理解李大哥待小芸姊姊的感情，以前李先生不在村裡，李大哥可說是被小芸姊姊一手帶大的；他們從未分開過，此次卻是……」

裴永易點了點頭，目光怔了一下。

不對，他想起資料上並不曾有「李小芸」這個人，宮裡所謂小主人的姊姊名字叫做李小花呢。

他直言道：「你們村裡是不是也有個叫李小花的姑娘？」

李新撇了撇唇角，不屑道：「她是小芸的親姊姊，愛慕虛榮、自私自利，很是煩人；若不是她，李大哥怕是都能去參加科舉了，哪裡需要來這裡受苦！」

「嗯？」裴永易一愣，瞇著眼睛看過去。

李新察覺到自個兒說錯了話，岔開話題道：「哦，其實和李大哥也沒什麼關係，就是小花為了參加秀女選拔，用小芸姊姊的親事賄賂了金縣長。金縣長的兒子可是傻子，他們卻逼著小芸姊姊嫁給傻子。」

「所以如今進宮當差的不是桓煜少爺的姊姊，而是你嘴裡貪慕虛榮的李小花？」

李新用力地點了下頭。「我不知道小花現在在哪裡，但是她當初確實是和京城來的人走了。反正她心機狡詐，十分陰毒，我們都很討厭她。」

裴永易面露為難，手指敲著桌角，總覺得哪裡不對勁。

「那個……既然說是用李小芸的親事賄賂了金縣長，她最後嫁了嗎？」

李新聽到此處，目光閃爍。

他咬住下唇，垂下頭道：「沒有。金縣長怕是這輩子虧心事做多了，他那個傻兒子是個短命鬼，死於一場火災，所以小芸姊姊沒嫁。」

裴永易渾身一僵，倒是聽說過小主人殺人的事。

但是官方說法是因為小主人和對方有意氣之爭，並未提及李小芸；莫不是事實根本不是這般嗎？陪在小主人身邊的白氏為何故意隱瞞？

此事事關重大，照他這幾日觀察來看，小主人哪裡是在念著親人，分明是春心萌動，想著心上人的模樣！

他思及李桓煜的身分，背脊一片冰涼。

小主人對一名毫無背景的鄉下村妞動情也就罷了，偏偏此時在太后娘娘身邊伺候的女子可謂心機狡詐。他越想越心驚，遣走李新後急忙拿起筆墨，給京中送了一封加急信件。

京城，李小芸去黃怡家拜訪。

黃怡的奶娘葉嬤嬤同顧繡有些淵源，還曾經幫助她們，所以李蘭此次特意過來道謝。

馬車又在黃怡婆家前的岔路口堵住了。

李小芸閒來無事，便將梁老爺兩個妻子的事同師父講了一遍。

若不是感激葉嬤嬤，李蘭實在不樂意登門梁家，畢竟如今梁家夫人，可是她仇人的嫡親妹子。

她無聊地撩起簾子，表情微微一怔。

一個熟悉的背影映入眼簾，她不敢置信地放下簾子，蹙眉思索著。

李小芸見她情緒異樣，撩起簾子望出去，咦了一聲。

那人身材纖細瘦長，皮膚白皙，書生氣息濃重。

她揚起唇角。「師父，遠處那個男人是夏大人的小兒子，梁夫人的姪兒……」

李蘭哦了一聲，眼神不由自主瞄了過去。「這人……有些像是我的故人。」

「兩位姑娘，梁家少奶奶派轎子過來接妳們了。」

外面傳來一道女聲。

興許是考慮到自家門前經常堵路，此次黃怡提前做了準備。

李小芸拉著李蘭。「師父，走吧。」

李蘭嗯了一聲，準備下馬車。

她本能抬了下頭，正巧趕上那男子扭頭，讓她看到了正面。

「啊……」

李蘭只覺得渾身僵硬，大腦一片空白。

李小芸發現師父不對勁，急忙回過身，立刻扶住她的後背。「師父！」

李蘭捂住嘴巴，張大了嘴巴卻發不出聲音，眼眶裡積滿了淚水，目光驚恐中帶著幾分不可置信。

李小芸順著她的目光看過去，只看到男人靛藍色長袍的衣角消失在大門口處。

那不是夏樊之的兒子嗎？

李小芸的大腦立刻運轉起來，她上次見到那人就覺得眼熟，對了，是覺得像小土豆，當時還想過回去問師父呢。

可是發現師父似乎完全沒聽說過此人，就放下此事沒再追究；如今想起來，莫非有什麼內情？

李小芸有些撐不住李蘭的重量，便扶著她坐在地上，猶豫片刻朝梁府管事嬤嬤道：「實在不好意思，我師父身體突然不舒服，這些禮物麻煩您收下幫我轉交給貴府少奶奶，我還是先陪著師父回去吧。」

管事嬤嬤猶豫片刻，道：「要不然我去和少奶奶說一聲，命人幫著姑娘抬李蘭師父進去休憩呢？」

「不了、不了……」李小芸急忙拒絕。

她總是要搞清楚李蘭為何如此才好進梁府吧？萬一又碰上剛才那位夏家公子，豈不是更麻煩了？

管事嬤嬤還想勸她，可是李蘭整個人彷佛沒了心魂，目光呆滯，嚇得李小芸匆忙拒絕，吩咐馬車急忙調頭回到城南易府。

同時讓人請了大夫給李蘭瞧病。

大夫把脈後道：「看起來並無太大毛病，可能是心疾……」

李小芸哦了一聲，還是不能放心，鬱悶道：「別不是中風了吧？」

「……姑娘，您想太多了。」

好吧……李小芸付了銀兩，坐在床邊，望著李蘭空洞的眼神，幽幽道：「師父，您到底怎麼了？有什麼話您同我講，千萬別就這樣過去了，您還有小土豆，他和小不點遠在西河郡，要是知道您這樣了豈不是會傷心死？他還等著您給他娶媳婦呢！」

提起小土豆，李蘭似乎有些反應，手指動了一下。

李小芸急忙吩咐人去倒水，自己則蹲了下來，在李蘭耳邊小聲道：「師父，您聽得到我說話嗎？」

良久，李蘭似乎有所觸動，唇角微微扯了一下，但還是閉上了眼睛，淚流滿面，一句話都沒有說。

接連幾日，李蘭的狀況都是如此，有時候是清醒的，有時卻病懨懨的，像是著魔了。

李小芸不停和她說話，講著近來京城的趣事，以及讀小土豆的來信，過了半個月才算有些好轉，知道要吃要喝。

李小芸擔心她是水土不服或者中暑了，老餵她水。

「師父您現在能動嗎？」

李蘭麻木地看了她一眼，眼淚忽然像是泉水似地傾洩而下。「小芸，我……我好像做了一件這輩子都難以挽回的事。」

「如此嚴重？」李小芸詫異道。

李蘭點了點頭，又搖搖頭，咬牙道：「那混蛋竟從始至終都在騙我！」

「混蛋？師父，您怎麼了？有什麼委屈就說出來，心裡還會好受幾分。」

李蘭眨了下眼睛，再次垂下頭，嘆了口氣道：「待妳的事情徹底解決，我想回李家村了。」

「師父……您可以說出來的。」李小芸勸慰她。

李蘭若是如此壓抑著，下次怕是還要出事。

李蘭大口吸了好幾口氣，哽咽道：「我說不出，太可惡了，怎麼會這樣子？」

「師父……」

此時嫣然捧著湯藥走了進來。

這是大夫開的安神藥，由於李蘭身體確實沒有病痛，所以不好亂喝藥。

李小芸吹了吹湯藥，嚐了口確定不燙口，便遞給她喝。

嫣然道：「奴婢已按照姑娘的意思回絕了所有人的邀請。」

李蘭一怔，面露焦急道：「顧三娘子的宴會妳也沒去嗎？」

李小芸蹙眉道：「師父，您病了這些時日，整日鬱鬱寡歡，也不說話，我害怕，就沒離開過。」

李蘭氣急敗壞道：「顧三娘子那裡妳怎麼能不去呢？妳忘了咱們來京城的目的了？」

「我記得啊，可是您……」李小芸覺得有些委屈，她是因為李蘭突然病倒，才回絕了所有邀請。

「哦，對了，李旻晟少爺在前院呢，他又帶大夫來了。」嫣然道。
這次李蘭神志突然不清，李旻晟倒是幫了不少忙。
嫣然話音才落，李旻晟便帶了大夫進了後院。
「小芸，聽說李蘭姊醒過來了？」李旻晟憂心地說。
李蘭這病來得蹊蹺，那日在梁府門口坐在地上後整個人就跟傻掉似的，完全找不到原由。
李小芸哦了一聲。「神志恢復了，我們聊了許多。」
李旻晟急忙給李蘭見禮。「李蘭姊……」
李蘭點了下頭。「別客氣了，都是同鄉。」
「我又尋了大夫，這位大夫專門治人心疾的。」
李蘭搖搖頭。「這些時日你們辛苦了，我沒大病，只是有些事情想不通，想起來……就難受。」
李小芸和李旻晟對視一眼，誰也不敢多說話，只怕李蘭再犯病，若是身體上的問題倒好辦，就怕心病……這上哪裡去尋藥呢？
李旻晟帶來好多補品，說了沒幾句話，李蘭就面露疲態，讓兩個人出去。
李小芸有些難過，出了房後邊走邊說：「師父自從清醒後就老是這樣子，死氣沈沈，什麼都不樂意和我說，問多了還訓斥人，這可如何是好？」

李旻晟安撫道：「妳仔細想想，那日到底發生了什麼事？我們就算想調查也要有線索吧？」

李小芸咬住下唇。「其實……有件事情我不曉得該不該說……」

她猶豫著，這話在心裡憋了太久，都快憋出病了，此時除了李旻晟，她也尋不到可以幫忙的人。

「講給我聽，別到時候換妳著魔了。」李旻晟抬起手不經意似地拍掉了李小芸髮上的樹葉。

李小芸愣了下，後退兩步，尷尬道：「就是關於夏樊之的小兒子。」

「夏樊之？」李旻晟愣住。

在他看來，李小芸和李蘭都不大可能和夏家有關係。

李小芸想著顧繡傳承之事終歸是李蘭隱私，並未和李旻晟言明，只道：「我認為……那個夏樊之的么子可能是師父舊識。」

「舊識？」李旻晟皺起眉頭。「那人我聽說過，是中樞監的人；只是他怎麼也和李蘭姊扯不到一塊兒吧？」

李小芸垂下眼眸，臉紅道：「你忘了嗎？師父的爹娘當年在一起並不被宗族長老看好，所以搬到縣城住了，後來師父不也是嫁了個外地人嗎？可是那位外地人是誰大家都不曉得。小土豆出生沒多久師父的爹娘就去世了，他們就回村裡住了。」

李旻晟哦了一聲。「小芸，妳的意思是那外地人可能和夏樊之大人的么子有關係？」

李小芸點了下頭，忍住後半句話沒有說，她不是認為他們有關係，而是懷疑那人莫不就是夏樊之的么子吧。

她不敢亂猜測，只能託李旻晟調查。

李旻晟望著李小芸日漸清瘦的面容，心疼道：「妳別太操勞，進宮的日子不出意外是下個月初一，應該就是五個人，四大繡坊各出一名繡娘子，還有妳。」

李小芸愣住。「這麼看我的存在還挺特別的。」

李旻晟揚起唇角。「妳表現好，本就該有機會面見貴人；更何況……」他突然頓住，略顯尷尬道：「李小花前幾日還來尋我。」

李小芸厭棄道：「又是讓你勸我說謊吧？這件事情我想了下，或許我不會揭穿她，但是絕對不會欺騙貴人的，否則這成什麼了？多行不義必自斃，你幫我捎話給她，真的假不了，假的真不了，她要是真聰明就主動和太后娘娘坦承了，否則其他地方也會露出馬腳！」

「小芸，妳說話越來越犀利了。」

李小芸沒好氣地掃了他一眼。

「我是真和你們玩不起！師父莫名就病了，我還要進宮，教規矩的嬤嬤快把我鍛鍊得沒了一層皮，誰有閒工夫和你扯這些？」

李旻晟哦了一聲，不知道為什麼，眼前爽朗的李小芸反而讓他越看越順眼。他近來也有些反感李小花的性子，一句話非要曲裡拐彎繞一大圈說出來，腦袋裡到底在想什麼呀？

李小芸發現李旻晟炯炯有神的目光正盯著自個兒，有些不自在道：「你無事就先回吧，以後不用幫我們尋大夫了，我師父這病怕真是她自個兒的問題，心病還要讓她生病的那個人去醫治，別人做什麼都是無用的。你……」

她發現李旻晟還是盯著她，不由得越發尷尬，索性直言道：「李大哥，你趕緊走吧。」

李旻晟忽地有些洩氣，近來李小芸待他真是越來越不耐煩。

他的心情前所未有的失落起來，都有些失笑於自己的表現。

「小芸姑娘、小芸姑娘！」

嫣然跑上前嚷嚷道：「有貴客來啦！」

「貴客？」

李小芸急忙打起精神。「是誰？」

嫣然氣喘吁吁道：「顧家三娘子！她如今的身分是西菩寺過去的住持莫大師的徒弟，在西菩寺後山的尼姑庵出家，前幾日還進宮給貴人們誦讀佛法。」

「好吧，快去請進來，我……我換件衣服就過去。」

李小芸近來因為照顧李蘭越發不注重形象，想著先去閨房整理一下。她轉過身，躊躇道：「李大哥，這些時日謝謝你的幫忙，我去忙啦。」

李旻晟欲言又止，想起貴客臨門，只能無奈地點了頭，道：「妳先忙，我改日過來看妳。」

李小芸垂下眼眸，福了個身，匆忙離開。

她心裡有些緊張，原本想吩咐嫣然去告知師父，後來想到李蘭的狀況便又拉回嫣然。還是先看看顧三娘子為何而來吧。

片刻後，李小芸戰戰兢兢地來到大堂，她深呼吸好幾次，命令自個兒沈住氣。易家此次來京的人並不多，所以大堂裡伺候的丫鬟不過兩、三人。

令人驚訝的是，顧三娘子居然是獨自前來的。

李小芸微微有些詫異，不過轉念想到顧三娘子畢竟是出家人，一切皆有可能。

她換了一身素色長裙，梳了一個低髻，前額的髮絲也梳到一旁，露出飽滿的額頭，整個人看起來俐落乾淨。

顧三娘子同她對視一眼，忽地輕輕笑了。「妳便是李小芸吧？比試當天我就在二樓，妳表現得很好。」

李小芸臉上一紅，低下頭稱是。

她小心打量著顧三娘子，她表情溫和，同樣在認真打量著自己。

嫣然將茶水端了過來，李小芸招待顧三娘子用茶水。

顧三娘子開門見山道：「我來之前有打探過妳師父李蘭的事情，她如今病了是嗎？」

李小芸點了下頭，猶豫片刻後並未說實話。「可能是水土不服，再加上這次是我們第一次離開漠北，師父怕是想家了。」

顧三娘子嘆了口氣。「我還想著見她一面呢。我的事情想必妳們都清楚，我在關外待了多年，若不是遇到莫大師，怕是會老死異鄉。此次回京心情複雜，只覺得時過境遷，我們顧家的事情……」她忽地頓住。

李小芸安靜聆聽。她並未提起顧家，顧三娘子卻自動提起，可見是將李蘭的身世調查了遍。

「小芸，妳們此次參加完比試就打算回去了嗎？據我所知，妳師父在東寧郡也沒有什麼可依靠的親人了。」

李小芸咬住嘴唇，既然顧三娘子將李蘭的事調查清楚了，自然也曉得她的事情。

她猶豫片刻，沈聲道：「顧師父，既然您同我問這些，可見是知道我師父的身世了吧？」

顧三娘子嗯了一聲。「我一直在尋找當年活下來的顧家人，此次妳在比試中最後的手法乃出自我顧家繡譜，我自然派人去查了，妳不會怪我吧？」

李小芸急忙搖頭道：「顧師父哪裡的話，說到底您可能是我師父的姨母呢。」

顧三娘子深吸口氣道：「她確實是我嫡親妹子的女兒。我那妹子本是家裡最小的女兒，沒想到卻受了這麼多苦。她當年被養得嬌氣，性子不好，妳那師父在我妹子身邊長大，著實……」

李小芸尷尬地笑了一聲，李蘭的娘親在村裡風評確實不好。

她性格古怪，處處和村裡扞格不入，教養李蘭也都是按照大家小姐的做派，待女兒極其冷漠。

況且李蘭娘親本是李蘭祖父收養的女孩，並不打算給兒子做媳婦的，沒想到她卻不想聽從養父的婚事安排，還和自家哥哥暗生情愫。李蘭祖父自然大怒，差點把他們倆都趕出家門。

有言道「落魄的鳳凰不如雞」，假如都需要被人救濟了，還真這般嬌氣過日子，能有幾個人待見你呢？更何況不懂得知恩圖報就算了，還做出這等事來，也難怪村裡人說三道四。

李小芸對李蘭娘親印象也不好，因為她並未給過李蘭足夠的母愛；但是顧三娘子可以給妹妹如此評語，她卻是不敢胡亂說長輩的不是的。

顧三娘子自顧自說了一會兒話，又道：「如今，我們這一脈的冤屈雖然仍未被平反，卻找回了清白，有些產業也收了回來。我還尋到了一位大房晚輩，卻是庶出子女的後代，不如蘭姊兒和我親。我打聽到蘭姊兒還有個孩子，夫君卻是早就沒了的……這男孩是姓李嗎？」

李小芸抬眼看她，想了片刻，道：「是的，姓李，叫李新，如今在西河郡當兵。」

「他才十一歲就當兵了嗎？」

「咳咳……」李小芸一時不知道該怎麼說，她猶豫了下，道：「我師父早年顧不得孩子，李新是送去給李邵和先生的養子做伴讀的。」

「那麼他應該是讀過書了？」

「嗯，讀過的，而且身體很壯實，日後若是有機會，顧師父您定可以見到他，您算起來是他的姨姥姥呢。」

顧三娘子眯著眼睛揚起唇角，笑了一聲。「好孩子，承妳吉言。我在這世上血緣最親近的便是蘭姊兒，顧家大房一脈遭此劫難的確同我有關，我的後半生必然是在佛祖面前守著，為顧家餘下血脈祈福。」

「顧師父……」

顧三娘子揚起下巴，臉上帶著柔和的笑容，幽幽地說：「人死如燈滅，我這具身子怕是活不了幾年，便想著要照應後代。你們都還年輕，妳同金家那點事我也聽說了，本來打算插手，卻發現有人提前插手了，那事在官府已經結了案，妳可知曉？」

「結案？」李小芸瞪大眼睛。

「金家夫婦認定柴房起火起源於妳弟弟救妳，不過說來很奇怪，這案子並未開審，卻已經做完文書；總之就是一切都是意外，同妳和李桓煜沒有半點關係，這場火災純粹是個意外。這案子已經被記錄到了文書裡，若想翻案並不容易，所以妳不用擔心了。」

李小芸咬住下唇，看來是有人暗中幫助。

不會是易姊姊，易家根底不夠，那麼會是誰呢？

李旻晟一家嗎？

「顧師父，這案子是在我們來京後結案的嗎？」

顧三娘子搖了搖頭。「去年便結了。」

李小芸不由得一驚，去年便結了，那麼不可能是李旻晟幫助她了。

難怪金家一直不曾尋過易家麻煩。

可是這事連易姊姊都沒打聽到，可見是暗中進行的。

會是哪位權貴，有這般通天本領硬生生將一場涉及生死的案子壓了下來？更重要的是，死者父親可是朝廷命官，娘親更是漠北駱家女兒啊。

顧三娘子又和李小芸交代了些事情。

「這幾日妳先準備進宮的事情。在宮裡，會對此次繡娘子比試做一次表揚，其中我承諾過的顧家孤本會通過貴人們賜給妳，待所有事情塵埃落定，我再來看妳們。有句話幫我捎給蘭姊兒，既然她和李新在李家村沒有惦念，不如讓李新承嗣顧家吧；當然，這是我個人的想法，妳琢磨下如何告訴李蘭，我並不曉得她身體的狀況，還是妳來拿捏分寸吧。」

李小芸嗯了一聲。

她感受得到顧三娘子的善意，最主要的是望著眼前老態龍鍾，卻依然肅穆端莊的女子，她莫名心疼。

一場年輕時的愛戀徹底毀了整個家族，若是她可以預料到結局，那麼當初怕是根本不會和夏樊之在一起吧？

若是不相識，何來那麼多怨念？

顧三娘子此次來主要是交代事情，說完便離開。

李小芸待她如長輩般恭敬，親自送到大門口目送她離去。

她還猶豫著如何同師父說呢？便再次接到了李桓煜的信。

此次，李桓煜在信函裡只寫了一句話——

不許和李旻晟見面！

這幾個大字蒼勁有力，整整占滿一張紙。

李小芸作賊心虛紅了臉頰，呀，李桓煜在西河郡都能知道他們的事嗎？真是……

她捧著信紙，對於李桓煜的想念更多了一些。

前些時日繁忙不覺得如何，現在想起小不點可憐兮兮地一個人遠在西河郡，她卻許久不曾認真聯繫他，豈不是很可惡嗎？

思及此處，她莫名心痛，顧不上衣裳尚未全部做完，打算先送過去一批慰藉下可憐的小不點。

她尋來紙張，將自己在比試中的表現寫了進去，隱隱透出幾分得意心情。

哪怕在李蘭面前，她一直都是謙虛有禮的李小芸，可是在給李桓煜寫信的時候，就不由得將很想炫耀的事躍然於紙上。

反正小不點對此肯定會嗤之以鼻，她怕什麼呢？也唯有在李桓煜的面前，才敢如此表白心底的虛榮。

若說此次繡娘子比試中她不為自己表現得意那怎麼可能？

她不過也是個普通女孩，而且曾經被壓抑得很是辛苦，於是洋洋灑灑寫了好長的信，才叫來嫣然寄出去。

同時還有包裹，為了讓信函可以早日抵達，李小芸此次將包裹和信函分開寄送，並且特意在信函末尾寫道——

為了怕你凍著，我此次做了好多衣裳，會分幾次寄出去。

她再次審閱了一下信件內容，特意抹掉關於李旻晟之處，這才放心地送出去。

接待完顧三娘子，處理完小不點的信函，已是午後了。

她聽說師父醒了，便決定去告知她顧三娘子的事情。

李蘭還為她沒去找顧三娘子而遺憾呢，現在顧三娘子登門拜訪，又說了那些話，師父應該不會不高興了吧？

她猶豫地走進門，發現李蘭又盯著窗櫺處的日光發呆。

李小芸坐在床邊，掖了掖被角。「師父……」

李蘭一怔，麻木地回過頭。「還沒到晚飯吧。」

「嗯，沒到呢，只是今日接待了一位貴客。」

「誰？」

「顧三娘子來了。」李小芸話音剛落，便見李蘭竟是一下子坐了起來。「妳怎麼沒叫我？」

李小芸愣住。「我見您情緒不好，顧三娘子也說讓您先休息著，過幾日她還來呢，只是讓我捎句話，先看看師父的反應。」

「哦……」李蘭又躺下去。

李小芸在她背脊處放了墊子。「師父……」

「嗯，妳說，我聽著呢。」她閉著眼睛，豎耳聆聽。

「顧三娘子將您的身世以及我們的過往都調查了遍。她此次前來說得直白，道師父的娘親是她嫡出幼妹。」

李蘭指尖動了一下，用力攥住被子。「如此說來，她是我嫡親三姨母？」

「按理說是這樣子。她說她一直在尋找顧氏大房一脈的後人，可是到現在也只尋得您還有另外一戶人家，可惜那戶人家是庶出的……她不是很待見。」

李蘭應聲，繼續聽著。

李小芸直言道：「她言談痛快，說這次顧氏大房的案子雖然尚未被平反，卻是洗清了冤情，所以當年被沒收的一些產業又返還回來了；關於繡譜，她會通過此次繡娘子比試交付到我手中，而產業卻是想讓小土豆……改姓承嗣。」

越到後面說得越小聲，改姓可是換了祖宗的大事情，若是師父答應了，豈不是要被村裡長輩罵上一輩子啊？

她還沒擔心完，便聽李蘭道：「好！妳速速寫信告訴她我答應了，最好盡快補辦官府手續！」

李小芸愕然地望著眼角莫名掛著淚珠的師父。「這……您不需要先和小土豆說一聲嗎？」

村裡長輩待李蘭娘親不好，對李蘭這個小寡婦的態度也一般般，但是畢竟還是收留了他們孤兒寡婦這些年，也算照顧有加；更何況小土豆姓李，李蘭的祖父待男娃還是挺疼的。

李蘭咬住下唇，淡淡地開口。「小芸，妳按照我說的去辦就是，我不需要再考慮了。」

李小芸見她神色憔悴，急忙稱是。

「我明白了，趁著今日顧三娘子還沒回到寺裡，我現在就坐車去追她。」

她記得顧三娘子給她留下了一個地址，是京中城西的一處宅子。那是剛剛歸還給顧府的產業，三娘子入京是幫貴婦人講解佛法，今日會留宿京城。

李蘭在紙上寫下李新的生辰八字，囑咐她盡快安排。

李小芸不敢耽擱片刻，雖然李蘭的行為極其詭異，但考慮到李新是她親兒子，她總不會害親骨肉的。

第三十七章

李小芸顧不及換衣裳就坐上馬車趕往顧宅。

顧宅位於城西，小胡同裡就他們一家，四周極其安靜。

李小芸遞了帖子求見顧三娘子，這才曉得顧三娘子尚未回來。

她本有些沮喪，沒想到一位老婦人急忙跑出來道：「可是前些時日在演武場參與比試的李娘子？」

李小芸急忙點頭，被迎了進去。

這老婦人乃是顧家老僕，一年前被顧三娘子尋回來的，她慈眉善目地看向李小芸。「我知道妳，葉家丫頭給我來過信。」

葉家丫頭？

莫不是黃怡身邊的葉嬤嬤？

「老奴也姓顧，曾是三姑娘身邊的丫鬟。」

三姑娘……如今已青春不再，可是在她眼裡還是記憶中的小女孩吧？

李小芸福了個身。「顧嬤嬤。」

「當不得！」顧嬤嬤急忙扶起她。「進來說話吧。三姑娘剛才派人回來吩咐過會回來吃飯的，正好妳們一起。」

李小芸嗯了一聲。

顧嬤嬤看著她道：「三姑娘白日裡不是見過妳了嗎？妳師父李蘭的病情如何了？」

李小芸推掉一切應酬專心照顧師父的事很多人都曉得。

「已大好了。白日裡顧師父怕驚擾到我師父病情，並未見她；還是後來我又同師父去說，這才有了回話。回話是順著顧師父的心願來的，我便想著趕緊過來說清楚，別耽誤了正事。」

顧嬤嬤眼睛一亮，她自然曉得三姑娘登門求的是什麼。

她有些激動起來道：「小芸的意思是……妳師父樂意讓李家那孩子承嗣顧家這一脈嗎？」

李小芸用力點了點頭。「是的，我師父還說，待繡娘子比試塵埃落定後，我們可能就會離開京城了，所以想盡快辦妥手續。」

顧嬤嬤連說了幾個好字，又道：「我們日日夜夜擔心的事情總算有了著落。妳不曉得，此次三姑娘回到大黎後，顧家八竿子打不著的親戚都開始湊上來，嘴臉難看至極，怎麼不見當年大房出事的時候他們承認我們是親戚了？還好還好，妳師父李蘭可是八姑娘嫡親的閨女呀，李家這位哥兒也算是我們這脈嫡親的外孫呢！」

過了一會兒，李小芸看天色漸暗，她近來事多，便不想繼續等下去，索性直接和顧嬤嬤說清楚。

「顧嬤嬤，家裡事多，離不開人，我先回去了。總之我師父的意思是，她如今身體不好，什麼都作不了主，一切全憑顧三娘子吩咐就是。新哥兒的生辰八字都在信裡面，若有什麼需要的，您隨時差人去城南尋我便可。」

顧嬤嬤想著李小芸還要進宮覲見貴人，怕有許多規矩要學，時間耽誤不得便沒有勉強留她。

她不但送她到門外馬車上，還捎了些關外珍貴的藥材給李蘭。

李小芸道了半天謝，這才離去。

她才抵達家裡，已經是落日時分，整座易府籠罩在一片粉紅色餘暉裡。

她跳下馬車，聽到有腳步聲走近，一抬頭，入眼的是白色綢緞翻領領口。

她急忙停下腳步，詫異道：「李大哥？」

李旻晟嗯了一聲，右手拉住她手腕。「妳先和我走，我有事情同妳講。」

李小芸臉上一紅，用力抽出手。「你在前面走，我跟著你好了。」

李旻晟一愣，倒是沒注意他又本能去拽李小芸了。

兩個人沈默下來。

李小芸想起他說的話，硬著頭皮道：「是很要緊的事情嗎？」

李昱晟蹙眉道：「我大概知道李蘭姊為何突然病倒了……」

李小芸張著嘴巴道：「調查……清楚了？」

李昱晟搖搖頭，又點了點頭，表情莫測高深。「我為了妳這件事情一天都沒吃飯，現在……很餓！」

李小芸哦了一聲。「那你……咱們吃飯去？」

李昱晟見她一副想問又怕觸怒自個兒的模樣，不由得失笑。「我記得妳做的大醬麵很不錯，幫我弄碗麵，我慢慢講。」

李小芸見李昱晟並無為難自己的意思，立刻喜上眉梢道：「走走走，我親手給李大哥做麵去。」

李昱晟胸口處一暖。「好！」

兩個人笑呵呵地進了屋子，李小芸之所以心情好是因為事情有進展。

這些時日李蘭沒來由的失落快把她折磨透了。

明明是溫柔可親的好師父，怎麼說變就變？整個人死氣沈沈沒有一點生氣，若是知道原因，才好對症下藥。

李小芸的院子裡有小廚房，她親自下了麵條，還拌了醬。

李昱晟站在廚房門口，歪頭靠著牆壁，雙手環胸，安靜地凝望著忙碌的小芸。

夕陽的餘暉將整個廚房映成了粉紅色，籠罩著眼前忙碌的女孩。

她的前額，被煮鍋的蒸汽熏出一層薄汗。李旻晟忽地心跳加速，竟是有幫她擦淨前額的衝動。

李小芸手腳麻利，沒一會兒就把麵條煮好了，她怕燙著，墊了厚厚的手帕在碗底，雙手捧著走到李旻晟面前。「好了，回屋吃？」

李旻晟瞇著眼睛，唇角上揚。「妳吃了嗎？」

李小芸一愣，搖搖頭。

他忍不住抬起手敲了下她的額頭。「妳總是這麼笨！不知道多煮點？這樣不就有兩碗麵條啦？」

李小芸覺得委屈。「我怕煮太多吃不完嘛……」

李旻晟挽起袖子，進去又拿了一副碗筷，將麵條分成兩個半碗。「走吧。」

李小芸垂下眼眸，哦了一聲，輕聲道了一句謝謝。

她有些納悶，明明是她下的麵條，明明是她拌的醬，她幹麼和李旻晟說謝謝呢？

李旻晟目光鄙夷地掃了她一眼，笨小芸。

他摸了摸她的後腦，語重心長道：「這世上若是妳不對自己好一些，如何要求別人對妳好呢？」

李小芸不懂他在說什麼，一心只想知道師父到底為何事所困，敷衍地哦哦哦了半天。

李旻晟無語地看著她。「罷了，以後我多替妳想著點便是。」
說完臉上一熱，竟有些緊張。
李小芸完全不在狀況內，並未認真聽他說話。
天色漸暗，兩人來到李小芸的屋子裡，一人搬了一把椅子，坐在桌邊吃麵。
桌子上的燭火跳動著，將彼此的臉頰照映得特別清晰，李旻晟低頭吃一口，就抬起下巴看一眼李小芸。
數次後，李小芸有些坐不住。「我師父到底是怎麼回事？」
李旻晟愣住片刻，這才想起來這裡的目的，他答非所問地說：「妳煮的麵味道一直這麼重！」
李小芸啊了一聲。「醬鹹了嗎？我總覺得京城的鹽比老家的有味道。」
李旻晟搖搖頭。「不，明明是每次妳都放太多鹽……」
兩個人為此爭執了半天，還是李小芸率先回過神。「我師父到底怎麼啦！」
李旻晟哦了一聲，伸手抽走李小芸手裡攥著的手帕，擦了下唇角，又將手帕摺疊整齊，放入懷裡。「洗乾淨後明日給妳還回來。」
「我師父……」李小芸咬牙再次提及。
她話沒說完，李旻晟便緩緩開口。「我派人去查了夏樊之的幼子，夏子軒。」
「果然……還是和他有關係嗎？其實……」李小芸咬住下唇。「那日我初見他就覺得眼熟，他的前額中心有一顆小紅痣，我記得特別清楚……小土豆也有，後來師父說什麼小土豆生病了同這顆痣有關係，便給點了。」

「這樣嗎？」李旻晟皺著眉頭說：「反正我查出來的結果是，夏子軒是中樞監的人，他曾經私下被件差事牽絆在了漠北，而且就是在東寧郡縣城。這份資料本之後被抹去了……後來我通過朋友曉得，這居然是他自己抹掉的，妳不覺得奇怪嗎？」

「自然是奇怪，否則幹麼讓你注意他？查得出他在東寧郡待了幾年嗎？」

「零散加一加總共有四年，而且他使用的都是官府登記在案的身分，絕對不是以夏子軒的名號出現在東寧郡。」

「所以你也懷疑他同我師父有關係嗎？」

李旻晟點了點頭。「本來沒往小土豆那兒去想，但是妳說的紅痣，倒是確實很值得懷疑。這個人在東寧郡待過三、四年，李蘭姊見到他後失控昏厥，他和小土豆前額都有痣，李蘭姊的夫君大家都不知道是誰，她帶著小土豆從城裡回來時就已是孤兒寡婦……種種事由連在一起，答案呼之欲出。」他頓了片刻，忽地揚眉不快道：「上午妳幹麼不直接說紅痣的事？如果早說了，我就直接往這方面查了！」

李小芸尷尬地扯了下唇角。「我……人家畢竟是高官，而且我師父和夏家的關係……真是，我怎麼說嘛。」

李旻晟啪的一聲敲了下桌子。「別找理由了，妳分明還是信不過我。」

李小芸乾笑了一聲，不再多言，解釋越多反而越亂。

她確實是因為有所顧慮才沒告訴李旻晟，但是如今在京城，他又是她唯一信得過的人。

若是夏子軒真的是李蘭傳說中的夫君，那麼一切就解釋得通。

她當年和夏子軒在一起時，他的身分必然不可能是夏子軒，所以李蘭娘親才會同意他們的婚事，後來夏子軒可能比李蘭率先發現兩家的恩怨，所以才會離開？又或者有其他原因？

夏子軒對師父到底有情無情？若說無情，夏子軒年已三十，又模樣俊秀、家世顯赫，沒道理不成親吧？若說有情，連自己的真實身分都不曾吐露半分，就莫名消失了……咦，興許不是莫名消失，她記得易家姊姊曾和師父提起過誰在打探她過得好不好。

夏子軒必然是因其他理由離開師父的，否則以前怎麼不見師父悔不當初，直到看到夏子軒後才會連想死的心都有了？

難怪師父聽說顧三娘子想讓小土豆入籍便那般迫切。

莫不是想著若是日後李新入了夏家的籍，還不如改姓顧呢，否則豈不是噁心死自己算了！

李小芸暗自分析過後，便認定夏子軒絕對是李新之父。

李旻晟見李小芸發著呆，一會兒皺著眉頭，一會兒口中唸唸有詞，只覺得她糾結的表情十分可愛，忍不住右手托著下巴，認真盯著她看。

李小芸用力點了下頭，佩服自己的判斷力！

她猛地抬起頭，正對上一張放大的臉——李旻晟不知何時居然探過頭來，她嚇了一跳本能揮拳拍了過去。

李旻晟捂住英俊的臉頰，哎喲一聲，彎著身子怒道：「李！小！芸！」

李小芸尷尬地收回手。「李大哥，你……沒事吧？」

「妳謀殺親夫嗎？」李旻晟口不擇言，他鬆開手，右眼上方的眉角處青了一片。

李小芸平日裡可是能夠下地幹活的勤勞姑娘，她的手勁可想而知。

她慌張地蹲下身子，愧疚道：「對不起，我不是有意的；再說……」

停頓了一下，突然抱怨道：「你幹麼探身過來？嚇了我一跳！」

李旻晟氣壞了。「我哪裡是故意探過去？我叫了妳好久，妳都不理我啊。」

李小芸咬住下唇，轉過身急忙跑去拿濕手帕，輕輕覆著他的眉角，柔聲道：「好些了嗎？」

李旻晟渾身一僵，他的鼻頭前是李小芸飽滿的胸脯，這讓他整個人都不對勁了起來。

他對女色並不熱衷，即便到了京城，縱橫歡場，卻極少和女孩親近。

李小芸似乎感受到了什麼，低下頭發現她好心好意幫李旻晟敷眉眼，這傢伙居然敢目不轉睛地盯著她胸口看。

她登時滿臉通紅，揮手推開他，只聽到李旻晟悶哼一聲，嘴裡面傳來血腥味道。

……李小芸這手勁，一巴掌就把他拍得流鼻血了。

李旻晟連回嘴的心情都沒有，想他一向在女色方面自持，如今竟被當成色鬼。他不過就是小時候欺負過李小芸幾次，用得著如此看低他嗎？

可是……他發現自己居然不生李小芸的氣，反而怕她誤會他……

這可怎麼辦？他才是生了病的。

李小芸慌張地拉起李旻晟推了出去，用力合上屋門，背對著門對外面道：「李大哥，天色已晚，你趕緊回去吧。」

李旻晟覺得莫名其妙，摸了摸鼻頭，差點貼到屋門上。

弄成這副德行，他這幾天要如何見人！

他欲言又止，有許多話應該和李小芸談一談，但是最後，所有想要說出來的聲音都掩沒在寂靜的夜色裡。

李小芸鎖好門，一句話都不想說了。

她拿出針線盒，開始縫補幾件舊衣裳，努力不去想李旻晟。

她可是揮別過去的人了，不許再胡思亂想，即便李旻晟對她有想法，她便要依從嗎？

不可以！

若是什麼都是對方召之即來、揮之即去，她把自己當成什麼了？

李小芸甩甩頭，修補完了衣裳就躺在床上用力閉上眼睛。

她原本以為會睡不著，沒承想積壓許久的鬱悶消散了，師父的事情總算有了眉目，竟是沒一會兒就進入夢鄉。

在夢裡，她見到了李桓煜。

小不點清瘦了，皮膚亦黑了許多，唯有那雙清澈的目光始終如記憶中般柔和真摯……

清晨，鳥兒在窗外嘰嘰喳喳叫個不停。

李小芸眨了眨眼睛，迷迷糊糊地抬起頭，她發現小桌子上放著早飯，忍不住喚道：「嫣然？嫣然？」

嫣然從屋外走了進來。「姑娘。」

「什麼時辰了？」李小芸坐起來，揉了揉眼睛。

「快過了辰時了。」

李小芸哦了一聲。「葉老師來了嗎？」葉老師是易家請來的老宮女，特意來教她規矩的。

「葉老師約莫過一會兒就到了，我剛要喚姑娘起床。」

李小芸嗯了一聲急忙起身，穿好衣服正好趕上葉老師到了。

她學習了半日規矩後便去陪師父吃飯。

不知道是不是顧三娘子的登門拜訪讓她心寬了不少，總之李蘭心情很好，似乎又回到在李家村時溫柔淡定的性子，同李小芸聊了好多趣事。

李小芸總算鬆了口氣，直到下午突然有宮裡人來送聖旨。她從未想過有朝一日會有接聖旨的機會，所以始終處在暈乎乎的狀態裡。她雙手捧著明晃晃的聖旨，一直恍惚著。

老太監叮囑了她一大堆入宮要事，她也沒聽進去，反倒是身邊丫鬟仔細記了下來。

太監離去以後，李小芸迫不及待地拿著聖旨去找李蘭，兩個沒開過眼界的人對著聖旨一陣雀躍。雖然大家都告訴李小芸——妳肯定會進宮見貴人們的，可是所有流言可抵不過這正式的聖旨呀！

李小芸就差沒抱著聖旨睡覺了。

入宮的日子定在六月初一，在東華山皇家別院。

因為京城天氣炎熱，又到了一年一度需要避暑的夏日，李小芸算下來還有十天左右的時間。她除了日夜練習針法外，不忘早晚各溫習一遍宮裡規矩，省得犯了貴人們的忌諱。

葉氏告訴她——「後宮貴人們如今勢頭正猛的是鎮國公府李家所出的賢妃娘娘，她的兒子是五皇子，自從四皇子去了以後，五皇子是最為受寵的皇子。她應該會待妳不錯，因為據我所知，東寧郡李家村祖上好像是鎮國公府的家生子，後來得主子恩典放出去，所以在許多外人眼裡，李家村出身的妳是算作賢妃娘娘一派的。」

李小芸差點吐血，媽啊，難道她被牽扯進後宮之爭了嗎？可是在她看來，賢妃娘娘……不算是正室吧？

葉氏似乎看出她的無奈，拍了下李小芸額頭。

「別拿普通人家那一套來看皇家。不說聖上，就是皇子府上，除了正妃外還有兩名側妃，側妃所出的子嗣地位可不低呢；若是皇子繼承大統成為聖上，嫡庶那一套就更不牢靠了。如今皇后娘娘雖然有兩名皇子傍身，卻不敢說高枕無憂，將來的事誰都說不準。」

李小芸點了下頭，心裡暗自排行——貴人老大，太后娘娘；貴人老二，皇后娘娘；貴人老三，賢妃娘娘……

「至於其他人嘛，妳知曉不知曉都不重要，我怕就算說了妳也記不住；而且對於他們來說，妳不過是個小角色，今日聊一聊日後可能就忘記了。」

李小芸嗯了一聲，還是早日被忘記比較好。

她那姊姊可是一直在太后身邊瞎掰故事，但願別拖累全家。

接下來幾日，李蘭身體大好，開始起身操勞家事應酬。

李旻晟又登門拜訪過幾次，李小芸都藉口準備入宮事宜沒有露面。

她決定讓彼此冷靜一段時間，這樣大家腦子想清楚了，日後還可以做夥伴，誰也不想平白無故就丟了個朋友。

入宮前兩日，黃怡竟來拜訪李小芸。黃怡目前身孕才滿三個月，體態卻已豐盈不少。

李小芸將她迎進自己房裡，埋怨道：「妳幹什麼呢？若是有事派人叫我過去便是，有身孕居然往外跑。」

黃怡嬌羞一笑，平添了幾分韻味。

「我想妳嘛，再加上前陣子確診懷孕後整日吐，家人又不讓我出門，快憋壞了。這次得了空閒，我拿妳當藉口，還可以出來轉一圈，甚好甚好。」

「拿我當藉口？」李小芸噗哧笑出聲。「難不成妳公婆還知曉我不成？」

黃怡挑眉道：「怎麼會不知曉妳呢？此次被貴人們邀約的一共才五個繡娘子，作為京官家屬哪裡不曉得京中要事？所以我就和婆婆說，擔心妳進宮丟人，想要來看一眼妳。」

……李小芸頓時無言。「哪裡就丟人了呢？我日日練習規矩呢！」

黃怡被她忿忿不平的表情逗樂了，捂嘴淺笑道：「說白了就是想看看妳，再說當年在東寧郡，我也見過李蘭姊啊，她病了我都沒來看……」

李小芸摸了摸她的手，放在手心裡。「放心吧，沒人怪妳呢，理應是我們去看望妳。」

「小芸，其實此次突然前來，我也不是沒事閒著。」黃怡皺了下眉頭，有些為難道：「妳知道嗎？我婆婆的大兄夏大人，居然讓我婆婆問我，當年在李家村的事情，我感覺有些奇怪。」

李小芸蹙眉道：「問妳什麼了？」

黃怡垂下眼眸，想了想道：「就是過去做過什麼事，還瞭解下李家村的背景。他這樣問不免讓我擔心——以現在李銘順、甚至是李家村和鎮國公府的關係，妳此次進宮務必小心。此次去見貴人，妳並非是毫無身分的，妳懂我的意思吧？妳多少代表了李家村，賢妃娘娘必然會護著妳，但是同樣的，那些與鎮國公府為敵的勢力就會想從妳入手，千方百計挑出錯；而且……妳嫡親姊姊李小花在太后娘娘身邊吧？」

李小芸心裡咯噔一下，莫不是李小花又闖了禍？

黃怡憂愁似地捏了捏她的手心。「李小花如今頗得太后娘娘喜歡，但是為人奴婢，今日走得越高，他日摔得越慘，在宮裡行事，聰明人都儘量低調，小花有些太高調了。」

李小芸鬱悶道：「她從小就是這個樣子，而且我和她關係並不好，阿怡妳曉得的。有件事情我比較躊躇，既然夏大人同妳打探，可見怕是真會出事。」

黃怡一愣。「妳躊躇什麼？」

「我……」李小芸低著頭，猶豫片刻，咬牙道：「我剛抵達京城時，小花便來見我，想讓我幫忙一起瞞騙太后娘娘。」

黃怡大驚道：「她可是同太后娘娘胡說八道了什麼？」

李小芸撓了撓頭。

「其實我不覺得這是一件大事，可是後來仔細琢磨，欺騙誰都不能欺騙貴人們，所以……搞不好又是一件株連九族的要命事。」

「如此嚴重？妳先說與我聽，我仔細想想，是否和婆婆問我的事情有關聯。去年四皇子剛去世，皇后娘娘稱病放權休息，大家都說皇上想動歐陽家，沒想到邊疆戰事驟起，皇上無人可用，便暫緩了對付歐陽家。不曉得是不是靖遠侯察覺到什麼，歐陽穆將軍帶領軍隊駐紮在西河郡外，卻遲遲沒有出兵……所以近來皇上心情並不好，京城情勢不穩呢。」

「那……我們這種小人物，也能影響到當前局勢嗎？」李小芸唯唯諾諾地問道。

黃怡嘆了口氣道：「不好說。因為你們如今被劃分到賢妃娘娘那一邊，李邵和先生也備受皇帝青睞，我擔心的是，有人藉故給小花扣上大帽子，連累整個李家村，順勢將鎮國公府扯進來。」

李小芸心裡一涼，當年顧家不過是在一幅繡品上出現讓皇上不悅的詩詞，就全家流放……

「阿怡，其實小花和我講，她平日裡伺候太后娘娘經常講故事，因為發現太后娘娘對李家村的趣事很感興趣，就胡謅了一些；其他都還好，偏偏她說自己撿了個胖小子，還親手拉拔他長大。這胖小子不是別人，正是李邵和先生的養子，如今在西河郡從軍的李桓煜啊！」

黃怡頓時呆住，皺著眉頭愣了好久，忽地恍然大悟道：「難怪……我婆婆還同我問起了李桓煜。」

李小芸臉色一沈，蒼白起來。

「妳怎麼講？說實話了嗎？」她不安道。

黃怡坦承道：「我和李小花沒有過接觸，誰曉得她都和太后娘娘講這些？我自然是如實說了，還有和婆婆講過，妳就是那個撿到小不點的女孩！」

李小芸右手扶額，鬱悶道：「妳說……我要不要裝病不去東華山呢？到時候萬一太后娘娘當眾問起，我說什麼都不合適。」
黃怡摸了摸她的額頭。
「小芸，我不建議妳說謊。欺君之罪可不是鬧著玩的，要是有人挖坑給李家村跳，給李小花扣個欺騙太后娘娘、企圖迷惑眾人、暗中行惡之罪，那麼怕是株連九族的罪都跑不掉。」
李小芸趴在桌子上，委屈道：「李小花呀李小花，她除了害我還是害我，我怎麼有這麼個嫡親姊姊？」
「想開點，車到山前必有路，一切都還不好說；不過……」
黃怡頓了下，小聲說：「我總覺得近來有人對小不點特別關注，莫不是他的來歷有問題？」
李小芸一驚。「不會吧？」
「怎麼不會，本來我沒往李桓煜那兒去琢磨，這世上所有事情都是事出有因，就是不知道小不點到底是什麼來歷？」
李小芸有些心慌，急忙攥住黃怡的手。
「阿怡，妳千萬別和妳婆婆說……」
黃怡安撫地拍了拍她的手。
「放心吧，小不點是妳弟弟，我不會故意害他。上次我婆婆也不過是問李桓煜是誰撿的孩子，夏樊之大人在皇上當年還是皇子時就走得近，所以必然是向著皇上。皇上如今偏向鎮國公府，所以我想，他們會關注李桓煜，保不齊是想捧鎮國公府；畢竟若是李家村被歸在鎮國公一派，那麼李桓煜就算鎮國公府旁支，只要李桓煜弄出點動靜，肯定會有軍功哦。」

「哎呀！」黃怡突然大叫，隨後恢復平靜，小聲說：「李桓煜不會是鎮國公哪個兒子見不得光的私生子吧？」

……李小芸徹底崩潰。

黃怡卻越來越覺得此想法可靠。「肯定是！否則鎮國公府幹麼這麼看重李家村呢？現在鎮國公李氏人脈單薄，就缺將才，莫不是想讓小不點在歐陽穆手下發跡，日後被重用？」

「這……」李小芸蹙眉。「好像也是有可能的。」

黃怡再次失控大聲喊道：「對了！這樣看李小花的謊言就不是小事情了，興許會有人去查李桓煜的身世；但是鎮國公府最大的敵人就是靖遠侯府，難怪小不點會被歐陽穆招走，莫不是想要牽制李家嗎？小芸啊，這件事情妳不能說謊，到時候就推給李小花一個人就好。靖遠侯府在後宮的主事者是皇后娘娘，她若是抓到把柄，真可能把李家村一鍋端了！」

黃怡難得言語直接，倒是形容貼切。

李小芸已經是一頭大汗了……

她聽得心驚，李家村不會走向當年顧家的命運吧？

李小花！李小芸在心底罵了她一百多遍。

「阿怡，太后娘娘和皇后娘娘關係好，還是同賢妃娘娘關係好呢？」

黃怡一怔，想了片刻說：「太后娘娘早年和皇后娘娘關係很差，她們當時就好像現在的皇后娘娘和賢妃娘娘。不過聖上那時候向著皇后娘娘，他們也曾恩愛有加，本是一段佳話呢；至於現在嘛……說不好，反正太后娘娘待皇后娘娘一直都是淡淡的，若要選出一個，或許太后娘娘待賢妃娘娘更好一點吧。」

李小芸哦了一聲。「那就難怪了。妳不是說李家村同鎮國公府親嗎？所以小花備受重用。」

「也有可能，不過貴人們的心沒人敢亂猜，說錯一句話都會掉腦袋！」

李小芸快哭了。「阿怡，謝謝妳懷著身孕還和我說這些，我會小心行事……然後活著出來見妳。」

黃怡見她癟嘴，不由得失笑道：「幹什麼呀，瞧妳這模樣。」

李小芸搖了搖頭。「感覺命運真是坎坷，本以為去東華山是光宗耀祖的好事情，沒承想簡直像是把腦袋拴在了褲腰處，隨時會被貴人們取走呀。」

黃怡同李小芸一起用了午飯，方才離去。

李小芸仔細將兩人的對話回味一遍，突然又冒出一個念頭。

詢問此事的人是夏大人……夏子軒是他老人家的小兒子，夏家在京城也算是能一手遮天的，他查李桓煜會不會把李新查出來？

李小芸整個人更加不好了，決定盡快協助顧三娘子處理李新承嗣的事情。

入夜後，李小芸睡不著，起身決定再給小不點寫一封信。

她真害怕這一去見貴人們會出事，所以將心底滿滿的思念全變成文字寄了出去。

此次覲見貴人的危險之處她亦寫在信裡，前因後果說得明白，日後就算出事，總不能讓小不點從別人那裡去瞭解真相。

她封上信封，同時寄過去五個親手做的平安扣。

聽黃怡的意思，如今靖遠侯府也在和皇上暗中較勁呢，這場戰事怕是會拖得很久。

戰事突起的原因也值得商榷，但願小不點不會被牽連其中。

第三十八章

裴永易加急送出的快件有了回應，京中明確表示太后娘娘身邊的女孩叫做李小花，而非真正撿到李桓煜的李小芸。

他皺著眉頭，猜不出為何會出現這種紕漏，好在一切都已通報宮中，想必太后娘娘心底有譜了——

太后聽說這件事情後並未顯露出憤怒，她這一輩子經歷過的事情太多，早過了易動怒的年紀。

她派人喚來當年去李家村挑選秀女的夏氏，直言道：「這個李小花，不是撿了李桓煜的女孩？」

夏氏心裡咯噔一聲。當初她不樂意惹麻煩，對於李小花的言辭一直裝傻，此時必然更不能承認。

她故作驚訝地抬起頭。「奴婢不敢確定，不過當時之所以會帶她來京城，也是因為她主動說同李桓煜感情如何好，此事還得到過她爹娘的認可。」

太后閉目養神，良久，淡淡開口道：「看在妳帶回來了個收養李桓煜家的嫡親女兒，我便抵了妳的過。」

夏氏急忙請罪。「奴婢有罪，莫不是被李小花同她爹娘一起矇騙了？」

李太后嘆了口氣道：「早就覺得她話裡有出入，不過我目前不想動她，我寵著她，李桓煜才能跟著一起受益；不過嘛……小花年歲也大了吧？我考慮著她的一片『苦心』，想為她作主一門親事，女孩子家，生得好，總不如嫁得『好』，妳說呢？」

夏氏尷尬地笑了一聲，急忙跪地，求饒道：「娘娘，奴婢有失察之罪。」

「哦……起來吧，都說過不計較了。李小花拉著爹娘矇騙你們，這事也不好查啊。」

夏氏身子一僵，眉頭緊皺。

她孫女今年十三歲，正是議親的年紀，就怕李太后「好心」地把兩個女孩的親事一同訂下……

她可真是恨死李小花了！

女孩家的婚事可是一輩子的事啊。

李小花竟敢矇騙太后娘娘，夏氏可不認為娘娘會輕易饒了她。

她心知自己犯了錯，在外面整整跪了一日。

李太后看著，也認為這是她應得的，好在夏氏不傻，犯錯後還知道自省。太后娘娘沒多說什麼，任由她跪著，自個兒去午睡了。

夏氏頓時整個人放鬆下來。

她就怕太后娘娘不罰她，那才是最可怕的事。

既然太后娘娘認了她的自罰，便不會拿孫女的事再懲罰她。

看來這十幾年的禮佛生涯，著實讓太后娘娘的性子柔和許多，若是放在先帝時期，可會讓好多人掉腦袋的！

夏氏本是皇后娘娘身邊的老宮女，於是外人看這件事情，自然便道：「瞧見沒？太后娘娘才出來主事沒多久，就拿皇后娘娘身邊的人開刀了。」

「三十年河東，三十年河西嘛……」

李小花路過大堂的時候咧了下唇角，冷哼一聲。

想當年夏氏去東寧郡姿態擺得多高？如今還不是跪在太后娘娘殿前？說到底不過是和她一般的奴婢罷了，還不如她受寵呢！

夏氏自然發現李小花挺胸抬頭地從她面前走過，唇角嘲諷一勾。

好歹她罰一罰事情就可以過去，而李小花呢？

大禍臨頭了還不自知……

夏氏這一跪就跪到了半夜三更，直到昏厥過去，方被人接走。

歐陽雪從始至終表現得極其鎮定，不但沒幫夏氏說半句話，還追加責罰。

一時間，從佛堂走出來的太后在後宮聲勢大起。

李小花自然是狐假虎威一番，心裡卻對李小芸即將進宮的事情有些躊躇。

她如今過得可好了，太后娘娘還有意賞賜她的家人，這若是傳回村裡面，豈不是很有面子？偏偏殺出個李小芸。

其實關於李小芸進京的事情，她之前就曾寫信給老家的爹娘，就盼爹娘收到信後，能好好管管這個不聽話的妹妹，若是能將她帶回漠北就更好了——

李旺和夏春妮收到李小花的信後，自然對李小芸極度不諒解。

他們近來日子過得極其低調，生怕金縣長會上門尋他們晦氣；可令人驚訝的是，金家只是從此不和他們來往，倒是不曾為難李家村。

李旺自然把一切都歸功於李銘順和李旻晟父子，以及進宮伺候太后娘娘的小花；對於李小芸這個女兒，他和妻子都當成沒養過……

所以，當聽到小花的片面之詞後，夫妻兩人決定去一趟易家——雖然小芸賣身契尚未到期，但是女兒在家從父，他當爹的還是有權力要她盡快回鄉。

易如意早早收到了京城傳來的急件，知曉如意繡坊此次算是大出風頭了；若不是她弟弟年歲尚小，周圍又都是豺狼虎豹般的糟心親戚，她怕是安排好東寧郡的差事就會進京去尋李蘭一行人。

當丫鬟稟告李小芸父母登門拜訪的時候，易如意猶豫片刻，還是見了，畢竟他們是李小芸的爹娘。

李旺坐在大堂的椅子上，悶頭一言不發，不停喝著茶水。
夏春妮有些緊張，易家好歹在東寧郡算得上是大門大戶。
易如意穿了一身白色長裙，走進屋子客氣道：「敢問李村長前來有何事呀？」
李旺抬起頭，淡淡地開口。「我尋我女兒來的。」
「您女兒？」易如意一怔，望著一臉肅穆的李旺。
李旺嗯了一聲，道：「李小芸是我的女兒，總是讓她住在外面，怪不合適的，雖然我當年讓孩子和繡坊簽了五年的賣身契，但她總不能老避不見面啊，我們好歹也是生她、養她的父母。」
易如意蹙眉，心裡暗道，這李村長果然是有備而來。
「可是小芸不在我這裡呀。」
「那她去哪裡了？」李旺假意問道，臉上有略帶責怪的表情。
易如意不由得失笑，李旺居然和她來這套？
她揚起唇，輕笑道：「李小芸去京城參加繡娘子比試了，據說還頗得貴人另眼看待！」
她本想讓兩老高興一下，沒承想李旺反而臉一沈。
他沒應聲，反而是夏春妮開口道：「什麼貴人不貴人，小芸就是個鄉下丫頭，我們還是想讓她趕緊回家，別在京城到處添亂。」
易如意咬住下唇。「怎麼就是添亂了？小芸憑藉實力在京城立腳，得眾人敬佩，你們身為她的爹娘，不高興嗎？」

李旺深吸口氣道：「承蒙易姑娘這幾年對我女兒的培養照顧，可是我們本就是農村人，小芸丫頭身上還揹著婚約呢；雖然金家兒子死了，這婚約也不需要履行了，可還是要給她另尋婚事的。女孩家整日在外面算怎麼回事？她又不是小花，已經是宮女了，行的是正經差事！」

易如意頓時氣不打一處來，怒道：「小芸做的也是正經差事啊。您以為宮女是幹麼的？宮女就是貴人眼裡的一條狗。喏……」

她抬起頭，啪的一聲故意打翻旁邊丫鬟手裡的一個茶杯，淡淡吩咐道：「還不撿起來收拾？」

丫鬟立刻恭敬道：「奴婢遵命。」

易如意指著丫鬟，冷聲道：「您眼裡有出息的小花在宮裡幹的就是這事，而我們小芸呢？那是被貴人們請進宮裡的。她坐著，李小花就要站著；她喝茶，李小花就要奉茶；小芸回貴人話，李小花連插嘴的資格都沒有！你們為人爹娘，到底明白不明白事理啊？」

李旺被易如意諷刺得有些坐不住，黑著臉道：「易姑娘，我們明白不明白事理不重要！重要的是李小芸是我女兒，她生是我的女兒，死也是我的女兒，同你們易家有何關係？我不管她去了哪兒，反正她沒和我講，如今女兒不見了，我當然上你們這裡要！若是妳不趕快把女兒還給我，咱們就官府衙門見，誰知道你們把我女兒弄哪裡去了？」

易如意冷哼一聲，她倒要看看李旺如何告她？

她可不是李蘭，更不是李小芸。

易如意一個女孩可以護住幼弟撐起門戶，那可不是一般的潑辣。

她啪的一聲用力拍了下桌子，喝道：「李旺村長！這裡是易府，你發飆發錯地方了！」

夏春妮嚇了一跳，急忙安撫夫君，一邊唯唯諾諾地說：「易姑娘，我家男人脾氣大您別介意，我們身為小芸爹娘，找不到孩子也很著急啊。」

「著急？」易如意嘲諷似地揚起唇角。

「李小芸當時都快跪死在郡守府外了怎麼不見你們著急呢？金家兒子死了，她差點惹上官司的時候，怎麼不見你們著急呢？你們若當她是親生女兒，幹麼將她議親給傻子？現在找不到孩子著急了，她去京城的時候沒有給你們捎消息嗎？幹麼不出現？是沒臉出現還是心裡有愧？」

李旺眼看著被個小姑娘謾罵，頓時惱羞成怒道：「你們易府少欺負人了！不就是有點錢嗎？當初慫恿我們家芸丫頭賣身給你們，現在我不找你們要孩子管誰要！」

易如意見他們如此理直氣壯，只覺得噁心死了，揚聲道：「把他們兩個人給我轟出去！」

李旺和夏春妮尋女未果還被轟出來，頓時氣氛難堪至極。

礙於惹不起易家，他們當下沒有反應，出門後兩個人卻吵起來。

夏春妮擦了下眼角，委屈道：「都怪你，當初偏要將小花送去選秀女，連帶著將小芸許給了金家傻子。你瞧瞧咱們現在過的是什麼日子？連大門都不敢常出，官府都說金家小子的死和咱們沒關係，你幹麼作賊心虛？」

李旺紅著臉怒道：「妳懂什麼？一介村婦！回家！」

兩個人吵著吵著就回到村裡。

還沒進屋，就在家門口碰到了鄰居。

「阿旺，剛才三叔公來找過你，等了半天，見你們沒回來就走了。」

李旺一怔。「好，那我過去看看。」

鄰居所說的三叔公便是李旺親爹，他心情本就不好，沈著臉回到了父親那裡。他爹是前任村長，李旺的娘親去世後續弦王氏，王氏又生了幾個兒子，所以李父和李旺關係一直頗為緊張。

李旺大步走入屋內，說：「爹，您尋我？」

啪的一聲，正在吃飯的老人將一雙筷子扔到地上，怒道：「你們到底幹了什麼蠢事？」

李旺愣住，他本就一肚子火氣，此時態度也不好地道：「爹您想幹什麼？」他冷淡掃了一眼旁邊的繼母和兩位弟弟。「滾出去！」

老人冷哼一聲。「一早李憲就來尋我，將我罵了個狗血噴頭！我且問你，你們家兩個丫頭都在京城嗎？」

李旺點了下頭，蹙眉道：「這事和小芸、小花有關係嗎？」

「有關係嗎？這信函就是你好閨女小芸代寫的！」

李旺沈默不語，搞不清楚發生了什麼事。

「真是走出去就翅膀長硬了，居然要給李憲他曾孫改姓！」

李旺錯愕地看著父親。「憲叔曾孫……不對，是曾外孫吧？李新嗎？」

「哼，曾外孫？從小到大李新還不是大夥兒幫忙拉拔長大的，現在倒好，你閨女和李蘭去了京城，小花又進了皇宮裡伺候貴人，了不起了嗎？開始欺負村裡人了？」

李旺一陣無語。

這都什麼跟什麼？他完全不知曉啊。

「反正你是村長，李小花也好、李小芸也罷，都是你閨女，你好好管管你兩個好閨女！我瞅著你是仗著女兒要一步登天了是不是？眼睛快長到頭頂去了，女孩家去什麼京城？丟人現眼！」

李旺他爹可見是被村裡老哥哥狠狠數落了一番，才會臉紅脖子粗地對兒子一頓斥責。

李旺聽不下去了轉身離開，準備去尋李憲大叔，總要搞清楚李小芸又整出什麼事。

他走出屋門，夏春妮正好迎著他跑了過來。

李旺走後，夏春妮右眼睛不停地跳，沒想到趕到公公家後，才發現夫君已經出來了。

「怎麼了？」夏春妮茫然地看著李旺。

去。

「妳養的好閨女！」李旺咬牙道，隨即大步走向李憲大叔家。

夏春妮跺了下腳，再生氣也要搞清楚是怎麼回事。她快將下唇咬破，氣不過又追了過去。

此事李蘭確實做得不夠穩妥。

只是她被夏子軒的身分嚇傻了。

她的夫君姓黃，是一名進京趕考的書生，後來生了一場大病，便留在東寧郡裡。

他親情單薄，無父無母，臉上總是掛著淡淡的笑容。

李蘭當時性子孤僻，偶然間和他相遇，便是一眼萬年，兩人以心相許。

一切本是極其美好的，可是後來她夫君突然被一群人帶走，一走就是半年多，再回來時卻騙她祖上有仇家日夜追殺他，為了她和孩子的安全，偏讓他們回到村裡居住，而後不告而別，最後只能當他死了。

李蘭對夫君自然是有感情的，她的夫君雖然離她而去，卻常給易家寄送錢財，想要轉交到她的手裡，不過李蘭從來不收下罷了……

她從未想過，她的夫君居然會是夏家人……還是夏樊之的親生兒子！

難怪他會離她而去，怕是根本沒臉見她吧？

她居然給顧家的仇人生下孫子，這事實在椎心至極。

她恨不得有拿刀捅死自己的衝動，於是顧三娘子上門談及李新過繼的事情，她二話不說便同意了，還催促李小芸幫忙辦手續；可是卻還未想辦法和祖父坦白，只讓小芸趕緊寫封信回李家村告知此事，後來才想清楚再派人回老家穩穩妥妥解釋一遍——這已經是後話。

李旺白日裡在易家被罵了一頓，午後又被親爹和老叔公指責，自然是一肚子火氣。他無處發洩，便衝著牆踢了好幾腳。

夏春妮見狀，不敢惹他，悄悄給小姑子李春去了口信。

李旺心裡不痛快，到外面喝了酒，迷迷糊糊中似乎被誰拖進了個滿是香氣的地方。他不曉得自個兒幹了什麼，只覺得渾身舒坦起來。

次日再睜開眼睛，映入眼簾的是花俏精緻的布簾，而且他未著寸縷，旁邊還躺著個粉衫姑娘。

李旺心底一慌，嚇得坐起來靠著牆壁不敢動。

粉衫姑娘穿著開衫長裙，露出光滑的脖頸，眉眼帶笑道：「這位客官怎麼了？昨日還死活不肯離開奴家半步呢？」

李旺望著眼前嫵媚的女子，嚥了口口水，竟是一句話都說不出。

女子穿好衣裳，笑道：「快起來吧，太陽都快曬屁股了。」

李旺滿臉通紅，感覺被子還挺暖和的，竟是有些不想離開。

他心虛地穿好衣服，還沒來得及問怎麼回事就被送了出來。他走出酒樓，回頭看了一眼上面招牌——聚香樓。

他近來活得憋屈，越來越覺得沒意思——李小花進了京城，想像中的富貴卻沒有如期而至；李銘順不聯繫他，金家又躲在暗處，指不定什麼時候上來捅刀……

昨天晚上隱約的柔和記憶浮現在腦海裡，李旺只覺得心神蕩漾，閨女、兒子……什麼煩惱都被拋在腦後了。

如意繡坊

一名灰色衣裳的家丁半跪在地上道：「大小姐，聚香樓的如花娘子派人送來消息，那李旺走了。」

易如意懶懶地躺在鳳榻上，哦了一聲，喃喃道：「你此次到京城後，同李小芸說，李小花教唆她爹和我打官司。」

家丁點了點頭。「如果小芸姑娘問後來如何了奴才怎麼回？」

易如意揚起唇角。「你就告訴她我給李旺尋了點事情做，他怕是沒閒工夫管事了。」

家丁連連稱是，沒有多言。

他們家主子真是……不過李旺也夠沒出息的，隨便放個女人就上了鉤，看他戀戀不捨離開聚香樓的樣子，怕是還會再來。

易如意對男人看得透澈，不是色就是賭嘛……隨便拿捏住一個，就讓對方無計可施。

李家家宅不和，誰還有工夫管京城的恩怨？

李小花，著急去吧！

李小花確實快急死了！

眼看著李小芸就要入宮了，她爹娘卻半點消息都沒有，太沒用了！

她整日坐立不安，偏偏太后娘娘特意叮囑要讓她們姊妹團聚！

六月初一當天，貴人們前一晚已先抵達東華山皇家別院。

這處別院坐落於半山腰處，周圍綠樹遮陽，滿是生機，初晨陽光傾洩而下，將每一片樹葉都點綴得閃閃發亮。

樹蔭下溫暖的日光投影到地上，變成點點斑亮。

「天氣真不錯呀……」太后起了個大早，吩咐李小花去倒茶。

李小花昨兒個失眠，神色憔悴，她戰戰兢兢地遞過茶杯給太后娘娘，道：「娘娘，請喝茶。」

太后哦了一聲，挑眉道：「咦，妳眼眶發黑，莫不是想著今日能見到妹妹，太激動了沒睡吧？」

李小花渾身顫了一下，她確實沒睡，卻不是因為激動……

興許是作賊心虛，她總覺得宮裡有好多雙眼睛盯著自個兒，尤其是太后娘娘那雙深不見底的眼眸。

一早就有人來接送李小芸，李蘭擔心上次的事情重演，派了四個家丁跟著馬車一起離開。

李小芸最近忙活得身子清瘦些許，顯得沒那麼高大壯實。

但是其他繡娘子太嬌小了，還是難掩她高眺的身材、乾淨的氣質，以及眉眼中略帶英氣的鋒芒。

李小芸和大隊在城外會合，她們被安排進了兩輛大馬車裡。

此時，一個聲音在耳邊響起。「小芸？」

李小芸一驚，抬起頭，入眼的是一張帶笑的臉。她微微怔了片刻，紅臉道：「夏考官！」

說話的正是彩霞繡坊的夏氏。

葉蘭晴跟在她身後，目光冷漠地看著李小芸——在她眼裡，李小芸不僅僅是對手，更是情敵。

夏考官年歲較長，繡法頗得宮裡人喜歡，是此次帶隊人之一。

陳翩翩主動靠攏過來。「小芸，我和妳同車吧。」

李小芸點了下頭，和陳翩翩坐上後面的馬車。

前面的馬車裡的三個人分別是花城繡坊的葉蘭晴、彩霞繡坊的胡飛燕，以及金雀繡坊的李筠。

李小芸和陳翩翩共乘一車。

馬車走了沒一會兒山路，就來到東華山山腳處。

李小芸跳下馬車，一頂頂小轎子映入眼前。

她不願意搶風頭，便坐上最後一頂轎子。

她本是擔心轎子被人動手腳，全程緊張兮兮地撩起簾子觀察四周，所幸最後平安無事。

她捂著胸口嘆了口氣，早晚被李小花玩死。

其實李小花不是沒想過暗中拖住她，卻礙於前幾日老宮女夏氏被責罰的事情有些警惕。

她畢竟不過是一名小宮女，就算得了太后的寵愛，卻無法一手遮天。

五名如花似玉的女孩跟著宮女行走在林蔭小路上，四周空氣清新，花香沁人心脾。

她們穿過一道道月亮拱門，繞來繞去，最後來到一處裝飾最為華麗的大堂。

李小芸不過是想往四周瞧個幾眼，耳邊就傳來嬤嬤的聲音，她叮囑大家一些基本規矩，便進屋回話，留她們在庭院候著。

考慮到大黎國地位最崇高的女人們就在屋裡坐著，女孩們顧不得太陽曬頭，不敢輕易走動。

她們揚起下巴，一個站得比一個筆直……

過了一會兒，宮人宣她們五個女孩進去。

李小芸識趣地走在最末，小心翼翼地觀察四周——兩邊站著太監、宮女，大堂中間坐著一名眼底帶笑的老人家。

她身著華服，頭戴金釵，手指處的扳指翠綠得耀人眼目。

這應該就是傳說中的太后娘娘了吧？

李小芸在兩邊層層宮女中，發現了李小花。

太后娘娘身旁則是宮中女眷，一個個貌美如花，挨著她最近的是賢妃娘娘，穿著大紅色宮裝，上面鑲著金色鳳凰。

「哀家瞧著這些花兒似的姑娘們頓時覺得自個兒老了。」

「娘娘這是哪裡的話，嫩花兒易折，她們也不過是看著年華好一些。」

「可不是嗎？娘娘今日這繡襬處的繡線好細緻呢。」

太后淡淡地揚起唇角，抿了口茶水。「這是靖遠侯送來的一種新線。」

提起靖遠侯，賢妃娘娘眉眼一挑。「咦，怎麼不見皇后娘娘？」

有人道：「說是昨晚泡溫泉水泡得頭暈了……」

「那趕緊派人去瞧瞧，別病著皇后娘娘了。」賢妃娘娘淡淡開口。

五個女孩被晾著，但是誰也不敢多說什麼。

「給她們落坐吧，年紀輕輕的，別再被這陣勢嚇著。」太后道。

「娘娘真是體貼人呢。」賢妃娘娘繼續捧著太后。

五女急忙道謝，分別落坐在最角落處。

接下來就變成眾女拍馬屁大會。

中間不時有貴人點名，一會兒花城繡坊，一會兒彩霞繡坊，總之李小芸感覺四大繡坊似乎都有親戚在伺候皇上。

直到……

太后娘娘說身體乏了，賢妃娘娘開始清場。

太后深沈卻清冷的嗓音在空曠的大堂上回盪著——「李小芸留下，其他人散了吧。」

陳翩翩大驚，偷偷回過頭朝李小芸擠眉弄眼。

葉蘭晴則不高興地瞪了她一眼，完全沒有剛才被單獨點名的洋洋自得。被貴人記住總比不上太后娘娘欽點吧，怕是過不了幾刻鐘，就會有人開始打聽李小芸是誰了，能被太后娘娘單獨留下的繡娘子，豈不是很特別？

李小芸差點昏過去，起身站在大堂中央一動不動。

天啊，她還正慶幸一切就要結束，可以回家了呢，沒承想遠處的老人竟是將她留下了。

太后娘娘揮了下手，宮女們退了出去。

她扭過頭看了一眼李小花，責怪道：「妳為何不下去？」

李小花臉色瞬間變得煞白，兩腳發軟地往外走去。

太后娘娘為何要單獨同李小芸說話？會不會是對她起了疑心？她的落腳處總覺得跟鑲在地上似的，每一步都顯得步履維艱。

她紅了眼眶，盯著小芸，閃著淚花。

李小芸根本顧不上同她眼神交流，只覺得四周變得分外安靜，彷彿連根針落在地面都聽得到。

她有些躊躇，難道竟是一個人都不留下嗎？太后娘娘性子好孤僻呀。

李小芸胡思亂想的時候，太后也在打量著她。

這女孩個子倒是高䠷，身材說不上纖細，臉蛋亦有些圓潤，眼睛很大，目光清澈，低眉順眼的樣子極其沈靜，卻又透著幾分不卑不亢。

若說李家那孩子是在這姑娘身邊長大的，似乎比在李小花那種性子的人身邊長大更令她舒服一點。

門外，明亮的日光折射進來，將李小芸籠罩在一片明媚的暖陽裡。

她見太后娘娘始終不說話，忍不住抬起頭，兩個人對視上，太后娘娘一愣，李小芸卻是揚起唇角，眼底帶笑。

她的臉龐圓潤，眉眼帶笑的時候顯得可愛，太后娘娘竟是沒有生氣，忽地開口道：「李小芸，東寧郡李家村人士？」

李小芸點了點頭，本想開口卻又閉上嘴。

說多錯多，她還是謹慎起見為好。
李太后吸了口氣道：「妳過來一些，抬起頭，讓我看看。」
李小芸納悶地向前幾步，兩手放在身前，站得筆直。
「轉過去。」
李小芸一怔，覺得太后娘娘好奇怪。
但是既然是貴人吩咐，她老實背過身，正面朝著門外。
太后眼皮上下動著，視線從李小芸的墨色長髮處一點點下移，落在臀部處盯了一會兒，才道：「好吧，轉過身。」
李小芸無奈地又轉過來。
太后娘娘拿了枚果子，放入口中，咀嚼了一會兒，慢吞吞地說：「妳娘生了幾個孩子？」
李小芸愣住，誠實道：「我大哥、二哥、小花姊姊，我還有一對雙胎妹妹，但是只活了一個。」
「哦，妳娘身子骨兒還不錯。」
李小芸點了點頭。「農村婦人，都是吃苦耐勞的。」
李太后嗯了一聲，可惜道：「不過妳家女娃還是太多了……」
李小芸徹底懵了，這位太后娘娘問的都是什麼問題呀？

於是，又是一陣沈默。

李小芸被太后看得發毛，卻是一句話都不敢說。

良久，耳邊傳來太后娘娘略顯疲倦的聲音——「妳退下吧。此次繡娘子比試的賞賜會通過旨意發下去。」

「是。」她恭敬應聲，倒退著走了出去。

她很怕稍有不慎，又被太后娘娘留下。

才走出門檻，立刻撒腿就跑，跑了一會兒才捂著胸口嘆了口氣。

剛才有那麼一剎那，心臟都快跳出來了。

「李小芸！」

噗……李小芸差點摔了一個跟頭。

她站穩身子，回過頭，映入眼簾的是李小花慘白如紙的面容。

李小芸扶著樹木。「有事嗎？」

「妳都和太后娘娘說什麼了？」李小花心急地拉住她的手，手勁都快將她的手腕握出痕跡。

「妳快放開我……」李小芸使盡全力竟無法擺脫她，只能如實道：「什麼都沒說！」

「妳真拿別人當傻子啦！」李小花根本不信。「妳別以為和太后娘娘揭發了我，妳自己就好過了，說到底我是妳親姊姊，咱家不好妳能好得了嗎？」

李小芸沒好氣地瞪著她，一字字道：「我真的什麼都沒說！」

李小花氣急地將她堵在角落。「李小芸，我再問妳一次，太后娘娘都問妳什麼了？」

李小芸蹙眉道：「我騙妳有何好處嗎？娘娘就是看了我一會兒，還問了咱們娘親生了幾個孩子。」

李小花冷笑道：「妳還是不肯和我說實話對吧！」

李小芸徹底無奈了，她尚未發作旁邊就有人站出來一把推開李小花。「妳這個伺候人的宮女在做什麼！」

李小芸一看，陳翩翩個頭小力氣可不小，差點將李小花推倒在地。

陳翩翩右手挽住李小芸，抬起下巴道：「不過是宮裡的狗奴才罷了，小芸妳脾氣可真好，別和她廢話！」

李小芸一怔，回過頭去看氣急敗壞的李小花，說到底她現在的身分確實是伺候她們的。

第三十九章

大堂裡

李太后一個人沈思了片刻，說：「出來吧，白氏。」

從屏風後走出一名女子，她恭敬地行了叩拜之禮。「娘娘。」

李太后淡淡嗯了一聲。「就是她吧，桓煜心裡的女孩？」

白氏點了點頭，她待在李桓煜身邊多年，自然曉得李桓煜有多麼愛慕李小芸，但是這些話她可不敢和太后娘娘直說。

在娘娘眼裡，李小芸大概連給李桓煜提鞋的資格都不夠，何來看重和愛慕？若是知曉李桓煜如此在乎這樣一個普通少女，怕是殺了對方的心都有。

可是李桓煜的心情卻是眾所周知，她若是瞞著，自己也是有罪的。

李太后皺了下眉頭。「看起來倒是個能生養的……」

白氏尷尬陪笑。

「可是出身太低，做妾室都覺得委屈了桓煜；看在她待桓煜有幾分真心，暫且留著，我再想想吧。」

「娘娘慈悲。」白氏急忙道。

她同李小芸相處這些年，看著她和李桓煜一步步走來，說實話是有幾分心疼的。隱去李小芸對李桓煜的影響，也不過是希望保全她的性命，否則以太后娘娘萬事不容有失的性子，豈能允許這種人的存在？

李桓煜對於現在的太后娘娘來說，怕是比皇位都還重要的。

「西邊的戰事還無動靜嗎？」太后問道。

白氏想了片刻，說：「我家姑娘說快動了。」

白氏嘴裡的姑娘便是白容容。

「好吧，告訴他們一定要給咱們桓煜立個軍功，否則不好說親家。」

「您放心吧，我家姑娘盯著呢。」

李太后搖搖頭。

「容容這孩子從小被看顧得太好，做事還不如妳靠譜呢；不過沒關係，今年皇帝身體好了，中秋時咱們大辦，我倒是要幫桓煜好好打算。」

想起李桓煜，滿是溝壑的臉頰爬上一抹柔和。「他從小沒沾我什麼福氣，定是不能在婚事上再受委屈。」

或許是因為太后娘娘單獨召見李小芸，她感覺自個兒在宮裡走起路來都有風。

葉蘭晴再不待見她，見到也只能裝死似地讓路，躲得老遠，沒有過來挑釁。

陳翩翩笑成了一朵花，挽住李小芸的胳臂，道：「太后娘娘真沒和妳說什麼呀？」

李小芸無奈地撇下唇角，她真是冤枉啊……總不能對外說太后娘娘性子詭異吧？只好硬著頭皮使勁思索片刻，道：「就是關心了一下我家裡事。」

「果然還是提到李家村了吧！」李小花的聲音從身後飄來，李小芸渾身一顫。能不能不要如此神出鬼沒呀？

陳翩翩嘟著嘴巴道：「小芸，這個宮女到底是誰啊？」

……「她是我姊姊。」

「姊姊？」陳翩翩差點咬到舌頭，她的目光來來回回在她們兩個身上轉來轉去，忍不住捂著嘴巴樂道：「這麼看還真有點像。」

「我和她長得像？」李小花瞪大了眼睛，指著自己又指指李小芸，怒道：「妳眼睛不好吧。」

李小芸尷尬地笑了一聲，其實翩翩眼睛確實不好。

陳翩翩揚起下巴道：「妳一個宮女有什麼資格和我們說話呢？」

她故意打翻旁邊托盤上的碗筷。「麻煩收拾一下殘局唄。」

李小花看向李小芸，似乎想讓後者為她說句話。

李小芸默默垂下眼眸，她巴不得李小花趕緊滾……

李小花跺了下腳，咬牙喊道：「李、小、芸！」

身後的管事嬤嬤走了過來，厲聲道：「李小花，快把碎了的瓷器撿起來，可別傷著姑娘們。」

李小花只好眼底閃著淚花蹲下來撿碗筷。

陳翩翩頓時得意忘形道：「小芸，走，我帶妳去看看這東華山的風景。這屋子外面有處觀景臺……還有溫泉，我爺爺說貴人此次把咱們接來是允許咱們住上幾日的，晚上一起泡溫泉吧！」

李小芸不經意回過頭看向李小花，入眼的只是她微微顫抖的背影。

唉……費盡心思想進宮，這日子過的和丫鬟有何區別？

榮辱生死全在貴人們一念間。

她攥了下拳頭，好歹她掌控著自己的命運呢。

李小芸在東華山住了三日，除了和陳翩翩在一起外，還遇到三公主以及她的手帕交陳諾曦。

興許是得知太后娘娘曾經單獨召見過她，她又是此次繡娘子比試中極其出彩的，陳諾曦的態度比上次見面好多了。

但是李小芸總覺得陳諾曦整個人太過神秘，不樂意接近她；再加上對方曾打算利用她的苦處讓她一輩子賣命，她多少不大喜歡這兩個女孩。

葉蘭晴則是雖然厭她，卻並未主動招惹。

所以在東華山的小日子過得極舒適。

最後一天，貴人們的賞賜下發下來，顧氏繡譜孤本果然落到李小芸手裡。

她捧著三本繡譜，隱隱有些激動。

雖然早就知道這幾本繡譜跑不掉，可是尚未到手，終歸有所不同。

陳翩翩在一旁看著她。

「小芸，妳家同顧繡有淵源嗎？」

李小芸如實道：「我師父……是顧家遺孤。」

「難怪。」陳翩翩老神在在地點了下頭。

「什麼難怪？」李小芸詫異地看向她。

陳翩翩笑呵呵道：「顧三娘子登過妳家門呀。」

李小芸淡笑應聲，看來這些事情全都逃不過別人的耳目。

「現在顧氏一族亂得很呢，妳和妳師父兩個女流之輩別參與進去比較好。」陳翩翩由衷勸道。不過她想了一會兒，又說：「但是現在顧三娘子尚在，她既然決定把繡譜給妳，應該會向著妳們。」

原本顧三娘子在繡娘子比試前就曾言明，誰的繡法出眾，誰便能得到這幾本孤本，可是獲取繡譜的前提必須是顧家繡娘子們。

偏偏李小芸姓李，又不知道是從哪裡冒出來的。

此次入選三十名終試的繡娘子中，有兩位是顧家人。兩人本以為只要戰勝對方便可，沒承想卻從東華山傳出消息，顧氏繡譜給了一位並非顧氏出身的女孩。

「小芸，妳回去時千萬注意安全。」陳翩翩好心說道。

李小芸嗯了一聲，還好此次帶著家丁前來。

她主動請求來時接她的馬車送她回府，一路倒也平安。

李蘭把李小芸迎回家門，捧著繡譜看了好久。

她對顧氏繡本沒有太多眷戀，若不是兒時母親深沈的目光給她留下太深刻的印象，怕是不會如此執著。

她尋了機會去西菩寺上香。

寺廟裡有許多超渡亡靈的法事，李蘭選了一種。

她跪在墊子上，閉著眼睛，自言自語——

「娘親……您終其一生的遺憾可以釋懷了。」

西河郡

西河郡外就是軍隊駐紮的地方，這裡民風開放一些，西山裡還住著少數民族部落。

李桓煜所率領的第十小分隊，隸屬於歐陽穆的鐵雲騎。

鐵雲騎下的第十小分隊隊長被西河郡郡守家的小姑娘倒追——如果時常送來好吃的就算

是倒追的話——此事傳遍了整個西河郡。

一個女孩家，如此作風已經算是很主動了，偏偏李桓煜對此置若罔聞，完全不解風情，誰教他連小姑娘的樣子都記不住。

近來他心情大好，就連吃飯都會多要幾碗，入夜後還會在房裡寫東西，寫完就撕掉，然後再次重寫。

不管多麼累，唇角始終微微揚起，眼底帶著濃濃笑意。

隊長心情愉悅了，下面的小兵日子自然好過許多。

李桓煜一日都不敢鬆懈，主動給歐陽穆寫信要求執行大任務。

雖然先前被安排了幾個差事，可是這對急著立功回去娶李小芸的李桓煜來說，實在不夠。

再說，他頭一次同小芸分開那麼久，心底滿滿的都是思念。

不曉得，小芸是不是又清瘦了……

日子在不經意間流逝，轉眼間就到了八月。繡娘子終試終於放榜了，果然如陳翩翩所說，並非尋常一、二、三等的排名，而是日前被召進東華山皇家別院的五位繡娘子皆獲殊榮，同為本屆最佳繡娘子。其中李小芸既非隸屬於四大繡坊，又來自漠北偏鄉，卻能在終試上創作出極具巧心的作品，成為最受矚目的繡娘子，整日邀約不斷，在這一來一往的切磋之下，眼界和技藝竟是增進不少。

李蘭則忙於為李新脫籍，在顧三娘子的協助下，漠北的官員幫忙走了文書，根本沒有過問李家村就將此事定了案。

李新至此成為顧新，宗譜上是顧三娘子嫡親的孫子！

顧三娘子心裡踏實下來，李蘭也輕鬆許多，整個人恢復了往日的光彩。她有時眉眼帶笑，有時會發呆，但是不再像前些時日的歇斯底里。

因為李新脫籍的緣故，李村長和族裡老人們商量後，一怒之下將李蘭逐出族譜，但是卻沒有驅逐李小芸。

李小芸看到來信時哭喪著臉，說：「師父，要是能將我一起逐出宗族就好了。」

李蘭合上通篇謾罵的信函，道：「繡娘子比試的餘熱快要散去，妳對未來有什麼規劃嗎？」

李小芸低下頭，紅臉道：「我也不曉得該怎麼走，以前就是想擺脫嫁給傻子的命運，然後就這憑藉著這股勁兒，走到了京城；現在呢……師父，您怎麼打算？我想跟著您。」

李蘭笑了。「我和顧姨聊過幾次，決定重振顧繡，也算是讓母親在地下可以安息。」

「顧繡？」

「是顧繡，不是顧家。顧家早已腐敗不堪，況且當年大房落罪後，最落井下石的就是顧家親戚，所以怕是這輩子我都懶得走動。」

「那李……顧新呢？」李小芸有些不習慣地改口。

李蘭呆了下，眼底爬上一抹溫柔。

「他跟著桓煜挺好的，別說拿針了，他就是連串線都費勁，這顧繡傳承，最終還是要落在妳身上。」

李小芸嗯了一聲,拍著胸脯道:「師父,您放心吧,我這輩子就是不嫁人,也會幫您振興顧繡;再說咱們顧繡本就不比四大名繡差啊,否則我怎麼會有機會入宮呢?」

「刺繡又和嫁人沒關係……」李蘭摸了摸她的頭，眼睛忽地一亮。「小芸，妳……願意不願意嫁給新哥兒呀？」

李小芸差點暈倒。

她急忙搖頭。「師父，您可千萬別亂點鴛鴦譜呀，我大他四歲呢。」

「四歲也還可以呀，咱村裡有人和童養媳歲數差得比這還大呢。」

「師父……」李小芸快哭了。「您再這樣我還是去嫁人吧。」

李蘭看她如此狼狽，忍不住捂嘴笑了。

「李姑娘、李姑娘……」嫣然跑了進來。「顧三娘子又來了。」

李蘭和李小芸對視一眼，不由得苦笑一聲。

顧家京城宅子自從拿了回來後，顧三娘子就執意要讓李蘭入住。

李蘭雖然有意重振顧繡，卻不想和顧家人有太多牽扯，若是入住顧宅，那麼日後別人登門拜訪，她如何處事？

顧三娘子被丫鬟迎著走了進來，背脊筆直，唇角微揚。

「蘭姊兒，妳身子好了沒有？」

顧三娘子先前來過幾次，如今和李蘭關係尚好。

她畢竟是李蘭的嫡親姨母，倒是真心希望李蘭身體養好了。

李蘭看著她充滿褶皺的臉龐，不願意傷了老人家的心。「大好了，還要謝謝顧姨的藥材。」

「這藥材我手頭多的是呢。我聽人說妳去西菩寺給妳娘做了法事，了卻心願？」

李蘭點了點頭。

顧三娘子嘆了口氣。「下次別煩勞他人，尋我做就好了。」她扭過頭看向李小芸，直言道：「妳們何時搬家？這裡畢竟是易家宅子。」

「這……」李小芸尷尬地去看李蘭，她師父還沒點頭同意過吧。

顧三娘子可不和她們客氣，她年歲大了，沒那麼多時間可以消耗。

她一把攥住李蘭的手道：「蘭姊兒，這宅子我誰也不給，日後留給顧新娶媳婦，妳搬過去是幫他守著呢。」

李蘭扯了下唇角，她還是無法把自己當成顧家人看待。

「況且，我每次下山也住在顧宅。妳可知道，那麼大個宅子，一個人待著難受，妳就當是體諒顧姨坎坷一生，過來陪陪我不好嗎？」顧三娘子說著說著竟真的哽咽起來。

李蘭和李小芸頓時傻眼，難以想像一直以來都是鐵娘子形象的顧三娘子說掉眼淚就能掉眼淚……

她急忙安慰顧三娘子，還未開口又被嫣然的聲音打斷。

「有戰報進京！信使剛剛快馬加鞭進城……」

李蘭和李小芸同時激動地站起來，小不點和顧新可都在西河郡呢！

她們瞬間沒有了同顧三娘子繼續糾結下去的心思。

顧三娘子能理解李蘭的心情，況且顧新如今是他們顧家族譜上的後代，她也非常關心前線的狀況。

她立刻起身。「若是急報，定是先前不曾知曉的意外情況。」

李蘭點了點頭，目光露出幾分期許的神色。

她和李小芸的身家背景完全觸及不到高官王侯，怕是最後去打探消息的還是顧三娘子。

顧三娘子故作嚴肅地看著她。「這件事情我去處理吧，妳們先趕緊搬家，我腿腳不好，總不能在內城辦完事情還要跑到城南吧？」

李蘭羞愧地低下頭，她光顧著自個兒的心情，確實沒有為顧三娘子考慮過，現在還求人家辦事。她咬著下唇，罷了，要什麼面子啊？反正她都被李家村除名出族譜了。

顧三娘子見她點了頭，心情頓時好了不少。

她看向李小芸。「妳此次去東華山，可看出皇后娘娘的異狀？」

李小芸一愣，見顧三娘子早就遣走丫鬟們，便知曉此時的話都是自己人才會言明的。

她猶豫了下，道：「我沒見到皇后娘娘，聽說是她才來東華山身子就不好了……」

「呵呵。」顧三娘子冷笑一聲。「當今聖上是仰仗太后娘娘家才登基的，登基後太后娘娘垂簾聽政，左右朝堂政權，皇上起初伏低做小，但是怎麼可能做一輩子呢？於是暗中弄死先皇后李氏，扶正當今皇后歐陽雪。」

李小芸咋舌，李蘭卻表現得極其平靜。

顧三娘子嘆了口氣，摸了摸李小芸的頭。「妳繡法其實並不出眾，但是勝在敢想敢做、很有靈性。這世上任何事都最怕被規劃成條條框框，無從創新，又何來進步？我看妳師父的意思，最後顧繡還是要落在妳身上，所以才會同妳說這些。在京城，但凡有個風吹草動，背後都隱藏著各大勢力的角力，任何事情都要見微知著，才能明哲保身。」

「那麼……」李小芸眉頭緊皺道：「如今在西河郡為皇上保衛疆土的人是歐陽穆呀！他不是靖遠侯的嫡長孫嗎？皇上居然讓他出戰，不會有什麼陰謀吧？」

她心裡緊張極了，他們家小不點可在前線呢！

而且李桓煜和歐陽燦又是好夥伴，豈不是一輩子都會被綁定在靖遠侯府這艘大船上？

若是按照顧三娘子所說，皇后的地位岌岌可危，會不會波及到桓煜呢？

顧三娘子搖搖頭。「表面上帝后關係還很是和睦的。去年皇上病了，四皇子監國，歐陽家差點奪權成功；興許是覺得賢妃娘家李氏看似名門望族，卻是敗絮其內，後代沒一個能夠拿得出手的，所以皇上病好後，請出太后娘娘壓制皇后娘娘。」

李蘭不由得嘆氣道：「再一次印證在皇家，沒有永遠的敵人和永遠的朋友。」

「賢妃段數太低，於是放權給太后娘娘。太后歸根究柢是皇后婆婆，若真想拿捏對方錯處，倒是容易。據說前陣子皇后身邊一名姓夏的嬤嬤，便被太后處罰了，皇后連句話都不敢說。」顧三娘子解釋道。

「夏嬤嬤？」李小芸忽地記起什麼。「這位夏嬤嬤是不是前幾年去過漠北挑宮女的嬤嬤呀？」

顧三娘子一愣。「這我不清楚呢。」

「那太后娘娘和皇后娘娘關係很差嗎？」李小芸問道。

顧三娘子點了下頭，又搖了搖頭。「以前皇后娘娘自然是和皇上一條心對付太后的，那時候歐陽家和太后娘家鎮南侯府也是劍拔弩張；不過吧，太后娘家因為一場匪變家破人亡，連一個嫡系的根都沒留住。這件事情對太后打擊很大，才會徹底放權過上清靜生活。此次她再次出山，是否會一心幫著皇上說不準，但是想必和皇后娘娘不會太好。當年歐陽家為了對付太后，沒少給鎮南侯府使絆子，就連當年那場匪變，也有人說是歐陽家幹的。」

「啊！」李小芸失聲叫道：「這豈能說是關係不好，簡直是死敵呀。」

「咳咳……這話咱們私下說便是。總之傳言太后娘娘和皇后娘娘關係極差，才被皇上請出來壓制皇后的。前幾日朝堂上還有人上帖子嚴厲斥責歐陽穆將軍呢，說他故意拖延戰事。」

「所以今日才有急報抵京，還鬧得全民皆知？」李小芸隨便一語，倒是令顧三娘子和李蘭深思起來。

「按理說，就算是急報從西河郡快馬加鞭送到京城，也要半個月呢。」李蘭道。

「那麼急報上的內容怕是半個月前的事情了……」

「這般大張旗鼓地進城……」

三個女人對視一眼，可見靖遠侯府果真在和皇上較勁呢。

畢竟總不能沒緣由就整治靖遠侯府吧？更何況，人家長孫還在前線給你賣命呢。

「罷了，我先去探探吧。」顧三娘子說道。

李蘭和李小芸連忙點頭，她們一個兒子、一個親手養大的弟弟在西河郡，心裡都快急壞了。

顧三娘子吩咐人備車離去，臨走時不忘叮囑道：「快些收拾行李搬家……」

李蘭一怔，無奈苦笑。「好，我今兒個就打點行囊。」

顧三娘子唇角揚起，略帶感慨道：「清冷的顧宅總算有人氣了，待日後顧新尋了媳婦，多生養幾個孩子吧。」

想起兒子娶妻，李蘭的眉眼也帶上幾分笑意。

那麼丁點兒的小土豆就要長大了呢。

李小芸何嘗不是如此想？

他們家小不點也終有一日，會成長為參天大樹，獨當一面。

只是一想到李桓煜娶妻，她就會莫名其妙心慌。

李桓煜那破性子，會不會對待妻子不好？如果他對待人家閨女不好，人家會不會欺負他呢？不給他做衣裳，不給他暖被子……

她用力甩了甩頭，真奇怪，小不點以後自己的生活，她亂想個什麼勁？

李蘭答應顧三娘子要搬家，便立刻吩咐人去做了；只是李小芸才走出院子，就被嫣然攔住。

嫣然將她拉到樹下，輕聲說：「小芸姑娘，其實還有一名貴客來訪，但是顧三娘子家的奴僕一直待在月亮門，我不好上報，對方始終在客房候著呢。」

「那妳剛剛怎麼不說？師父去後院收拾東西了。」

嫣然撇了下唇角。「您可知道對方是誰？」

「誰？」

嫣然湊到她耳邊，小聲道：「夏家人！」

「啊！」李小芸差點叫出來。「還在嗎？」

「嗯！」嫣然用力點頭。「奴婢知曉夏家人是顧三娘子的仇人，我哪裡敢報啊；原本想偷偷去和李蘭師父說，可是她卻說要收拾行囊去顧家住。這……到底見還是不見？要不然回絕了？」

李小芸嗯了一聲。「回絕了吧，就說我師父身體不好，休息了不便見客。」

嫣然得了吩咐點頭離去，不過片刻又折返回來，尋到李小芸，尷尬道：「小芸姑娘，對方說不見李蘭師父……他是想見您。」

嫣然遞過來一張紙。「小芸姑娘，這人還說，您若是說不見就給您看這個……」

李小芸愣住，猶豫地接過紙箋，上面寫著幾個大字——

仔細一看，這不是小土豆的生辰八字嗎？

「來者可是一名年約三十歲的男子，前額有痣？」李小芸問道。

「正是，他自稱是夏家人。奴婢也是初次進京，不知道他說的是否是實話。」

李小芸點了下頭。「我曉得了，妳去倒茶上些糕點，我去會會他便是。」

她去見，總比不清楚對方要幹什麼就鬧到師父那裡好。

李小芸來到客房，入眼的果然是曾經見過的男子。

他皮膚白淨，淡粉色唇極薄，眉眼柔和卻目光鋒利，從面相講，這應該是薄情無義的面容吧。

他見李小芸進屋，立刻站起來。

但是並沒有一點求人辦事的卑微感，而是背脊筆直，右手放下茶杯，開門見山道：「我姓夏，名子軒，是李蘭孩子的親生父親。」

李小芸大驚失色，這人說話也太直白了吧？

難道他不應該先表達下對李蘭母子的思念之情，然後把以前的故意欺騙和這些年來不聞不問的態度解釋一番嗎？

「夏……大人。」李小芸想起他是中樞監的官員。

這中樞監並不受人待見，因為其權力太大，直屬領頭人是當今聖上，專門幹些外表光鮮、骨子裡骯髒的事情。

這些都是李小芸從顧三娘子那兒得來的消息——她尚未告訴顧三娘子，顧新的爹，姓夏……

夏子軒目光直視她。「妳們何時離京？」

「啊？」李小芸愣住，夏子軒登門拜訪是為了讓她們離開京城？

難道不是來挽回李蘭的感情？或者，不是來要兒子的？

夏子軒不是沒有成親嗎？他沒有娶妻難道不正說明他對李蘭和孩子是有感情的嗎？

李小芸忽然有些氣憤，盯著夏子軒說：「你見我就是要說這些嗎？你對我師父也打算用這種口氣、這種態度？如果我們不離開京城呢？你莫不是還逼迫我們走不成？」

夏子軒咬住唇角，沒有多言。

他的表情極其肅穆，隱隱透著幾分克制。「妳放心，李蘭之子不管是李新還是顧新，我都不會認下。」

李小芸真的生氣了，什麼叫做她放心啊？這人簡直禽獸不如！

她本以為他主動登門拜訪，至少是心懷愧疚，合著來這裡就是為了轟她們盡快離開京城？莫不是李蘭和孩子的存在擋了他的官路？

夏子軒見她動怒，委婉直言。「我爹尚不知李蘭和阿新的存在，若是等他知曉後，顧新就不可能存在了，只會有夏新。」

李小芸蹙眉。

莫不是夏子軒是為了師父好嗎？可是這人說話實在看不出哪裡對師父有感情了，難道從事暗地裡勾當的人都善於克制情感？

「我會安排送妳們離去。」夏子軒替她決斷道。

「你……」李小芸被氣得一句話都說不出來。

這人是誰啊，憑什麼這麼武斷地定下此事？

咣噹一聲，有動靜從屋外傳來，李小芸和夏子軒同時望過去——

李蘭嬌柔的身影像是風中飄落的枯葉，靜靜站在臺階外面。

夏子軒明顯愣了一下，他張開嘴，久久沒有發出聲音。

剛剛的對話，她全部都聽見了，李蘭用盡力氣深吸口氣，扶著門框，抬起了腳走進來。

「小芸，妳出去。」

李小芸一怔，不放心地看著她。

李蘭抬起頭認真看著她。「這些日子我想了很久，我有話問他，妳出去吧。」

李小芸嗯了一聲，步履維艱地離去。

她不忘幫他們關上門，走到院子裡月亮拱門處停下腳步。

決定在這裡守著，省得有人打擾到他們，又怕師父會做出衝動事。

李小芸同李蘭在一起多年，十分瞭解她的脾氣。

表面上溫柔似水，骨子裡卻帶著幾分倔強。不然她不會在受盡流言蜚語後，考慮到孩子的成長環境，仍硬著頭皮回去投靠李家村，忍受著看不起她娘親的祖父、祖母、叔叔伯伯們的冷嘲熱諷。

但是，不管如何，如果沒有李蘭無條件的幫助，李小芸怕是根本無法改變命運。

所以她願意為李蘭做任何事。

即便由於夏子軒的出現，讓李蘭前陣子簡直是不可理喻，她都願意寬慰她，陪李蘭一起走過最艱難的日子。

屋內，李蘭本以為自己會有許多話要歇斯底里地喊出來，話到嘴邊卻成了無聲。

夏子軒也失去剛才的冰冷，反倒是坐了下來，良久才說：「阿新跟著李桓煜，挺好的。」

李蘭一怔，抬頭去看他。「你知曉他們的消息？」
夏子軒抿著唇角，慘然一笑。「很多事情不是妳想的那麼簡單。」
他的眼底隱約閃過一抹柔和，輕聲道：「這些年，妳辛苦了。」
片刻間，李蘭就紅了眼眶，她張開嘴巴，大口吸氣，還是發不出聲音。
四周非常安靜，窗外知了不停鳴叫，響徹在耳邊。
良久，李蘭道：「不辛苦，我只當是夫君死了……黃子夏……」
夏子軒垂下頭，什麼都沒有說。
「黃子夏，我當年還問過你，為何叫子夏？你說自己是夏天生的，所以就取了這麼個怪名字。我也是真傻啊，完全沒有懷疑過。」
「阿蘭……」夏子軒始終克制的表情總算有些鬆動，他嘆了口氣，沈聲道：「妳也知曉了，我是中樞監的人，況且我沒想到妳娘會是顧家遺孤……後來深思熟慮，總覺得自己離開才是最好的選擇。」
「是嗎？」李蘭諷刺地揚起唇角。「那你幹麼不消失得徹底一點？今日登門又是為了何故？」
夏子軒皺起眉頭道：「我是想讓妳們快些離開京城。」
「什麼？」李蘭驚訝地看著他，自嘲道：「莫不是我的存在礙了你的官途？」
她一直不敢面對這件事情，所以並未同李小芸提起過夏子軒。

李蘭並不知道夏子軒現在還是單身，所以用腦子想想也只能得出一個結論，夏子軒現在肯定是有妻小的！

李蘭命令自己不要介意，心裡卻還是不甘……夏子軒騙了她那麼久，現在生怕她會揭穿他的過往嗎？所以才會急忙過來尋她，讓她盡快離去？

夏子軒愣了下沒有多言解釋，顧左右而言他道：「小土豆的存在我爹並不知曉，妳讓他入了顧家族譜也就是入了，我不認他就是。」

李蘭心裡的怒火騰的一下就起來了。

夏子軒居然有臉說不認親生兒子！她雖然不想讓小土豆姓夏，但是這種撇清關係的話難道不是該她主動說嗎？

她憤怒地站起來。「好吧，既然你不認他，那麼我和小土豆和你便沒關係，我愛在京城待多久便待多久，夏、大、人，您可以走了！」

夏子軒不由得苦笑一聲，他自然看得出來李蘭眼底的怒火。

他猶豫片刻，勸說道：「阿蘭，有些事情比妳想像的還要複雜。我不認小土豆，只是不想讓他捲入夏家的事情；但是若妳留在京城，我爹要查你們的話很容易就會查出我和顧家承嗣的孩子是有關係的。」

李蘭瞪眼看著他，淚水不由自主就流了出來。

夏子軒神情恍惚片刻。「罷了，妳不覺得妳的徒兒如今太過風光了嗎？其他繡娘子哪個不是靠著家世才有機會覲見貴人們？在這京城，誰能在沒背景的條件下，靠著實力拚出來？為什麼李小芸就可以呢？」

李蘭流著淚，躊躇道：「你到底想說什麼？」

「總之妳們必須離開京城。」

「為什麼！」李蘭忍不住喊道：「為什麼你當初不告而別，尋了個自以為是的理由；為什麼現在又說是為了我好，卻口口聲聲不認阿新、不認我！我李蘭不需要你表現出一臉深情，卻字字戳心，無情至極！」

夏子軒沈默了。

時間彷彿在這一刻靜止下來。

一道沈沈的聲音在李蘭耳邊響起，好像是回到了許多年前，她和「黃姓書生」在河邊相遇，他看著她，眉眼帶笑，唇角上揚……

「阿蘭，我待妳如何，早晚妳會明白。我明日就派人來送妳們離京！」他語畢便不再停留，轉身大步離去。

李蘭立刻追了過去，拉住他的衣袖，道：「你給我說清楚，到底為什麼？」

夏子軒回過頭，眼底閃過一抹複雜的目光。

「妳應該知道我爹是如何起勢的吧？他和其他人不一樣，是聖上還是皇子時便追隨在身後的幕僚！聖上在，夏家榮，反之……我得以在中樞監擔任要職，說好聽是皇上的信任，難聽點便是無從選擇。當發覺妳娘是顧氏遺孤的時候妳可知曉我有多麼難過？妳以為我願意一聲不吭離開妻兒就此消失？若不是有情，我又何必後來還給易家捎口信！只是這些年下來，我已經看透，夏家怕是早晚會遭逢一場大難，妳和阿新同我沒關係便是最好的結果。」

李蘭愣住，神情恍惚道：「你……會出事嗎？那你的妻女……」她臉上一熱，閉了嘴巴。夏子軒明顯不打算認他們娘倆，她何苦上趕著丟人現眼？

夏子軒一愣。「我哪裡來的妻女？我已經連累了你們母子，又如何去招惹別人？」

李蘭大驚。「你……現在是一個人？」

「阿蘭，我若是那種喜新厭舊之人，就不會狠心離開你們，妳和阿新的死活又同我何關？先讓自己享樂才是。」

李蘭如鯁在喉，心底卻又湧上一股說不出的感覺，竟是不知道該怎樣面對夏子軒……

夏子軒默默看了她一眼。「我先走了，明日妳們必須離京；至於阿新……」他眼睛一亮，叮囑道：「妳切記，就讓他跟著李桓煜便是了。」

他躊躇片刻，沒有言明這或許是解救夏家大難的唯一辦法。

他很清楚，不管是對李蘭還是他的親生父親夏樊之，很多話都不可以說出來。

夏樊之是打聖上還是皇子時便一路追隨，所以夏家沒有選邊站的機會，只能跟著皇上一頭悶黑走到底。

夏家沒有根基，日後聖上沒了，根本不需要新帝出手對付，後宮的李太后也好，歐陽皇后也好，肯定會拿夏家殺雞儆猴。

他爹可真是忠誠，當初皇上對付李家，他爹就給李家下絆子；如今對付歐陽家，他爹也沒少給靖遠侯府添堵。身為一名科舉出身的探花，夏樊之是出了名的硬脾氣，言辭犀利，誰都敢參！

夏子軒身為中樞監要員，當年之所以會去漠北就是為了調查靖遠侯府歐陽家，沒想到卻讓他查出更令人驚訝的隱秘之事……這也是他任由李蘭留在李家村的原因。

他沒想到，老謀深算的太后果然還是為鎮南侯府留下了命根子。

對於這件事情，夏子軒深思熟慮過，就算他揭發出去，皇帝弄死李桓煜，但是然後呢？鎮南侯府殘餘實力早晚會把他們夏家弄得連個渣都不留。

既然李桓煜的存在不會對皇帝的政權產生影響，夏子軒又想為夏家留條生路，便故意隱瞞下此事。

所以，這件事情至今連夏樊之都是不清楚的，因為夏子軒擔心，以父親的個性而言，怕是會毫不猶豫把李桓煜的事情上報給皇帝。

他之所以想盡快弄走李蘭一行人，其實也是不想讓李桓煜三個字，過早出現在父親眼前。

否則，萬一被他爹察覺出什麼可怎麼辦？

第四十章

夏子軒匆匆離去，李小芸見他走後，急忙跑進屋子。

李蘭失神地坐在椅子上，沈默不語。李小芸陪著她待了一會兒，喚她道：「師父？」

李蘭愣了下，抬起頭，眼底浮著一層水霧，良久，才說：「小芸，妳都知道了……」

她話音才落就哭了出來，彷彿壓抑許久的情緒瞬間崩潰，兩隻手摟著李小芸的腰，放聲大哭。

李小芸見她如此反而踏實下來，眼淚是情緒的宣洩，有些時候想哭都哭不出來，師父能夠哭出來說明是想通了，或許就不會繼續壓抑自己了。

「小芸，他……他真的還是一個人嗎？」

李小芸一怔，低頭看著師父宛若少女般清澈的目光，怕是她還對夏子軒有感情吧。

那人畢竟是她曾經的夫婿，俗話說一日夫妻百日恩，更何況他們還有孩子，李蘭怨他、恨他並不能掩蓋他們曾經共同生活過的事實。

當然，最為重要的是她以為對不起她的那個男人，其實一直都是一個人過活，興許日子還不如她呢。頓時，所有恩怨似乎都可以抵消，讓她願意相信，這一切真是造化弄人，他也有難言之隱。

李小芸抱著李蘭的頭。「那我們……」

李蘭回過神，立刻道：「給顧姨去封信吧。」

「要將顧新的身世告訴顧三娘子嗎？」李小芸問。

李蘭不好意思地垂下眼眸。「其實我當初懷有私心，只想著打死也不能讓新哥兒入了夏家族譜，才會答應承嗣顧家，卻並未告知顧姨他的父親是誰。如今事已至此，若是繼續瞞著可能會生出不必要的麻煩，還是將一切言明得好。」

李小芸嗯了一聲，立刻寫了封信讓下人送到顧宅。

剛剛從宮裡打探完消息的顧三娘子收到信後，果然大吃一驚，二話不說又折返回易家。

李蘭有些愧疚，剛要道歉，卻被顧三娘子打住。

「聽夏子軒的話趕緊離開京城吧。但是漠北路途遙遠，李家村又將妳除名祖籍，我決定讓妳們先在京郊住下，後面的事稍後再說。」顧三娘子說完話便看到李蘭和李小芸一臉不知所措。

「怎麼了？妳們不想住京郊嗎？但是漠北實在太遠了，我照顧不到，況且顧新的情況京城會比漠北先有消息的。」

「哦……不是的。」李蘭尷尬地揚起唇角，她只是沒想到顧三娘子根本沒把夏子軒是顧新父親的事情當成重點。

顧三娘子皺著眉頭道：「我瞅著妳們若是今日行囊收拾妥當了，不如即刻出發吧。夏樊之那人我是瞭解的，雖然這麼多年過去了他心底有愧，為顧家嫡出一脈洗去沈冤；但是此事涉及夏家子嗣，我未必能爭得過他，所以思量再三，既然夏子軒樂意幫忙，妳們還是趕緊離開京城。」

「好吧。」李蘭點頭。

李小芸發現她們真是多慮了。

顧家都快斷子絕孫了，顧三娘子怕是只要有人承嗣便可以，更何況顧新可是她親外甥孫兒，父親是誰便顯得不那麼重要，關鍵是保住孩子的姓氏。

她年歲已高，隨時都有可能離開人世，所以早就放下了曾經的恩怨，如今只希望顧家能有人繼承便好。

這個想法於她而言，甚至超過顧繡得以延續的念頭。

於是李蘭和李小芸在第一時間離開京城，來到了位於京郊陳家村居住。

這陳家村是戶部左侍郎陳宛老家，村裡人大多數都姓陳。

陳家村坐落在東華山腳下，旁邊一片廣大空地亦歸屬於陳家村。京城很多達官貴人都認為這附近風水好，便在此買地建宅。

這是一座三進院子，雖然不是很大，卻佈置得極其溫馨。李蘭和李小芸，再加上顧三娘子和幾個丫鬟、家丁也足夠住下。

入夜後，李蘭才想起忘了問戰報的事情。

李小芸同丫鬟們一起收拾好房子後洗了個澡，才去和師父道晚安。

李蘭拉住她的手，問道：「顧姨睡了吧？」

「嗯，她今日看起來是真累了，早早睡下。」

李蘭蹙眉道：「竟是忘了問最關鍵的事情。」

李小芸這時候才想起，拍了下額頭道：「瞧瞧我這腦子，近來竟容易忘事了，明日一早給顧三娘子請安的時候問吧。」

李蘭嗯了一聲，接連說道：「一定是好消息，新哥兒和小不點一定無事！」

李小芸也複述了一遍，彷彿如此便可以心安。

她回到房裡，感覺渾身又出了好多汗水。

入夏後可真熱啊，但願小不點不會中暑。

她揪著心躺了一晚上，次日清晨不等雞鳴就起了身，路過李蘭房間聽到動靜，這才發現師父也是一夜無眠。

李蘭臉色不大好，輕聲道：「近來發生的事情太多了，跟作夢似的，心裡便特別想念孩子，特別想念……」

「師父……我陪著您呢。」李小芸坐在她身邊，安撫道。

「一起吃過早飯便去請安吧。我聽丫鬟說，顧姨平時淺眠，都起得很早。」

「嗯。」李小芸應聲。

顧三娘子年歲大了，睡眠變少，聽說李蘭她們在外面候著，便讓人迎了進來。她吃了塊糕點，道：「一起吃嗎？」

李蘭搖搖頭道：「初來這裡，有些睡不著，所以很早就起來，已經吃過早飯了。」

「嗯，妳和小芸坐吧。」

李蘭坐下，開門見山道：「顧姨，昨兒個您進宮可是打探到關於急報的消息了？」

顧三娘子一愣。「瞧我這記性，我沒跟妳們提？」

李小芸用力地點了下頭，與李蘭兩個人眼巴巴地看著顧三娘子。

顧三娘子忍不住笑了。「不是壞事，是好消息！」

李蘭懸著的心總算放下來。「是多好的消息？沒聽說過打起來，難不成就結束了？」

顧三娘子搖搖頭。「哪裡會沒有打起來，早就動手了，不過是些小打小鬧，未見大規模動兵。所以前幾日夏樊之還參過歐陽穆一本，說他故意拖延戰役，浪費國庫資源。」

「這可真是……」李蘭尷尬一笑，這個夏樊之歸根究柢還是顧新的祖父。

「皇上都這把歲數了，身子又不好，敢明目張膽得罪靖遠侯府的人並不多。」顧三娘子若有所思，彷彿回憶著什麼，後又搖搖頭，苦笑道：「他那個人，總是很衝動。」

李蘭嘆了口氣，暗自揣摩，這莫不是夏子軒允許新哥兒入籍顧家的原因？那麼他真是不在乎自己的感受，一切為了他們好嗎？她甩甩頭，真討厭，近來幹麼老想起那個負心人？

「其實前些時日就曾傳過戰報回來，但是大多數是西涼國內亂的消息。」

「西涼國內亂？」李蘭驚訝地說：「那他們還有閒工夫進攻咱們大黎邊境？」

「怎麼講呢。西涼國先皇十年前就去世，一直是先皇后的父親俞若虹掌權，當時幾個皇子年歲偏小，所以輔政大臣俞相同時掌控軍權。後來意外死過幾個皇子，如今活下來的只有皇后嫡子，二皇子宇文靜和九皇子宇文軒。九皇子年歲較小，性子好掌握，所以被立為太子。定下他為太子的當天，俞家幕僚便想奪二皇子宇文靜性命；偏偏這孩子命硬，逃到邊疆，投奔西涼國功勛將軍夏氏。夏氏也對西涼國政權有念想，自然留下宇文靜。此次邊關告急，便是這位二皇子趁著夏氏病重，奪取了部分軍權主動來犯我大黎！」

李小芸恍然大悟。「這位二皇子年歲不小了吧，自己已有想法了。」

顧三娘子點了下頭，直白道：「若不是這兩位皇子是皇后嫡出，怕是早就死了。他此次突然挑起邊關戰事，定是另有所圖，絕非故意和大黎開戰，這也是為何歐陽穆沒有動兵的根本原因。」

「他心裡不想真打仗卻故意如此，是為了西涼國內鬥吧。」

「不清楚呢。」顧三娘子嘆了口氣道：「皇家的事情，一切皆有可能。這次的急報才有趣，竟是說歐陽穆麾下的兩個小隊在執行任務的時候意外俘虜到一個商隊。」

「商隊？」李蘭詫異道。

「嗯，說是商隊，但是其中有些特地裝扮的人，後來經過調查，怕是其中一名男子就是西涼國的二皇子，宇文靜！」
李蘭和李小芸驚訝至極。
莫不是這位二皇子被自家人反了，走投無路才會混入前往大黎的商隊吧。
「以前看過的書上說，最危險的地方就是最安全的……」
李蘭笑了，捏了下李小芸的手心。「真能胡謅。」
「所以這就相當於，咱們俘虜了西涼國的二皇子啊！雖然西涼國的輔政大臣俞相一直想要弄死宇文靜，但是西涼國的百姓可不曉得，所以他們怕是必須要救……」
顧三娘子頓了片刻，說：「這封急報是半個月前發出來的，上面寫著，為了確保俘虜安全，將由六皇子和靖遠侯府的歐陽燦回京獻俘。」
李小芸身子一僵，沒來由激動起來。
小不點可是跟著六皇子和燦哥兒走的啊，他們若是回來了，李桓煜是不是也會回來？
清晨，夏子軒派人駕車來易府幫李蘭搬家，沒承想車伕竟回來告知他，李蘭等人已經出城了。
夏子軒微微怔住，有些釋然，卻又莫名感到失落。
腦海裡浮現出多年前，看著那小兒在李蘭懷裡踹著小腿的模樣，煞是可愛；可是……查來查去才發現李蘭娘親竟是顧家女孩。

當時父親對待顧家一事尚未能看開，不像如今這般釋然，他不敢輕易告知父親事情真相，為了保全這對母子只好遠離他們，否則若是父親知曉，定不會讓李蘭撫養阿新。

他嘆了口氣，便聽到耳邊傳來聲音。「少爺，老爺下朝，請您過去呢。」

夏子軒應了一聲，大步前往書房。

夏樊之站在書桌旁，手指敲打著桌角沒開口說話。

夏子軒在家僕示意下進了屋子，站在兩位哥哥的身後。他大哥如今是禁衛軍官員，三哥在戶部當官。

「子軒到了？」

「嗯，父親我到了。」夏子軒上前，找了個父親可以看到的地方站著。

夏樊之見幼子抵達，沈思片刻道：「子軒，你可將西河郡發來的戰報內容核實過了？」

夏子軒恭敬道：「兒子確認過，一切屬實。」

夏樊之嗯了一聲，他的指尖還在敲著書桌，嘆氣道：「今日皇上留我說話。」

三個兒子頓時豎起耳朵，仔細聆聽。

「此次歐陽穆送來的西涼國皇子，恐怕確實是西涼國二皇子宇文靜。歐陽穆應該是知曉他真實身分的，但是為了掩人耳目，防止西涼國細作做手腳，決定讓歐陽燦和六皇子暗中送人到京城……」

「父親，這和咱們有何關係？」夏樊之大兒子夏子徹開口道。

夏樊之搖搖頭道：「關鍵點是，皇上如今想捧五皇子，如何受得了六皇子聲名大噪？」

「捧五皇子？難道是想借助這件事情嗎？」夏樊之三兒子夏子楠開口。

夏樊之點點頭道：「真是發愁。歐陽家此次特意讓六皇子進京獻俘，必然是要把這軍功冠在六皇子身上啊；可是皇上卻不樂意，所以見歐陽家沒有直言，便也假裝不知，卻讓我想辦法將獻俘的功勞冠在五皇子身上。」

夏子軒皺了下眉頭。「父親，皇上現在怎麼越老越糊塗了？宇文靜是靖遠侯家嫡長孫抓的，按理說這頭功是軍中的。現在靖遠侯府識相不要這份軍功，送給六皇子，六皇子好歹是皇子，若是硬冠在五皇子頭上，不說辦法想不出來，也有違常理吧？皇上不怕靖遠侯有想法嗎？」

「胡言亂語，皇上豈是你可以非議的！」夏樊之不滿意幼子的發言。「我們為人臣子便是聽令皇上行事，去年四皇子的事情你們都忘了嗎？朝中多少老臣被牽連得連百年基業都沒了。」

「咱們家沒百年基業，可若是此事夏家人出面行動，日後被皇后娘娘知曉又該當如何？」

夏子軒態度有些不屑，他和兩位哥哥不同，他們都是科舉出身的正式官員，行的是明面上的事情；不像他，專門做些見不得人的勾當。也正是因為如此，他才會對靖遠侯府心懷敬畏。

夏樊之沒有多說，扭過頭看向在禁衛軍當差的大兒子。「近來宮中可有什麼異動？」

夏子徹一愣，直言道：「不見什麼動靜。皇后娘娘一直在養病，雖說後宮是太后在主事，但是她畢竟歲數大了，其實還是賢妃娘娘掌權。」

「前幾日晉升驍騎都尉的鎮國公孫子李若強為人如何？」

夏子徹撇了下唇角。「不怎麼樣，功夫不好，吃不得苦，當差中還偷著逛過窯子；若不是看他是鎮國公後代，怕是我都有心思整他一番。」

夏樊之嘆了口氣。「賢妃娘娘倒是同我多次示好，還讓我給五皇子做老師。」

「可是鎮國公府每況愈下，子孫太不爭氣了，若不是皇上捧著，怕是還不如定國公府呢。」

「定國公府就夠慘的了……」幾個兒子三言兩語提起大黎國僅存的兩個鐵帽子國公爺。不過如今鎮國公府還有個娘娘出頭罩著，定國公卻是連帽子都快被摘了。

「三十年河東，三十年河西，父親，我們一定要在賢妃娘娘這棵樹上吊死嗎？」夏子軒直言道。

夏樊之瞪了他一眼。

「什麼叫做吊死在賢妃娘娘這棵樹上？我聽命的是聖意，如今皇上就是不想讓歐陽家的外甥做太子，擔心外戚獨大，影響社稷根本。」

夏子軒對此不屑一顧，索性沈默下來。

夏檠之琢磨片刻，說：「老三，你去查一下如今城門口輪差的是哪位將領。」

這是打算把夏子楠支走，夏子楠倒是識相，他是文官，有些事情是不易直接參與的；而且，這也是一種變相的保護，日後夏家若是出了事，哪怕是故作內鬥也要留下一房人活著。

夏子楠離去後，夏檠之道：「皇上打算讓人扮成西涼國細作去劫俘。」

夏子徹和夏子軒大驚，對視一眼，這皇帝真是什麼都敢做啊。

「這麼做的目的有二。其一，靖遠侯雖然俘虜敵人有功，卻把俘虜丟了；六皇子將功抵過，不予以封賞，靖遠侯也無話可說。其二，皇上打算讓五皇子帶領禁衛軍前往搜索，權稱協助捉拿西涼國細作，然後成功救回俘虜宇文靜，如此便可宣傳是五皇子捉拿進京的西涼國二皇子……」

夏子軒無奈地扯了下唇角。「這西涼國細作怕是要讓我去生一個出來吧。」

「自然如此，中樞監養了那麼多死士，隨便挑幾個出來便是。」夏檠之不甚在意道。

「可是這麼欺瞞百姓行得通嗎？皇后娘娘那裡呢？靖遠侯可不傻啊……」

夏子軒深吸口氣道：「父親，此事做成後，怕是我們就真和皇后娘娘不死不休了。」

夏檠之瞬間像是老了不少，蹙眉道：「我兒，事已至此，我們本就和靖遠侯府不死不休。前些時日通過梁家的關係，我打算給你訂下隋家老二的嫡出閨女為妻。」

夏子軒頓時傻眼。「什麼？」

夏檠之不高興道：「你這些年來同我說話越來越不夠敬重。我知曉你整日辦差的都是骯髒事情，心情難免不好，但是這皇差多少人想去做還不得信任呢！」

夏子軒沒想到父親說著說著就打算讓他娶妻，一時無法接受。他在家裡是最不怕夏樊之的孩子，又因為李蘭的事對父親心懷不滿，於是直言道：「父親，孩兒不想娶妻。」

「混帳！」夏樊之氣得將桌子上的硯臺扔到地上。「老大，你先出去，我有話和小軒講。」

夏子徹嗯了一聲，轉身離去。

夏樊之盯著小兒子，語重心長道：「若不是你姑姑，你以為這門親事輪得到你嗎？隋家這位嫡系姑娘若不是因為給娘親守孝年歲太大，怕是根本輪不到你來娶。」

夏子軒咬牙，竟是無言以對。

「總之日後若是夏家出事，你且保全自己便是。我特意給你準備了投靠靖遠侯府的證據，若是聖上真沒能除去靖遠侯，讓皇后的兒子登基，你切記要棄夏家、棄兄長、棄我於不顧。」

夏子軒大為震驚。

他一直對父親待皇帝的愚忠有些不滿，尤其先前皇帝病重期間，他和兄長們可謂忍辱負重；若是皇上當時真一病不起，怕是夏家真是死無葬身之地。可是皇帝病好以後，夏家沒落得什麼實惠，依然任由他使喚；尤其是他爹，本就是皇帝手中的筆桿，皇上指誰打誰，不留餘地。

「軒兒，我這一生出身貧困，小時候寄人籬下，心有不甘，一心謀慮出人頭地，可是將實權握在手中後，才知道所謂權力是多麼可怕的東西；我回頭去看走過的路，只覺得心底孤獨，特別後怕。我總覺得有人在身後追著我跑，有顧家當年迎我入府的老太太，也有許多我想不起名字的人，於是便想著補救；可是越補救越覺得欠下太多。我這輩子，為聖上辦了太多的事情，日後聖上真走了，我陪他一起去黃泉路上作伴；但是你們……唉……你活著，夏家好歹留有子嗣。」

「爹……」夏子軒莫名心酸，跪倒在父親膝前。

「軒兒，你在中樞監，明面上涉及的政事少一些。我當年讓你遠離京城，也是不想讓你徹底得罪死京中貴人。現在夏家前途十分明朗，只能悶頭走到黑，皇上支持誰，我就支持誰；現在皇上擺明要扶植五皇子，那麼我便是五皇子的人。你若是娶了隋家姑娘，就離開京城守著隋家過活吧，隋家和歐陽家好歹曾是姻親，皇后娘娘會饒你一命的。到時候，中樞監的差事我幫你回了，想必皇帝看在我侍奉他幾十年的面子上，會許你離開。」

「父親……」夏子軒多年不曾流淚，此時卻濕了眼眶。

「軒兒，我剛才當著你兩兄長面說讓你去劫俘虜，其實我不曾打算讓你插手這件事情。」夏樊之頓了片刻，然後特別冷靜地說道：「我要你將此事透露給皇后娘娘。」

夏子軒十分錯愕，以為自己聽錯了，瞪大眼睛看向父親。

夏樊之一臉彷彿什麼都沒有發生的表情，右手執筆在紙上寫上一句話——

投皇后……

然後將紙張緊緊攥起來，親手燒掉。

夏子軒悵然片刻，假裝什麼都不曾發生。

他點了下頭，轉身離去，才走出書房的小院子，便整個人跌坐在地上。

父親怕是也認為皇上近來做事太過武斷吧……竟是想明目張膽挑釁靖遠侯，這和當年他伏低做小弄倒李家時不一樣，反而容易壞事。或者說，皇上的年歲終是大了，一場大病差點要了他半條命，骨子裡的那點理性終於被拋在腦後，急於求成吧。

當然，比皇上更心切的是賢妃娘娘，所以才會造就今日局面，可是立儲的事情從來就是不能急的啊……

夏子軒嘆了口氣，回到衙門辦差。

他令手下查到李蘭去處，得到回覆後不由得笑了。她認為他在逼她走，自個兒想通了倒是跑得比誰都快。

當年他會和李蘭成親，自然心存愛慕之意。

年輕氣盛的那一年，有個甜美的女孩凝望著他，她的模樣不夠豔麗，目光卻溫和柔美。

他看著她，不由自主也笑了。

李蘭生下小土豆以後，他曾想和京中父親通信，給孩子一個名分，沒承想卻在調查李家村的時候發現了李蘭母親的身世。

這算是孽緣嗎？

夏子軒不清楚，但他終是將李蘭和小土豆的事情掩蓋下來……

人這一生，不可能永遠作出正確的選擇。

但是時至今日，夏子軒至少敢拍著胸脯說一句問心無愧。

他雖然沒有守在妻兒身邊，卻也關注著他們，從未行背離之事。

可如今，他卻注定要做夏家的叛徒。

待日後皇后娘娘得勢，他便是揭發老父一切惡行的不孝子孫。

父親將活下去的希望給了他，他卻不知道該如何面對兄長子姪。

但凡涉及朝政，有些真相注定會被掩埋。

他思索再三，將皇帝有意派人假扮西涼國細作劫持俘虜的事情，透露給了中樞監的廖大人。這位廖大人是他的上司，曾經暗中拉攏夏子軒。

此次夏子軒主動投靠，倒是令廖大人拿不准其中真假。

他約了夏子軒去樓外樓喝酒，挑了雅間，道：「剛才子軒老弟同我言明的事情，夏大學士可曾知道？」

夏子軒垂下眼眸，道：「家父是聖上信任的重臣，自然以肝膽忠心為報，不會做出任何違背聖意的事情；但是我個人認為五皇子年輕氣盛，又非嫡非長，並不能繼承大統。」

廖大人呵呵笑了幾聲。「子軒老弟所言甚好，你在我手下多年，是什麼樣的人我還是瞭解的。」

他喝了口酒水，狀似無意道：「其實一直沒好意思同你講，近來備受貴人們看重的繡娘子李小芸，同你有些關係吧？」

夏子軒身子一僵，竟是沒有張開口，他急忙舉杯乾了一杯，淡淡地說：「廖大人何意？」

廖大人見他飲乾一杯，立刻也乾了一杯。「沒有什麼意思，只是為夏大人不值得，明明是恩愛夫妻，卻因為家中舊事無從團聚。」

夏子軒心裡震驚不已。

他以為自己已將一切蛛絲馬跡毀掉，實則仍被人抓到把柄；難怪廖大人敢於透露不是皇帝人馬，暗示自己已歸附皇后娘娘，怕是早在拉攏他的時候，就已經拿捏住他的把柄了。

夏子軒猶豫片刻，決定違心道：「可不是嗎？十年了……整整十年啊；若說無怨無悔，豈不是虛偽至極？我大哥、三哥都官居高職，唯有我年輕時就被家父打壓出京城，現在還是一事無成。」

廖大人拍了拍他的肩膀。「一切不遲，你此次上報的事情極為重要，若是屬實，上面自會知曉你的忠心。」

夏子軒苦笑著自斟自飲，久久無言。他心裡苦，便喝了個大醉……腦海裡滿是李蘭的身影……

他的兒子都十一歲了吧？可是他連他的樣子都不知道。

若是有朝一日他的兒子迎面走來，他或許都不知道，他們曾如此安靜地擦身而過。

京郊

李小芸和李蘭把房子收拾好，興許是屋子有了人的氣息，顧三娘子並未上山，而是拉著李蘭不停詢問顧新的事情。

此時，顧新還不清楚他不但有了爹，連姓都改掉了。

李小芸算了下日子，李桓煜的信函怕是這幾日會抵達易府，她不放心，便叮囑人日日去詢問易家管事。

八月底，終是讓她盼來了消息。

這一次李桓煜的信總算字多了一些，他隱隱有些得意地告訴她，歐陽穆給了他一支小隊，人不多卻配了幕僚先生裴大人；裴大人對他挺好的，好得讓他心裡有些發毛，總覺得哪裡不對勁。

另外，他們前幾日外出執行任務鎮守一處關卡，意外來了一行關外商隊。

這商隊本是經營女人家玩意兒，他想著給李小芸買下點東西，便藉著實權扣了對方兩日。這一扣不得了，竟查出大案——這商隊裡疑似混進西涼國細作，已上交給歐陽穆將軍。

李小芸心底一暖，又不由得唇角上揚。

濫用實權扣押人家商隊不放行的事情，怕是只有李桓煜幹得出來，還當成軍功得意洋洋講出來。

不過令她驚訝的是，後面還真成了軍功。

她猛地想起顧三娘子說過的急報。

這急報內容知曉的人並不多，此次說是六皇子獻給皇上的俘虜，難不成是小不點抓的？

她急忙拆開第二封信函。

其實這些信函發出的時間各有不同，但是中間途經各個驛站交接轉手的時候難免延誤，所以每次都是三、四封一起送到易府。

第二封信函上果然寫到俘虜的具體細節，大多數是李桓煜自吹自擂，誇大描寫自己如何判斷出這行商隊有問題的廢話。

直到最後，李桓煜寫道，他之所以會去西河郡參軍便是為了攢軍功，所以便毫不猶豫去向大將軍邀功。

李小芸頓時一陣冷汗……

從李桓煜信函內容上看來，他知曉俘虜是西涼國的要員，卻並不曉得就是宇文靜。宇文靜好歹是西涼國皇室，肯定要稟報皇帝以後，若是需要宣傳才會說出去吧。

李小芸合上第二封信，又拆開第三封。
她臉上莫名一紅，第三封信主要是李桓煜不停地抱怨兼表達思念。
其中提到前幾日晨練時不慎被掉下的木樁砸到腳，夜晚裡快疼死了，卻依然是一個人躺在冰冷的木板床上，連個暖手人都沒有。
李小芸年歲漸長，本認為李桓煜待她的言語太過輕佻，若是此時在場，定要狠狠敲他的額頭。
不過現在嘛……
她臉上一熱，暫且讓李桓煜威風一些吧，反正他孤苦伶仃遠在西河郡，又受了傷，著實有幾分可憐。
第四封依然是哀怨的信函。
不過不是敘述分開後的思念，而是抱怨無仗可打。看史書上每一場戰役都是那般殘酷血腥，怎麼到了他這裡卻成了按兵不動？
李小芸搖搖頭，這場仗搞不好是靖遠侯自己弄出來的，否則幹麼皇帝想動歐陽家了，邊關就出了事？才會現在大軍壓上，卻沒了動靜。
她回過頭一看，竟是還有兩封信，怕是入夏後天氣太熱，連驛站信使都懶得當差了吧？
她直接去拿日期最近的一封。
這信封是大紅色，上面用硬草編了個蝴蝶形狀的封節。

李小芸挑眉，漠北有什麼好事嗎？

否則一向大剌剌的李桓煜會有閒心做這些？她輕輕搓著乾草編織的封節，莫名認為這一定是李桓煜自己弄的。

李小芸怔怔片刻，手上撫摸著乾草，長途跋涉讓乾草都快不成形了……她止住不由自主揚起的唇角，抽出裡面的信紙。

待反覆閱讀信中內容以後，李小芸先是不敢置信地愣了片刻，隨後大叫一聲！

她急忙站起身，放下信函立刻往院子裡跑去。

李桓煜信上說，他會和六皇子一起歸京獻俘！

她一直以為當聽到小不點回家的消息時，不過只有會淡淡的欣慰。

但是此時此刻，心臟竟快跳出來了，除了說不清的興奮以外，她更覺得擔心，六皇子一行人若是騎馬，豈不是都到京城了？

若李桓煜發現她對他的歸來完全無動於衷，豈不又要找地方偷著難過？

李小芸急忙去將好消息告知李蘭……因為顧新會隨李桓煜一起進京。

第四十一章

進京的林蔭路上，一輛馬車慢悠悠地行駛在小路上。

馬車後面跟隨著的侍衛一共六名，為首兩人似乎在爭執著什麼。

其中一名男孩揚聲抱怨道：「不是說好要直接進城的嗎？」

另外一名男孩擦了下額頭汗漬。「不能直接進京，據說是有人惦記上了咱們押解的正主兒，所以需要停下來整頓。」

「整頓？」長相俊秀的男孩不屑地揚起唇角。

這次西河郡之行，完全顛覆了他對行軍打仗的印象，小打小鬧的軍事演練倒是沒少經歷，最後卻連一個西涼國的兵都沒捉到。

這哪裡是打仗啊？

不過他們小隊出門執行了個任務，隨手就捕獲據傳是此次挑起戰爭的一號人物……

若說此次突發的戰爭背後沒有陰謀，連他這個涉世未深的人都不相信。

這兩名騎著高頭大馬閒聊的人便是李桓煜和歐陽燦。

他們跟隨六皇子一起進京，已經抵達京郊陳家村休息。

歐陽燦和他兩個人閒著沒事就在院子裡踢了一會兒蹴鞠，接著便見到六皇子由遠及近走來。

歐陽燦右手搭在六皇子肩膀上。「舅舅，咱們打算在這裡耗上幾日？」

六皇子眼睛瞇著，腳尖勾住球。「自然是要等正主兒安生了才是。」

李桓煜聳聳肩。「小芸在易家呢，我想去見她。」

「你不是還想著騎著高頭大馬進京，讓她在兩旁人群中看著你嗎？」六皇子忍不住調侃。

李桓煜臉上一紅。「你們不是說咱們行的是暗差，沒法遊城嗎？再說，又沒光明磊落的打一仗，總感覺不夠過癮！」

「哈哈！」六皇子大笑，把球踢到遠處。「你若是想立功，日後有的是機會，此次這正主兒還是算在你頭上的，也算是有功之臣。」

這就算有功？李桓煜心裡腹誹。

當然，他不會多說什麼，總覺得這軍功就好像天上掉餡餅似地硬是砸在了他的腦袋上。三個人玩鬧了一會兒，便就又散去。李桓煜回到房內，他心知，怕是還要再熬些時日才能進京。

裴永易帶著李新進了屋子，恭敬地說：「六皇子進京後可能會直接進宮，所以在下認為主子可以留在此地等他，沒必要跟著去。」

李桓煜蹙眉道：「不行，我要去看小芸呀。我不進宮，但是必須見到小芸，我想她了。」

裴永易尷尬地咳嗽了一聲。

他猶豫片刻，想起上面的囑咐，暗道如今小主人還是不能進宮的……

於是，他尋了理由道：「此次俘虜雖然是桓煜少爺所抓，但是軍功卻肯定要安在六皇子身上，若是桓煜少爺同去，以六皇子和歐陽燦公子的性格，絕對不好意思搶軍功的；所以在下認為，桓煜少爺不如留在此地等他們歸來。您是曉得的，正主兒並不在我們這兒。」

李桓煜一愣，不由得略顯煩躁。

他才不介意什麼軍功，他想小芸了，想得心都痛了。他皺著眉頭，想著如何才可以去見小芸呢？他本就沒機會騎著高頭大馬出現，別還是路過京城而進不得，兩人就這般擦身而過。

他心情不好，連帶著屋內氣氛都變得壓抑，沒說幾句就連聲說自己累了，轟走所有人。

裴永易再三回頭看了幾眼李桓煜，生怕他做出什麼荒唐事情，拉著李新去旁屋說話。

李新疑惑地看向裴永易。「先生，那俘虜不是跟著我們的車隊嗎？」

裴永易點了下頭。「此次明面上是六皇子護送俘虜進京，實則是歐陽穆將軍歸京，人在他那兒呢，我們不過是掩人耳目。軍功會加在六皇子身上，卻也要保證俘虜不可以出問題。」

李新不由得一驚，這事連他都不清楚，虧他以為自個兒護送的人便是真正的俘虜呢。

裴永易笑著拍了拍李新的肩膀。「你別太放在心上，這種機密自然是越少人知道越好，就連桓煜少爺都是到了京郊後才知道的。」

李新略顯尷尬俯首稱是，同裴永易客氣一番。

在軍中，他不過是一介小兵，全仗著同李桓煜關係親近而已，裴永易肯和他解釋得這般清楚，可見是看得起他。

他有些疑惑，輕聲問道：「這麼說歐陽穆大將軍歸京了嗎？這不算擅自回京吧？」

裴永易搖搖頭道：「皇上自打發現前方戰事始終拖著，就有意令歐陽穆將軍歸京了，否則他手握這麼大的軍權，卻始終不打仗，哪個皇帝安得了心？所以歐陽將軍才會順水推舟設了個局。」

李新撓撓頭，只覺得一頭霧水。

反正皇上和靖遠侯的事他不關心，倒是和李桓煜想到一塊兒，小聲道：「我娘也在京城易家呢，裴先生，我有機會去看她嗎？」

裴永易一愣。「你娘是不是就是李小芸的刺繡師父？」

李新急忙點頭，眼眶發紅。「我都多久沒見到娘了……」

裴永易猶豫了一下。「那你幫我穩住桓煜少爺，我先將情況打探清楚，如果許可的話，再幫你們安排。」

李新立刻應聲。「先生，如果可以您幫我們安排一下吧。我瞭解李大哥的，若是離小芸姑娘這般近，你卻不讓他見她，怕是真的會鬧出大動靜。」

裴永易應了一聲，轉頭私下寫信派人送入宮裡。

太后寢宮

近幾日，李太后日子過得愜意，聽說李家後人此時就在京郊住著，整顆心都吊起來，她有些猶豫，是否該讓李桓煜進京一見？

伺候她多年的老宮女王氏給太后娘娘泡好藥茶，見她發呆，恭敬喚道：「娘娘，該吃藥了。」

李太后哦了一聲，看向王氏。「妳可知道……桓煜就在京郊呢，他……離我真近。」

王氏笑咪咪看著太后。

「過陣子六殿下進宮，小主人怕是有機會一起進宮吧？」

李太后一愣，連忙搖頭，咬牙道：「不可，不能讓他進宮……」

王氏一愣。「也罷，他和白家若蘭姑娘樣貌有些相似，一般人興許想不到一塊兒，就怕有心人惦記。」

「我已經跟皇后說了，他不會進宮。」李太后右手微微顫抖扶著座椅，輕輕嘆了口氣。

王氏亦有些悲傷，寬慰太后娘娘道：「皇后前幾日又送來一批女孩的生辰八字，娘娘挑不出個好的嗎？」

李太后皺著眉頭。「她挑的都是什麼人？最好的才是個三品官之女。」

王氏有些尷尬，終是不好意思多說什麼。

三品文官嫡出女子，多少人求之不得呢。

李桓煜如今又非科舉出身，不過是個鄉下土娃，如何說親？倒是鎮國公府李家想要招攬李邵和呢，問題是太后娘娘又看不上賢妃那一大家子，日後皇后的兒子若是當上皇帝，鎮國公府早晚會倒……

太后猶豫不決，她是發自內心想見李桓煜一面，連著好幾日睡不好覺。

王氏看主子如此，勸慰道：「娘娘，如今就算皇帝知曉鎮南侯有後人又能如何？他現在最大的敵人是靖遠侯府；再說，明面上鎮南侯府出事是匪變，和皇上毫無關係，他怕是還會假意作態一番，感謝老天為老侯爺留下後人，揚言冊封咱們小主人呢。」

太后一怔，無奈地搖搖頭。「我冒不起這個險……人若活下來，必然有人將其救出。皇上可沒有以前精明，容易衝動，又怕死膽小，絕對不允許當年匪變真相被揭露到天下人面前，所以，什麼都不好說。」

王氏嗯了一聲……

太后想了幾日，終究抵不過對孩子的思念，道：「我決定了，昨日夢到先皇，打算去東華山西菩寺做一場法事，妳同皇后說，讓她去安排……」

王氏急忙應聲。

太后還不忘當著眾人面抱怨皇后。「總歸是一朝之后，哪能日日夜夜躺在宮內養病呢？」

歐陽雪得了消息後只覺得無語。

明明是這老太太自個兒猶豫不定反反覆覆，現在倒是責怪起她辦事不力了……

在太后娘娘的示意下，皇后娘娘藉口說身體大好，上次出去就她沒玩痛快，於是決定再次出遊去東華山的皇家避暑園林。

大黎國最大的寺廟西菩寺在東華山上，有求子、求福心思的後宮嬪妃自然積極附和，近來天氣酷熱確實應該出去轉轉。

於是貴人們乘坐馬車浩浩蕩蕩地離開京城，皇帝藉口邊關戰事緊急無法離京，並未一同前往，賢妃娘娘則稱病留下陪著皇帝。

李太后巴不得皇帝忙國家大事去，非常支持他留在朝中主政。

她帶著一群兒媳婦抵達東華山，換乘小轎子上了山。興許是終於要見到娘家鎮南侯府獨留下來的命根了，心情都帶著幾分愉悅，整個人看起來年輕很多。

李小花這次也跟著一同上了路——這還是她將私房錢送給管事嬤嬤後，才得到的差事。

自打上次李小芸見過太后娘娘，她在宮裡的日子便從雲端摔到地上。

沒有原因，沒有解釋，太后娘娘便不再招她說話，還被派到廚房打雜，一雙白嫩的手都粗糙了。

興許是人手不夠，東華山的廚房竟是沒有人待命，李小花來到這兒仍然得負責顧著爐上的藥茶，稍後她急忙端起來倒入藥壺，蓋上蓋。

她回屋特意收拾一番，還把頭髮盤起來，露出清秀的臉蛋。只是這張漂亮面容清瘦不少，多了幾分憔悴。

作為宮女，總是要先去主子身邊露面，才有機會翻身。

她一回頭，看到一屋住的洪燕瞪大眼睛看著她。

她急忙撲上去捂住她的嘴巴。「好燕子，妳就幫幫我，讓我把藥茶送進去吧。」

洪燕猶豫片刻，道：「我可以假裝沒看到，可是小花，妳考慮清楚了嗎？若是讓院內人知道妳心思這般大，日後豈不是會越發欺負妳？」

李小花冷哼一聲。「我現在被欺負的還少嗎？我出不了宮，若是沒有太后娘娘的寵信，這輩子就完了，總要搏上一搏。」

洪燕哦了一聲，沒有攔她。

李小花對她萬分感謝，端著托盤就進了內院。

太后娘娘這次帶了幾個面生的侍女，所以見李小花行為舉止端莊，模樣又乾乾淨淨，就沒多加盤問。

李小花沒想到這麼簡單就進了大堂，目光怔怔地看著坐在遠處地位尊貴的老太太。她一頭白髮，卻穿著燙金的紅色長裙，右手倚著桌子，側著頭同一旁的王氏說著話。
王氏將目光探過來，微微愣了片刻。「小花？」
李太后一下子就精神了，態度竟然不是上次的漠然疏離，直言道：「讓她進來。」
太后此次出行的目的是為了見李桓煜，正愁著如何順其自然見上一面，這不李小花就自動送上門了？
王氏不曉得太后娘娘為何突生出善意，但隱約猜到定是和李桓煜有關係。剛才太后娘娘還一個勁問她，她的模樣老不老、令人害怕不害怕？是不是要打扮得年輕一些，或者穿著素色一點，才不會嚇到李桓煜？
王氏對此十分無語，眼前的老者哪裡像是後宮權勢最大的女子？
看起來就是一個著急見孫兒的老太太——不，她這不是見姪孫兒……是見祖宗吧。
另外一名叫做羅韻的宮女在一旁看著則是眉頭緊皺，她以前和李小花爭風吃醋過，如今定不能讓她重獲娘娘寵信……
李小花沒想到事情如此順利，眉眼一喜。
「王女官，我來送藥茶。」
她此時心底有些忐忑，站在那裡，雙手捧著盛放藥茶的托盤，恨不得將托盤舉到頭頂，遞給王氏。
羅韻見她一臉諂媚，不由得冷笑，問道：「我記得妳是在廚房煎藥的宮女吧？李小花。」

李小花淡淡掃了她一眼，垂下眼眸一字字道：「嗯，怕藥茶涼了，急忙送來。」

她的回答不卑不亢，極其謹慎。

這讓王氏多了幾分好感，淡淡道：「算妳有心。」

羅韻唇角上揚，竟是沒有生氣，再次問道：「難得妳熬藥茶這般長的時間，還要親手端進來，就不曾想過假他人之手嗎？」

李小花有些詫異，但仍恭敬道：「這是奴婢應該做的，奴婢為太后娘娘做任何事情都不覺得累。」

太后骨子裡對於李小花並不討厭，她說故事的時候她便不在乎真假，不過是借著她的話瞭解李桓煜，也算是一分慰藉。

王氏接過藥茶，她見太后娘娘似乎有意與李小花說話，索性說道：「您喝茶，李宮女親手煎熬送來的。」

太后懶懶地嗯了一聲，抿了口茶水，忽地眉頭一皺，便放在一旁。

王氏一愣。「娘娘……」

李太后扶了下額頭。「我累了，回裡屋再睡一會兒。」

王氏誠惶誠恐地伺候著太后娘娘回到睡房中，又折返回大堂。

羅韻見那茶水太后娘娘沒有動，便在太后娘娘和王氏離開後，令人拿下李小花。「娘娘不過抿了口茶水就變了臉色，還遣走眾人回屋了。說！妳是不是在茶裡放了什麼？」

李小花大驚，也顧不得問話的女子是她憎恨的羅韻，一下子便跪倒在地。「沒有，奴婢不敢啊。」

她還指望著靠這茶水翻身呢，哪裡敢動手腳。

王氏走進來，直奔桌子上的茶水，喝了一口，噗的一聲就吐到地上！

「大膽的狗奴才！」她朝李小花厲聲呵斥道：「妳想害娘娘不成？妳當娘娘是什麼人？這點小心思會看不出？」

李小花徹底傻眼，她完全不曉得發生了什麼。

羅韻見王氏生氣，上前道：「王女官，怎麼了？」

王氏氣得渾身哆嗦。「這賤蹄子，竟是在太后娘娘的藥茶中放了罌粟殼！這味道興許一般人喝不出，但是咱們娘娘在宮裡待了多長時間？豈容她如此冒犯？」

羅韻哦了一聲，轉臉揚聲道：「李小花，沒想到妳心機如此之深，莫不是想讓太后娘娘上癮，以後只喝妳煮的茶？」

李小花根本沒釐清事情真相，她腦袋一片空白，只能不停磕頭，眼看著地上染上了鮮紅色血跡。

「奴婢不知道什麼罌粟殼，更不敢在娘娘藥茶裡放罌粟殼，還請女官明察啊！」

她急忙將剛才發生過的事情回想一遍，猛地憶起洪燕老實的臉。

一定是她，是洪燕！

她仰起頭，慌亂道：「女官大人，是洪燕！是洪燕害了我……我把藥放在院子裡去換乾淨的衣服，當時洪燕回來過，她定是對我熬的藥做了手腳，她有這個時間……」

羅韻目光閃爍，揚手給了她一個巴掌。「還敢亂說，給我拉出去！」

李小花被人拽起來，她望著一臉得意的羅韻便瞬間明白，洪燕和她能有什麼仇？定是羅韻想害她沒法翻身才設局。

難怪一路暢通無阻……她咬住下唇，眼眸通紅，聰明反被聰明誤，她還能如何！

「居然敢在太后娘娘的藥茶裡做手腳，給我拖出去打三十大板，小廚房的人連坐十五個板子！」王氏冷言道。

羅韻沒想到事情鬧得這般大，她猶豫地看向王氏，終是在那道銳利的目光下低下頭。

從小沒挨過打的李小花這次感覺自己沒了半條命，好在她心底有恨，竟是沒嚥了氣。

她躺在床上的時候一直琢磨如何報仇，若不是心底的那一口氣，她怕是早在其他宮女的冷眼旁觀下一命嗚呼。

可她不能死……

數日後

太后娘娘的屋子裡，王氏戰戰兢兢地站在一旁，不敢大聲說話。

太后娘娘為了可以順利見到李桓煜，決定演一場戲——弱化李桓煜的存在感，這次的主角是歐陽燦。

因為此次進京實際上帶著俘虜的是歐陽穆的隊伍。

六皇子和歐陽燦不過是幌子，再加上這功勞本是要給六皇子助長聲勢的。

待歐陽穆進京時，六皇子便會和他會合，共同進京，造就六皇子獻俘的假象。

歐陽燦和李桓煜則需要繼續留在京郊做為掩護，吸引西涼國細作的目光，實則俘虜已經跟隨六皇子和歐陽穆進京了……

歐陽燦和李桓煜在京郊都待得不耐煩，聽說後宮貴人們要去東華山，身為靖遠侯府嫡孫，歐陽燦自然要前去拜訪貴人們，至少要見太后娘娘還有他嫡親的姑奶奶，皇后娘娘歐陽雪。

於是便有了後面的故事——

太后娘娘會見歐陽燦和李桓煜的時候，發生了點意外，然後由桓煜機智救主……

這真是說不上多高明的計策。

可是太后娘娘身分高貴，若是鬧出刺客必然會鬧得京城人心惶惶，需要徹查。前幾日太后娘娘不過是抿了口有問題的藥茶，小廚房就換了一批人。

隨著即將見到姪孫兒的日子臨近，太后娘娘就跟個老小孩似的脾氣陰陽不定，身邊人誰都不敢亂說話。

李小花一案，由於她畢竟同李桓煜同村，王氏命人留著她一條性命，保不住日後太后娘娘要見人，她不能拿不出人。

果然，今日太后娘娘就同她問起李小花。「王氏，妳說我到底穿哪件衣裳好呢？不然叫小花來，讓她再同我說說桓煜的性子。」

王氏猶豫道：「她還在床上躺著呢，挨了三十大板。」

太后娘娘果然又犯了脾氣，像個要不到糖果的小姑娘嘟囔著。「妳什麼時候責罰她不好，偏要選這幾天？」

王氏真想喊冤，明明是太后娘娘那日自己說要重罰的，她只能尷尬認罪，終是不敢提起當時的對話。

太后娘娘犯起愁，連午睡都沒有。她身邊只有王氏知道內情，於是王氏又被拎來陪太后娘娘說話。

「明日見了桓煜，我該如何對他才算好呢？」

王氏抿著唇角道：「娘娘，小主人現在身分低微，您就……像是對待我們這般對待他便是，過好的話被傳出去恐惹人猜忌。」

太后娘娘冷哼一聲。「猜忌又如何，現在我那『好』兒子還指望我幫他對付靖遠侯呢……」

「咳咳……」王氏越發無語，昨日太后娘娘還叮囑她不要對李桓煜有任何示好，要保護小主人呢。

太后娘娘莫非真是人老多忘事，怎麼近來脾氣越發古怪？

「真是發愁……」太后娘娘又開始嘮叨了。

王氏有些無語地看著眼前這位統領過兩朝後宮，甚至一度比皇帝權勢還大的老人。

多年靜心禮佛的生活讓李氏變得清心寡慾。

興許是覺得到了知天命的年齡，多活一日便是賺了一日，所以才會對李家這唯一的子孫如此看重。

鎮南侯一脈結局慘烈，這分愧疚之情在太后心中積累數年，便隱隱有幾分討好李桓煜的心情。

世人常言打斷骨頭連著筋，明天來的這男孩也是太后娘娘在這世上僅存的血緣至親——

雖說白若蘭也是李家後人，卻畢竟是個女孩，無法傳宗接代啊。

此時滿腦子只希望李桓煜覺得她是個慈祥的老人……她迫切希望李桓煜快快長大，才能看著他成親生子，重振鎮南侯府的門楣。

京郊，一處別園內。

歐陽燦熬不過李桓煜整日的磨啊磨，私下派人去京城易府問了消息，得知李小芸竟也在京郊東華山腳下。

他不敢將這個消息告訴李桓煜，害怕這傢伙衝動下就跑過去，到時候耽誤了六皇子的大事。

歐陽穆這兩日才抵京，若是讓人察覺出俘虜根本沒跟著他們，便會去查歐陽穆，反而給大哥平添麻煩。

於是，歐陽燦聽說了姑奶奶入住東華山，便琢磨給一行人停留在京郊留下理由，大張旗鼓地張羅去拜見貴人們的事情。

李桓煜對什麼貴人完全沒興趣，他見歐陽燦進了屋子，便拉住他道：「小芸有消息了嗎？」

歐陽燦猶豫片刻道：「有。你們家小芸真不錯，聽說在京城繡娘子比試中一戰成名，不但被貴人們召見，還讓很多繡坊互相爭搶，想請她做繡娘子呢。」

李桓煜愣了一下，攥拳的右手用力一揮，目光明亮道：「那是自然，小芸一直都很棒的。」

他說完話，忽地唇角飛揚，追加了一句——「我們家的……」

歐陽燦無語地看著他，腦海裡浮現出初次同李小芸見面的畫面。

他們坐在房頂上，遠處就來了兩個人，李小芸還比右邊的男人胖呢。

然而他身邊的李桓煜好像一隻發情的貓，溫柔自傲地告訴他——「我的小芸來了！」

歐陽燦發誓，這輩子就算是沒女人了他也無法娶那個胖子……

李桓煜盯著他，用力拍了下他的肩膀。

「還有其他消息嗎？你派人去易府了嗎？我聽說那房子還是李記商行幫小芸買的？你幫我打聽過了沒有，二狗子那小子現在到底是在幹什麼的！」

歐陽燦連忙點頭。「嗯，去易府了，不過小芸和她師父不在京城。」

「什麼！」李桓煜胸口一堵，眼眶紅了。

他自從知曉可以隨歐陽燦護送俘虜進京後就拚了命地好好做事，就為了有機會見小芸。

可是他老實等了這些時日，歐陽燦卻告訴他小芸不在京城，難道他們又錯過了嗎？

歐陽燦不由得嘆氣。「煜哥兒，男兒有淚不輕彈，你能不能別一提起李小芸就變成個吃奶的孩子？」

李桓煜整個人都不好了。「她何時走的？我去追她……」

歐陽燦猶豫片刻道：「我已經派人去追查她們的下落，據說並未回漠北，反正我若是打探到了新消息就告訴你。」

「沒回漠北？」李桓煜頓時又活了，目光灼灼地看著歐陽燦，認真道：「你一定要幫我打聽到小芸的住處，我看她一眼就走，絕對不耽誤事。」

「一眼有什麼可看的？」歐陽燦實在無法理解李桓煜對於李小芸的癡迷。

「你不懂，一眼就夠了。」

李桓煜像是大人似地教育歐陽燦，還不忘記安慰他道：「等有人喜歡你的時候，就懂了。」

噗，歐陽燦差點噴出一口血。

喜歡他的人很多好不好！再說，明明是李桓煜單相思，他可沒看出李小芸對李桓煜有什麼歪心思。

「煜哥兒，你想太多了。」他一手攬住李桓煜的肩膀，拍了拍他。「好兄弟，在此之前咱們還有個任務。」

「什麼任務？」李桓煜揚眉，同時叮囑他——「李小芸的事你幫我辦了，什麼任務我都接。」

「李小芸三個字可真好使。」歐陽燦撇了撇唇角。「你可真見色忘友。」

不過李小芸這種色……

李桓煜嚴肅道：「說過的，你還小，不懂。」

……歐陽燦不想和他繼續糾結這個答案淺而易見，某人卻忽略的問題。

他直言道：「我明日上山見姑奶奶，你要和我一起去。」

「你姑奶奶也在京城？」

「嗯，就在山上，咱倆一起。」歐陽燦隨口道。

李桓煜覺得不是什麼大事，爽快道：「好！」隨後他又開始拉著歐陽燦企圖談心事。

「你覺得我這一年長高沒？」

歐陽燦一愣，歪著頭上下看了他幾遍。「感覺瘦了，所以是高了。」

「結實嗎？」李桓煜挽起袖子。

「不錯嘛，煜哥兒，這幾日又加緊鍛鍊啦？」

李桓煜點了下頭。「我小時候身子弱，看起來還不如村口三歲的皮蛋，然後小芸就嫌棄我了。」

……

可不可以不要三句話兩句裡都是小芸？

「對了！」李桓煜突然揚聲。

「李記商行是怎麼回事？他們家那個少主子據說就是我們村的二狗子？這一路來我看這商行名頭還滿大的，想當初二狗子在村裡就是個……反正小花都看不上他的人。」

他揚起下巴，不經意露出幾分酸味。

歐陽燦實話實說道：「二狗子就是李旻晟吧？他爹攀上了鎮國公府，李氏子孫沒幾個好的，但是他們家閨女是賢妃娘娘，還生了個五皇子頗受皇上喜歡，所以目前看來，風光無限；日後看嘛，死無葬身之地。」

「就是說，二狗子的後臺是靖遠侯府的死對頭？」

歐陽燦用力地點了下頭。「但是現在是他們的好時光，所以李旻晟在京城風頭正盛，好多人家都看上他做乘龍快婿；可是據說他人品不錯，沒聽說過他逛樓子出事的，也有人說，他心有所屬，是你們村的女孩。」

李桓煜心裡咯噔一下，頓時覺得壓力有些大，躊躇道：「……他可能喜歡小芸。」

噗……歐陽燦真要吐血了。

他不可置信地搖搖頭。

「不可能。」

「怎麼就不可能！」李桓煜受不了每次一提起李小芸，歐陽燦就一臉看不起的樣子。

歐陽燦知道李小芸是李桓煜的心頭肉，說不得、罵不得，於是閉上嘴。

「反正我這次一定要趕緊見到李蘭姊，讓她給我和小芸作主訂下婚事，不能便宜了二狗子。」

歐陽燦沒應聲，這世上怕也就李桓煜覺得李小芸這媳婦需要搶吧……

李桓煜見歐陽燦如此幫他跑腿打探消息，心裡十分感謝這兄弟。

於是次日清晨，他起了個大早，很配合地換上乾淨的衣裳，還梳了頭，準備陪著歐陽燦去見長輩。

歐陽燦模樣也很英俊，不過比李桓煜黑了一些。

歐陽燦看著他高眺的身影，嘖嘖調侃道：「煜哥兒，你皮膚天生這般好嗎？曬都曬不黑啊，這才幾日，竟是又白了，我明明記得剛到京郊的時候你比我黑。」

李桓煜從來不認為皮膚白是好事。「我挺羨慕你和歐陽大哥的膚色，怎麼曬都跟黑炭似的……」

這是誇獎嗎？歐陽燦一陣無語。

兩個俊朗的少年郎騎著高頭大馬上了山，被候著多時的太監迎著先去見了皇后——原本是要先去見太后娘娘，可是臨了太后娘娘又緊張了，怕自己精神不好，決定睡個小覺補補眠……

眾人只當太后娘娘不樂意給皇后娘娘面子，故意冷落歐陽燦。

李桓煜此時才意識到，歐陽燦說的姑奶奶，豈不是皇后娘娘歐陽雪嗎？他覺得自己完全是被騙來的……

歐陽燦怕他臨時走人，急忙討好道：「桓煜，我姑奶奶可是皇上的媳婦，六宮之主哦，權力很大，你當年在漠北犯下的那點事絕對能擺平。」

李桓煜聽到此處，琢磨片刻道：「那燦哥兒，我若是求皇后娘娘賜婚呢？」

「什麼？」

「賜婚！」李桓煜臉上一紅。「義父那裡我寫過信，告訴他我想娶小芸，他也知道我對小芸的心意；可是小芸爹娘對她不好，我怕義父若是提親的話，她爹娘會反對。書上不是常說，貴人賜婚什麼的……」

歐陽燦猶豫片刻道：「你真是如此想的嗎？你確定這輩子不娶其他人就娶小芸了？賜婚畢竟事關貴人們的面子，到時候你想休了她都沒辦法。」

李桓煜瞪大眼睛。「休了李小芸？我幹麼要休了她啊？」

歐陽燦頓時也不知該如何解釋。

「你姑奶奶性子如何，好說話嗎？」李桓煜期待地看著歐陽燦。

歐陽燦尷尬地笑了一聲。「實不相瞞，我也是第一次見她……」

第四十二章

因為是別院，所以庭院間各個月亮拱門、林蔭小路的修繕比不得宮裡豪華，唯有身邊每走幾步便出現的盔甲侍衛，以及一位位漂亮端莊、訓練有素的宮女們，昭顯出這座別院的與眾不同。

太后娘娘住在東苑，皇后娘娘則住在西苑，南面院子入住的則是其他女眷。

歐陽燦和李桓煜從東苑過去西苑路途稍遠，所以很多人猜測這是太后娘娘故意為之——冷待靖遠侯府以掃皇后娘娘臉面。

殊不知此時的太后娘娘緊張到根本睡不著，索性又坐起來梳妝打扮。

王氏被折騰得夠嗆，隨時候命前往皇后娘娘的院子要人。

李桓煜心事重重地跟隨歐陽燦來到皇后娘娘的院子，宮女們待他們極其熱情，認真算起來，皇后娘娘上次會見娘家人還是在春節前，況且當時會見的人是靖遠侯府世子妃白容容，並非歐陽家人。

歐陽雪漸漸從四皇子過世的陰影中走出來，所謂為母則剛，她堅信兒子的死和皇帝有關係，反而變得更加堅強。

歐陽燦和李桓煜被宮女帶著走進屋內，坐在遠處座椅上的皇后娘娘瞇著眼睛看著兩位少年郎。

歐陽燦帶著李桓煜行了大禮，然後被賜座。

李桓煜偷偷挑眉看了一眼皇后，沒想到被抓個正著。

於是他立刻低下頭……

歐陽雪好笑地看著他們，她自然清楚李桓煜的身世，這件事情她還是幾年前白若蘭初次進宮時才知曉的。

她是皇帝的妻子，兩個人也有過情誼深厚的時候。

當年初登帝位的男人，褪去了皇子時期的偽裝，決定實施鐵腕手段奪回政權，他曾目光灼灼地看著她，承諾道：「雪兒，終有一天，我會讓妳的話成為後宮聖旨。」

想起當年的往事，歐陽雪不由得自嘲起來。

這話她曾深信不疑，由於當時的皇帝不好立刻和太后娘娘翻臉，她便做那人手中的利刃，不知好歹地一次次挑釁太后娘娘，以及當時的先皇后，太后娘娘的姪女李氏。

皇帝人前斥她任性妄為，人後卻對她憐憫體諒。

她竟是深信他的甜言蜜語，直到先皇后李氏病死，她榮登后位。

她曾以為，這是他深愛著她的表現，於是她滿心鼓舞，一顆心全在那人身上，就連同娘家都因為長久不見面，有了隔閡。

可是，自鎮南侯一脈不復存在、太后娘娘隱居佛堂，朝政徹底掌握在皇帝手中後……

他們之間，反而漸漸出現矛盾、裂痕……一次次秀女大選，一張張美若天仙的笑顏，一個個自以為是的真愛……她突然覺得眼前的男人變得陌生。

直至，他如今的「摯愛」賢妃出現。

歐陽雪突然有些理解當時的先皇后李氏了……

但是，她不是李氏，她還有娘家，不是一帖藥就能餵死的。

而那人，也不再是當年的少年郎，他年事已高，未必有她活得長呢。每當這時，她就會告訴自己，待將來那個負心漢入土為安，她一定會讓他的「真愛們」替他守靈，生不如死，永無天日。

所以她要活得比他長，比她們都長久……她一邊想著，唇角處揚起一抹笑容。自她最疼愛的兒子小四去了……終是體會到了徹骨之痛，對皇帝痛恨有加。

她用力克制住情緒，抬起頭看向和她兒子一樣稚氣未脫的男孩們，很多記憶湧入腦海，竟是一時無言。

歐陽燦和李桓煜坐在旁邊，如坐針氈。

他們預先設想一些皇后娘娘可能會問的話題，也想出答案。

令人意外的是，皇后娘娘竟是一直看著他們笑，就這麼笑了半天。

女官夏氏向前邁步，提醒道：「娘娘，小廚房準備的糕點做好了。」

歐陽雪一愣。「給兩位公子端過去吧。」

夏氏急忙稱是。她前幾日身子剛好，由於此次鎮南侯府後人會出現，所以身子雖然尚未痊癒，卻也堅持來東華山伺候皇后娘娘。她別有深意地看了一眼李桓煜，目光裡滿是慈祥。

李桓煜有些納悶，什麼都沒說，心裡卻想著——宮裡的女人也沒有傳言中那般可怕呢。

歐陽雪溫柔地看著歐陽燦，問道：「你祖父身子骨兒可還好？」

歐陽燦急忙站起來回話，態度彬彬有禮，倒是讓李桓煜刮目相看——在長輩面前還挺人模人樣的嘛。

「坐下說吧，上次見我那老哥哥都是三年前的事了，提起來真是想念，我本是娘親老來女，幾個兄長都待我不薄。」歐陽雪莫名感傷起來，靖遠侯功高震主，上次進京述職後好幾年沒被宣回來了。

夏氏遞過去一杯水道：「娘娘莫傷感了，等到打退西涼國敵兵，便有機會再見了。」

歐陽雪撇了撇唇角，再次看向歐陽燦問了好多事情後，提到歐陽穆。「你大哥同駱家大小姐的婚事，最後怎麼樣了？」

歐陽燦尷尬地抬起頭。「大哥不認這門婚事，祖父有些生氣，但是現在和駱家也談開了，總之是退了。」

「我聽人說，穆哥兒看上了陳宛之女，陳諾曦。」

皇后娘娘皺了下眉頭，直言道。

歐陽燦臉上一紅。「這……」

穆大哥心悅陳諾曦的事怎麼連皇后娘娘都知道了？

「傻孩子，你莫要怕，屋子裡沒有外人。去年你娘進宮的時候，還同我抱怨過此事，說是去陳府拜訪，想看看京城裡的第一才女是什麼模樣，最後人家連臉都沒露。」

歐陽燦乾笑一聲。「大哥確實心儀此女。」

皇后娘娘點了下頭。「可是我覺得奇怪，穆哥兒似乎同她沒有交集，到底為何傾慕於她？」

歐陽燦一愣，這些情情愛愛的他也不懂，於是胡亂說道：「興許是聽到過陳姑娘許多事蹟，所以心生愛慕。」

歐陽雪一臉不信，見他有些侷促，也曉得問不出什麼，便扭頭看向李桓煜。

她仔細打量眼前的男孩——眼睛炯炯有神，面容稜角分明，倒是個漂亮的男孩子，五官比女孩子還精緻些，年長如她都有種想捏一下的衝動。

「你就是李桓煜？」她揚聲道。

李桓煜嚇了一跳，剛才不還在和燦哥兒說話？這皇后娘娘轉得倒是快……他點頭稱是，追加了幾句自我介紹。

歐陽雪知道他的身世，自然不會將他當成普通人看待，隨後也關切了一下。問到戰前趣事，這兩個男孩反倒是放開了一些，眉飛色舞地同皇后娘娘敘述西疆風景，逗得歐陽雪不由自主笑出了聲。她心情好了，便開始賞賜，最後提到，若是有什麼想要的，直接開口便是。

李桓煜正等著這句話呢，毫不猶豫地抬起頭，小聲道：「娘娘，真的什麼要求都可以提嗎？」

歐陽雪微微怔住，看著眼前面露羞澀的男孩，起了調侃之心。

「嗯，你說吧。」

李桓煜咬住下唇，鼓起勇氣道：「娘娘，我想讓娘娘給我賜婚……」

……夏氏差點失態跌倒在地。

李桓煜的婚事，那必須是太后娘娘點頭的呀，別人誰敢管？

歐陽雪也愣住了，隨後忽地笑開了花。

「你有喜歡的女子嗎？」

「嗯，我有。」李桓煜目光堅定地說。

皇后娘娘強忍著笑，她似乎可以想像若是東苑那頭的老太太知曉李桓煜同她提這個，表情會是多麼尷尬。

「誰啊？」她故作不甚在意地抿了口茶水，心裡卻想探下到底是何方神聖，竟能讓李桓煜在她面前提這種要求？

按理說，想讓貴人賜婚，這女子定然是不好娶的吧？

李桓煜垂下眼眸，蚊子聲似地說：「小芸。」

「小芸是誰？」皇后娘娘好笑地看著他。「你告訴我，興許真可以考慮賜婚給你們。」

夏氏一身冷汗，皇后娘娘可千萬別答應啊，這件事情恐怕會摧毀掉太后和歐陽家的同盟關係呢。

李桓煜臉一紅，透著幾分稚氣的可愛。「李小芸，和我一個村的。」

「你是哪個村的啊？」皇后娘娘越看他越覺得可愛，起了逗弄之心。

「漠北東寧郡，李家村……」

李桓煜一心希望皇后娘娘答應了他，不敢有半分隱瞞。

這件事情在他心裡想了很久。

金縣長的兒子是他殺的，李小芸的爹娘畢竟是她爹娘，日後就算他立下軍功當了官，可是人家爹娘不肯，他也沒法娶呀；哪怕是為了金家那件事情，李村長夫婦也不會將小芸嫁給他。

「李、家村……」歐陽雪以碗蓋撥了撥茶葉。

「稍後太后娘娘會召見你們，我想……你可以把這件事情同她提一下。太后娘娘權力比我還大呢，而且特別樂意成就別人好事，她若是不反對，我就成全你，好嗎？」

李桓煜面上難掩驚喜。「謝皇后娘娘。」

在他的觀念裡，太后娘娘幹麼要反對呢？

又不用她賜婚……

皇后娘娘話音未落，那頭就傳來太后娘娘派人來接人的消息。

眼看著過了晌午，歐陽雪還打算若是太后那頭沒消息就留他們午飯呢。

「罷了，你們先去給太后娘娘請安。」

「是。」兩個男孩同時開口，聲音清脆可愛。

歐陽雪看著他們心情就好，尤其是李桓煜，那對於感情十分執著的表情特別令她喜歡。

她忍不住再次厚賞一番，才令人離去。

待眾人都走了，歐陽雪看向夏氏。「妳當初去漠北選秀女的時候，是在東寧郡吧？」

夏氏點點頭。「李小花還是奴婢帶進宮的……」

「李小花是誰？哦，我想起來了，也是李家村的，剛才李桓煜說的李小芸又是誰？」

夏氏笑了。「娘娘，奴婢回宮後還和您提起過呢，她是李小花的雙生妹妹。」

歐陽雪挑眉道：「如此說來豈不是同李小花長得一樣？難怪當時太后娘娘會硬生生把李小花要過去，什麼看著討喜會講故事，原來不過是因為她是李家村的人呀。」

夏氏點了下頭。「李小芸我見過……」

「模樣如何？」皇后娘娘極其關心。

「特別胖！女孩一胖吧，就沒了模樣。」

皇后娘娘大聲笑了起來，她捂著肚子道：「真真是太好笑了，我倒是期待太后娘娘會如何處理此事。她私下令我幫忙尋京中未出閣的女孩，我給了她一本冊子，她偏說我不認真挑選，挑三揀四的，嫌棄那些姑娘們賢慧是有，模樣卻不大出眾，於是又改了要求，賢良淑德不說，至少要有賢妃之姿，才算不虧待他們家桓煜。這次呢，我偏讓李桓煜自個兒去提，看她會有什麼表情。」

夏氏一臉尷尬，沒好意思接話。

東苑，王氏站在門口候著。

緊張萬分的太后對著鏡子再三確認妝容。

她本是在唇上搽了胭脂，卻覺得像個老妖婆，索性素顏，只搽了粉。她等了一會兒見人還沒來，便讓王氏派人去催。

王氏這一上午被折騰得滿頭大汗，作為娘娘身邊唯一知道李桓煜身分的人，太后娘娘也只能和她抱怨。

終於，她踮著腳尖望，看見遠處有了人影。

王氏急忙奔跑過去，笑臉相迎道：「歐陽公子和李公子快跟我來！」

前去催人的小太監急忙給王氏行禮，歐陽燦和李桓煜才反應過來前來迎接的是一名正兒八經的老宮女呀。

於是他們也隨著小太監喚她王女官。

王氏急忙稱不敢，將他們迎了進來。

李桓煜一入門，便覺得被誰盯住，他迷迷糊糊地抬起頭，對上一道明亮的目光。

這老人滿頭白髮，一身華服，眉眼間透露的柔和彷彿可以將人融化了，讓他非常不適應。

歐陽燦拉了下他的袖子，兩個人急忙給太后娘娘行了大禮。

太后娘娘急忙站起來，想要走下來扶他們起身，被王氏攔住。

桌子上擺滿了果子和甜點，這還是一早就準備好的。

現在該是午飯時間，興許是太后娘娘忘了，緊張得才見到歐陽燦和李桓煜，就開始問話了。

她先是問歐陽燦一些客套問題，然後才看向李桓煜。

東扯西扯地問了一堆搞得李桓煜一頭霧水，完全不瞭解太后娘娘到底想說什麼？

太后也腦子發暈，想起前陣子在身邊伺候過的李小花。「對了，我身邊有個小宮女，和桓煜同村呢。」

李桓煜一愣，倒是有些興趣。「不知道太后娘娘說的是誰？」

難得李桓煜主動問起，太后心底升起一種受寵若驚的感覺，像個小孩子討賞似地說：「李小花。」

王氏在旁邊擦了一把汗水。好在留下李小花性命，搞不好待會太后娘娘興起就讓她把人帶上來了。

豈料太后娘娘不提李小花還好，說起她李桓煜簡直是滿腦子憤怒。

他不敢輕易表露出來，卻是沈下臉道：「此人心思狡詐，太后娘娘最好還是別讓她伺候了。」

……太后娘娘剛剛的滿心鼓舞，一肚子的話都沒機會說了。

她看李桓煜似乎有些隱情，問道：「怎麼，這女孩欺負過你？」

李桓煜低下頭。「她待我不好是真，若說欺負，應該是欺負小芸更多一些。小時候只有小芸待我真心實意，我義父要讀書考試，全村人的希望都寄託在他身上，我便住在李村長家裡；小芸每日早起給大家做早飯，她怕我吃不飽，就偷偷多拿了雞蛋，若是被抓到，就會挨她娘的罵——說家裡唯一可以吃兩顆蛋的只有李小花……她囂張跋扈，自認長得漂亮便處處欺負小芸。」

李桓煜說得輕巧，不過是想控訴下李小花的惡行。

可是聽在太后娘娘耳裡，卻完全變了樣子。她想起李桓煜本應是鎮南侯府嫡出公子，受盡全家人的寵愛，現在卻淪落到多吃顆雞蛋都要偷偷來，若是做其他事情，又當如何？

太后越想越覺得心裡難過，沒一會兒就紅了眼眶。「這李村長一家可真是可惡。」

李桓煜點頭附和道：「可不是嗎？而且他們為了讓李小花有機會進宮，竟是逼小芸嫁給金家傻子。」

「金家傻子？」

李桓煜嗯了一聲。「是我們縣令的兒子，但是是個傻子。縣裡推薦秀女是有名額的，所以李村長就犧牲了小芸的婚事。小芸待我那麼好，我怎麼能眼睜睜看著她嫁給傻子呢？」

太后也覺得有道理，猛地想起來。「小芸……李小芸是不是就是我前陣子見過的女孩？」

她扭過頭看向王氏。

王氏道：「正是呢。」

李桓煜聽到她們的對話，整個人激動萬分。

「娘娘，您……您見過小芸嗎？」

李氏見他面色激動，尋了半天總算找到共同話題。「嗯，她在繡娘子比試中成績出眾，我賞賜了她。」

「娘娘，您真是慧眼識英才！」

李氏見他面露喜色，心情不由得好起來。

她的唇角揚起，道：「我也挺喜歡她的。」

李桓煜乘勢道：「所以，您說怎麼能讓她嫁給傻子呢？」

「是啊。」太后點頭。

王氏在一旁琢磨，這時候還不是李桓煜說什麼，太后都覺得對嗎？

李小花這個人算是沒有利用價值了，不過考慮到她的身分，興許還是暫且要留下性命。

「所以小芸就和家裡決裂了，村裡的李蘭姊姊幫她尋了繡坊……後來我們還遇到很多事情，但是都一起走了過來，一起的……」李桓煜越說越害臊，他的腦海裡徘徊著皇后的話，只要太后娘娘不反對，她就答應賜婚呢。

於是他猛地抬起頭。「太后娘娘，李村長雖然待我們不好，可是他畢竟是小芸的爹娘，現在小芸不用嫁給傻子了，婚事卻依然要聽她爹的。」

太后蹙眉道：「這種人也好意思自稱爹娘嗎？」

「是呀，所以懇請太后娘娘給小芸另行賜婚成嗎？至少不要讓李村長掌握著她的婚事。」

李桓煜目光誠懇，聲音微微哽咽起來。「小芸真的很可憐，小時候因為一場怪病變胖後，被好多人嫌棄欺負，又攤上這種狠心爹娘還有自私自利的姊姊；即使如此，她都沒有自暴自棄呢。」

提起李小芸，李桓煜有著說不完的憐憫之情，看在太后眼裡只覺得心疼異常——這孩子滿口都是李小芸，李小芸過得這麼淒慘，他又能好到哪裡去？

太后娘娘許久不曾被誰影響心緒，此時卻是滿心難過。

她拿起桌上的棗子，吃了幾口後，輕聲說：「好孩子，快別說了，不就是婚事嗎？我依了你便是。」

李桓煜眼睛一亮，滿臉通紅，急忙跪倒在地。「謝太后娘娘成全，賜婚我和小芸吧！」

王氏一臉震驚，太后娘娘也目瞪口呆，她正吃著棗子呢，只覺得那棗核一下子就嚥了下去，卡在喉嚨。
她的臉頰瞬間變得煞白，王氏急忙大步上前拍著她的後背。
李桓煜心想，太后娘娘可千萬別一下子就過去了啊！
他和小芸的婚事可就指望著太后娘娘了！
於是他急忙上前對王氏道：「王女官扶著太后娘娘，我來在她後背用力。」
王氏急忙讓太后娘娘彎腰，讓另外一名宮女和自個兒攙手扶著太后娘娘腰間，讓她俯身下來。
李桓煜站在太后娘娘身後，稍微改變了一下手勢，喊道：「破！」
啪的一聲，太后娘娘連聲咳嗽，一顆棗核從她嘴裡飛了出去……
李桓煜感覺自己用力過猛，急忙輕輕拍揉太后娘娘後背，安撫道：「就疼一下，一會兒就好了。」
李太后聽著他柔和的聲音，不由自主回過頭。
入眼的李桓煜像極了記憶裡逝去的父兄，眼角忽地被淚水盈滿，毫不顧忌地轉過身抱住了李桓煜，腦袋趴在他的肩膀處，一邊止不住地咳嗽，一邊止不住地流淚。
王氏見狀，怕他人生疑，揚聲道：「多謝李公子急忙相助，這才救下娘娘性命啊……」
她給李桓煜冠上救娘娘有功的帽子，眾人也權當此時太后的失控，不過是大難不死的感恩了。

太后娘娘哭了好一會兒才放開李桓煜。「好孩子，我不疼，我不疼……」

「娘娘……」李桓煜失聲道。

眼前的老人目光無助，整個身子的重量都壓在他身上，但仍彷彿一陣風就可以將她吹倒似的。

她說自己不疼，眼底卻透著數不清的痛苦情緒……李桓煜嘆了口氣，竟是不知道該說什麼。

一旁的歐陽燦只覺得一團亂糟糟，自從會見太后娘娘開始，整個場面都不大對勁……

王氏生怕太后娘娘過於激動，不僅對身子不好，也容易讓有心人產生聯想，急忙以太后娘娘身體不適為由，令人將她扶進裡屋，同時命宮女去請太醫。

李桓煜和歐陽燦就這麼餓著肚子被送出東苑。

原本打算再折回西苑，可是聽說皇后娘娘在午睡呢，兩個人琢磨一番，決定給其他貴人請安後就下山了。

還是自個兒吃飯，比較痛快。

山腳下，李桓煜有些鬱鬱寡歡。

歐陽燦拍了他一下。「你怎麼了？」

「太后娘娘這算同意賜婚給我和李小芸了嗎？」

歐陽燦撓了撓頭。「不知道算不算啊？」

李桓煜嘆了口氣。「關鍵時刻竟是卡了顆果核……瞎激動什麼勁？」

歐陽燦見好兄弟如此不開心，想到自己一直瞞著他李小芸的下落似乎有些不夠意思，終於是開了口。「其實今早出發的時候，我得到了小芸的消息。」

「啊？」李桓煜立刻變得生龍活虎。「在哪呢？我去找她呀。」

「你就那麼想見到她？」

李桓煜點了點頭，堅定道：「心裡不踏實好久了，見到小芸就踏實了，哪怕見到她隨即就要離開……」

「她現在就在陳家村，在顧繡傳人的一座宅子裡。」

「陳家村？」李桓煜眨了眨眼睛。

歐陽燦扶額道：「離咱們的宅子，不過五里路。」

「真的？」李桓煜立刻道：「我不吃飯了，我去找小芸！」

歐陽燦忽地有些後悔現在告訴李桓煜這個消息，這廝真是見色忘友，竟打算丟下快餓死的他去找李小芸？

「你不餓嗎？」歐陽燦想攔住他。

「想想小芸就不餓了；再說，我餓著挺好的，讓小芸看看，我都餓成什麼樣了，讓她心疼我。」

「你真是……」有病吧！歐陽燦很想罵他一頓。
「陳家村、顧繡宅子，我先走啦！」
他話音未落就拍了下馬背加速離去。
「不是那個方向！」
歐陽燦朝他大喊，迎來的是一片被馬蹄揚起的塵土。
「一個大胖子，有什麼可喜歡的！」
歐陽燦無法理解為何被丟下的是自個兒，而剛剛明明還是好兄弟的李桓煜就這麼跑掉了，令他很失落。
大哥歐陽穆此次進京也是目標明確，要娶陳諾曦；李桓煜也是要定李小芸。可是他呢？他又不比他們差……怎麼從小到大就沒啥女人緣？
此時的歐陽燦，竟有些嫉妒李小芸了……能被像李桓煜這般單純的男孩惦念著，是多麼幸福的事？
那個屬於他的女孩在哪裡？
會有一個女孩惦記他嗎？
歐陽燦腦海裡莫名閃現了這個念頭，他急忙甩頭，天啊，他到底在盼什麼呢？
歐陽燦拍了下馬頭，夾了下腿，催促馬匹回家……

李桓煜可謂是一路狂奔，奔了一會兒後看到一個小驛站，便下馬打探陳家村在哪，才發現方向完全錯誤。

不過他一點都不灰心，反正就是五里路程。

他和小芸，好久沒這麼靠近了，一想到稍後便可以見到小芸，他的心情雀躍得像是一隻小鳥，快飛上天了。

好在顧三娘子的事情近來被百姓傳頌，李桓煜找起顧家宅子沒那麼費勁，沒一會兒就到了。

他騎著馬，立在顧家宅子門口待了一會兒，醞釀下情緒，才下了馬。

他將碎髮勾在耳後，今日去見貴人還特意收拾一番，外貌應該不會太慘，可是……他還是莫名緊張。

他牽著馬，用力敲了下門。

啪啪啪——

開門的是一名灰衣家丁。

那人皺了下眉頭。「敢問您是？」

李桓煜表情肅穆，故作鎮定道：「我找李小芸，我是李桓煜。」

家丁愣了下。「您和李姑娘有什麼關係嗎？按理說我家幾位主人說最近誰登門都不見的。」

李桓煜怔了片刻，厚著臉皮說：「我是李小芸的未婚夫。」

家丁表情立刻煞白，咚的一聲關上大門。

他可是聽說過的，小芸姑娘的未婚夫婿是個傻子，她就是為了逃婚才來到京城呢；可是，剛才那人不像是個傻子啊？

李桓煜在門口等了一會兒，見無人開門，又再次敲了起來。

家丁這次根本沒開門。「我家主人說不見客，您先回吧。」

李桓煜不甘心地用力拍門。「你有去和李小芸說，李桓煜來了嗎？」

家丁隨口道：「說了，不見客。」

近來上門打擾的人數不勝數，又多以顧家親戚為首，顧三娘子索性對任何人都下了閉門令，根本不需要通傳。

李桓煜心情有些低落，又覺得不可能，怒道：「你再不開門我就硬闖了！」

家丁見他如此執著，忍不住道：「您再等一會兒，我……要不然就幫您跑趟腿吧。」

李桓煜聽他如此說話，喝道：「你個狗奴才，果真沒去和小芸說！」

家丁也覺得委屈。「這位公子，我們家主人下了閉門令，除了李記商行的李旻晟公子和夏子軒大人的口信可以通傳一下，其他全都謝絕了呢。」

李桓煜聽到李旻晟三個字，心裡不由得酸了起來。「李旻晟常來嗎？」

「嗯，不過李姑娘不大見他的，畢竟男女有別嘛。」家丁想到李桓煜自稱未婚夫婿，他還是強調下比較好，省得給小芸姑娘添麻煩。
李桓煜這才心裡微微痛快一點，可是一想到李旻晟可以隨時來看李小芸，心裡還是覺得好委屈。
家丁跑進內院，告訴了伺候在院外的大丫鬟，一名自稱是李桓煜的男子來訪。
此時李小芸正和李蘭研究幾個花樣，大丫鬟見她們各自發表完看法才敢進屋。「姑娘，門外有位李桓煜來訪。」
李小芸立刻站了起來。「李、桓、煜？」
「是的。」
天啊，她不會是在作夢吧？
李小芸無法置信地看了一眼李蘭，立刻朝門外跑去，邊跑邊說：「師父，我先去看看。」
李蘭無語地笑了，她搖了搖頭，收拾起桌子上的針法圖紙。
真是李桓煜嗎？
李蘭克制著心底的激動，若是李桓煜來了，那麼新哥兒應該也來到京城了吧？但是此時此刻，她卻不知道該如何見兒子，有點膽怯。
太多的話沒法解釋。
兒子現在進京，到底是好是壞？

李小芸一路飛奔來到大門，嚇了守門的家丁一跳。

她一把推開家丁打開門，正好看到李桓煜靠著遠處牆壁，左腿支地，右腿彎曲，腰間別著一把大刀，身材比分別時高出了一個頭。

他叼著一根野草，瞇著眼睛，盯著大門口。

「小不點！」李小芸揚聲道，飛奔撲過去。

李桓煜一怔，急忙接住她，怎麼回事？李小芸也小巧太多了吧？

李小芸撲在他懷裡，揚起下巴，兩隻手摸來摸去，忽地就咧嘴哭了，又笑著道：「小不點，真的是你啊！」

李桓煜低下頭，無法置信地說：「天啊，小芸，妳怎麼瘦成這般模樣？妳臉上都沒肉了。」

他好難過，他家小芸的肉呢？

李小芸不甘示弱地挺了挺胸。「我哪裡瘦了？只是臉小了好不好？」

李桓煜望著她高聳的胸脯，莫名臉上一紅，環住她腰間的手卻更加用力，硬聲道：「腰也瘦了，我原來摟著妳腰，明明是指尖碰指尖才能勉強環住呢，妳看妳看，現在都手腕碰手腕了，妳還敢說自己不瘦！」

李小芸這才感覺到兩個人離得如此近，她都看到了李桓煜鼻尖上的雀斑了。

她急忙推開他，退後兩步，尷尬道：「別摟摟抱抱，成何體統。」

李桓煜一聽，頓感委屈，眼眶瞬間就紅了。

李小芸見他如此，胸口堵得慌，又走上前，踮著腳尖摸了摸李桓煜的額頭，感嘆道：「桓煜，你又長高了。」

李桓煜感覺到一陣清香吸入鼻尖，心情好了一些。

他低著頭，望著心裡始終念著的那張面容，抱怨道：「妳不是變化也很大嗎？又是繡娘子奪魁，又是從胖子變成難看的瘦子，又是被貴人們召見，現在圍繞在妳身邊的人肯定比以前多吧？」

他用極低的聲音小聲道：「我又算什麼呢？連抱都不能抱，豈不是和其他人一樣了……」

李小芸見他情緒低落，忽地難過起來，捏了捏他的手心，安撫道：「那就讓你抱一下，嗯？」

「好！」李桓煜反應迅速，二話不說一把攬住李小芸腰間，將她抱起來，轉了好幾圈。

「太輕了！」

李小芸兩腳騰空，嚇了一跳，忍不住手攥成拳使勁捶他肩膀，嬌羞道：「你別鬧，你快放我下來啦！你這個臭小子！李、桓、煜！」

守門的家丁在遠處看著他們，耳邊傳來一道道銀鈴似的笑聲。

他撓了撓頭，莫不是這人還真是小芸姑娘的未婚夫婿？他想起自己剛才的話，不由得也跟著笑了起來。

咕嚕……

李小芸愣住。

李桓煜尷尬地把她放下，不忘記死盯著李小芸，幫她打理微微凌亂的秀髮。

「煜哥兒，你的肚子在叫？」

李桓煜哦了一聲，可憐兮兮道：「一上午連口水都沒喝呢。」

「怎麼這般不愛惜自己身體呢，你真是太不注意了。」李小芸眉頭緊皺，滿臉不認同。

李桓煜沒想到她真生氣了，右手攥住她的手腕。「小芸，行軍打仗哪有時間吃飯呢？更何況我們此次回來也是有任務在身，但是聽說妳就在附近，我肯定是什麼都不吃也要來看妳的。」

李小芸看著他一臉認真，輕笑道：「合著不好好吃飯還要怪我了？」

「我想妳親手煮麵給我吃……」李桓煜開口，眼神黏在李小芸臉上。

李小芸被他盯得發慌，本能排斥這道目光。「不好。」

李桓煜無精打采道：「小芸一點都不心疼我了。」

李小芸無語地看著他。「中午燉了冬瓜排骨，還有燒茄子和紅燒扁豆，我和師父也還沒吃，你難道不想和我們一起吃飯嗎？」

「想～～」李桓煜故意拉長聲音，明亮的眼睛眨了又眨，透著幾分討好。

「那快快跟我來唄。」李小芸回頭瞪了他一眼，轉身就跑。

李桓煜沒抓住她，喊道：「小芸，妳等等我嘛，我餓得都頭暈了，妳來扶著我——」

「你才多大，七老八十嗎？」李小芸沒好氣地看著他，但仍停下腳步等著，然後兩個人牽著手，一起進了內院。

李桓煜感受著手心中柔軟的小手，心撲通撲通跳了起來，他兩條腿都有些發軟，差點往後一倒。

李小芸嚇了一跳，臉色煞白道：「煜哥兒，你真餓得這麼慘啊？快，顧安，過來幫我扶著他。」

「不用……」李桓煜話音未落，看門的家丁就過來將他揹起來。「小芸姑娘，我來吧。」

李小芸鬆開手道：「咱們直接去大堂，吩咐嫣紅去安排飯食。」

她小跑跟著，扶著顧安背上的李桓煜，念叨著。「不然我還是給你請個大夫吧。」

李桓煜在李小芸的碎碎唸中來到大堂，入眼的是一名穿著黃色長裙的姑娘。

李小芸道：「嫣紅，碗筷擺好了嗎？」

被喚作嫣紅的女孩點了點頭——她是李小芸親自去採買的丫鬟之一，因為模樣乾淨，便留在內屋伺候。

看門的顧安則是顧三娘子回京途中遇到的一個賣身葬父的老實人。後來見他傻乎乎的，又不願意離開，反而死活要給顧家當家生子，畢竟是顧三娘子給了他錢，他才安葬了老父親。

李小芸見李蘭沒在屋裡。

嫣紅命人上好菜道：「李師父說有些乏了，讓您和李公子自個兒吃飯就好。」

李蘭其實是想著李桓煜和李小芸難得見面，想給他們多留些獨處機會。

李小芸哦了一聲，轉頭看向李桓煜。「你好點沒？先吃飯，大夫來了再給你把脈。」

李桓煜無奈地看著她，明亮的眼睛好像兔子似地眨了眨。「小芸……就不要看大夫了吧？」

「少廢話。」李小芸盛了一碗飯，遞給他。「快吃！」

李桓煜呵呵地連聲笑著。「妳燉的肉嗎？咦？怎麼肥瘦看起來真不均勻？不過好香呢。」

李小芸見他一副討打的賤樣子，忍不住戳了下他額頭。「多吃，少言。」

「哦……」李桓煜拉長尾音頑皮一笑，三兩下就吃完了一碗飯。

李小芸兩隻手托著下巴，認真地看著李桓煜吃得飽飽，唇角莫名地就上揚起來。

李桓煜盯著李小芸，心裡哪裡都是暖暖的，他舔了下唇角，揚聲道：「再來一碗。」

嫣紅過去接，卻被李桓煜一手推開。

李小芸蹙眉看了他一眼，無奈地伸出手去接碗。「嬌生慣養的，你在軍隊裡也飯來張口呀？」

李桓煜愣了下，淡淡地說：「妳不在，我便自己盛，別人想給我盛，也要看我樂意不樂意……」

李小芸搖了搖頭。「我的大少爺！感謝您看得起我，讓我給您盛飯！」

她盛好飯，笑著把碗遞過去，沒想到右手卻被李桓煜一把抓住。她微微一怔，望著李桓煜那黏人的目光。

「你、你趕緊吃，別鬧了。」

她尷尬地硬抽回手，坐在一旁，不想再抬頭去看李桓煜。她把眼睛看向門外，夏日暖陽傾洩而下，哪裡都透著幾分明亮。

「小芸。」李桓煜又吃掉一碗，輕聲說：「妳想我嗎？」

李小芸笑道：「想呢，怎麼會不想你呢？你可是我親手帶大的娃兒。」

……李桓煜不喜歡李小芸總是將他當成小孩子看待，他拿著筷子就著盤子吃了起來，默不作聲。

李小芸回過頭，看向他。「怎麼，還餓嗎？我再給你盛一碗？」

李桓煜抬起眼，搖搖頭，落寞的表情像把刀似的刺人眼目。

李小芸忍不住關懷道：「你不高興了？軍中有人欺負你嗎？你信上說意外抓了個西涼國

細作？」

李桓煜點點頭，咧嘴笑了，這笑容好像透過樹蔭灑落的陽光，明亮耀眼，晃人眼目。

「說起來真是有些好笑，才出了幾個任務，就逮到一個大功，可惜要讓出去呢。」李桓煜還覺得有些可惜。

「讓出去？」李小芸不解道。

「嗯，這細作身分不低，要讓六皇子進京獻俘呢。」李桓煜誠實道。

「如此說你們一路不安生吧？」

「可不是？我們走水路時差點翻了船，遇到水匪，之後又遇上旱地的難民。今年雨少，妳別看京城繁花錦簇，其實北方日子並不好過，不過是都壓著沒上報呢，畢竟有戰事，就夠皇帝鬧心了。」

李小芸嘆了口氣道：「才安生幾年呢，就又鬧上災了。」

「有大侯爺的封地尚有人管，其他地方的人誰管呢？小芸，妳別回漠北了，妳爹娘對妳那麼狠心，到時候我不在漠北，誰來護妳？」

第四十三章

李小芸看著他關懷備至的目光，胸口一暖。「我不回去了，我信裡給你寫了，我要幫師父重振顧繡。」

「哦？」李桓煜詫異地看著她。「那不然妳就幫李蘭姊姊重振顧繡吧，至於婚事，等到金家事情影響較小了以後再說。」

他一臉為了小芸好，實則緊張得快喘不上氣。

李小芸笑了，罵道：「臭小子，我的親事還輪不到你操心，放心吧，我暫時沒打算成親。」

李桓煜可真是放心地長吁了口氣，不想便好……總算給他留下努力的時間。

他裝作不在意地站起身，來到李小芸旁邊的圓椅坐下。「小芸，沒事，妳要是嫁不出去，我養妳。」

李小芸一愣，只覺得一道氣息吹過她耳側，搔癢感遍布全身。

小不點什麼時候坐過來的？

她搖搖頭。「我養得起自己，師父還想讓我繼承顧繡呢。」

……李桓煜皺起眉頭。「繼承顧繡？那妳豈不是會很忙？」

「是呀，所以才放下婚事。我也想明白了，你看師父不也過得不錯，沒有男人還省心點。」

李桓煜見她目光堅定，忽地有些害怕起來。「小芸，如果妳真是這麼想的，那我陪妳一輩子可好？」

李小芸忍不住大笑起來，指著李桓煜的額頭道：「臭小子，你還要娶妻生子呢。」

李桓煜見她一臉認真，急忙解釋道：「娶妻什麼的我不要，我以前就說過只要妳，妳忘了嗎？」

李小芸見他大聲吼叫，有些吃驚，咳了兩聲，安撫他道：「桓煜，你還小，好多事情不明白，還是慢慢來吧。」

「什麼慢慢來，莫非妳從未當我說過的話是認真的？」李桓煜抬起頭看了一眼尷尬的嫣紅，揚聲道：「妳給我出去。」

「你做什麼！」李小芸開口斥責，卻被李桓煜拉住手腕，往外拖著走。

「你怎麼回事？李桓煜！」

李小芸詫異地跟著他，總覺得此次李桓煜回來後像變了個人似的，令人捉摸不定。

李桓煜將她拉到小院落裡，周圍沒有人，只有兩棵楊樹。李小芸不清楚他到底要做什麼，在他鬆開手時轉身就跑，沒跑兩步便被他從身後狠狠抱著。

「你鬆手！」李小芸臉一紅，用手扳著腰間粗糙的手掌。

「我不放。」李桓煜悶聲道。

他彎著身子，下巴貼著李小芸後腦，輕輕擦了一下。「小芸，我心悅妳，妳明明知道的……」

李小芸一怔，甩了甩頭。「我不聽，你趕緊放開我，否則以後就別來見我。」

「我不放！」李桓煜倔強道：「妳不讓我來見妳，我就死給妳看，反正當年是妳撿了我，我還了妳便是。」

「瘋子瘋子，你這個瘋子！」李小芸口不擇言。

她猛地用力，李桓煜卻鬆開手；李小芸順勢往前面草坪跌，李桓煜自然也跟著倒了過去。他怕李小芸臉部著地，用手攬住她腰間一轉，兩個人滾了兩圈，撞到楊樹的樹根處。

李小芸在下，李桓煜在上，他下巴抵著她的前額，右手墊在李小芸背後，左手緊緊攥著她的右手。

李小芸喘著氣，一言不發。李桓煜閉上眼睛，用力呼吸著屬於小芸的氣息。

他不願意去看李小芸略顯冰冷的目光，所以自欺欺人地趴在她身上，可憐兮兮地說：「妳為什麼可以喜歡二狗子，就不喜歡我？」

李小芸怒道：「你胡言亂語什麼？」

「我才沒有胡說。小時候，妳都將目光落在那人身上，妳明明知道他喜歡李小花吧，可是卻還留著他當年給妳的信物。妳喜歡他對嗎？妳和他在京城重逢，是不是還想等著他……」

「混蛋，你閉嘴！」

「妳就是喜歡他才這麼對我吧？」李桓煜揚聲道，睜開的眼睛裡閃著淚光。

李小芸愣住，良久才輕輕嘆了一聲。「小不點，你真的想多了。我……小時候是對他有點心思，但那是單相思啊，我已經和他都說清楚了，我們不會再有交集的；再說，他也不喜歡我……」

「那是妳自個兒這麼認為的吧！」李桓煜語氣依然很酸地道。

但是李小芸的解釋或多或少讓他心裡好受一些。

原本是他一個人的李小芸，這不過才多久未見，竟是變成了大家的李小芸。很多人看到了她的好，也有很多人需要她的好，她的生活裡，再也無法以他為重心了。

但是他的生命中，卻一直只有一個她。

李桓煜眼角閃著淚花，沒志氣地擦了下眼睛。「別人對妳那麼差，妳卻以德報怨；我對妳那麼好，妳從來不在乎我，老是把我當成小孩子。」

李小芸被李桓煜壓著起不來，索性不再掙扎，仰躺在草地上，頭頂處是灑著陽光的樹蔭。她腦海裡浮現出許多小時候的事情，有二狗子，但是更多的是李桓煜，還有那兩隻笨鷹和小土豆，以及每一次的爭吵、每一次的和好、每一次的分開，還有每一次的重聚。

「小芸……」哇的一聲，李桓煜憋了好久的情緒終於爆發。

一直以來，在他的世界裡李小芸便是全部。但是現在李小芸不僅以語言，還用行動告訴他，她有自己的人生要走，這裡面沒有他的位置。

「小芸、小芸……」李桓煜一聲聲叫著，唇角不停蹭著李小芸臉頰。

李小芸想要閃躲，卻又有些不忍心，便任由他胡鬧。

從小到大，她的每一次嚴厲，都終結在他失魂落魄的胡鬧中。

沒過一會兒，李桓煜似乎發洩情緒夠了，又失落起來；總之，他對李小芸來說永遠是弟弟、小孩子，而不是一個男人。

他到底要做到什麼地步，才能讓李小芸正視他？

李小芸被他壓得渾身發麻，右手抬起來，懸在半空中。

她的手在空中停了片刻，終是輕輕放下，落在李桓煜的背上，輕輕揉按道：「還記得你半夜醒來餓得哭了，我又懶得去廚房，就這般替你揉背，一會兒你便睡熟了。」

李桓煜動了一下，沒有抬頭。

「其實我也有私心呢，我還把你丟下過你忘記啦？我為了和翠娘去玩，就想甩掉你，然後二狗子就騙你在樹後面躲了一天。那一天嚇死我了，我到處找你，生怕你丟了，我會被爹娘罵死，後來又真是怕你丟了，因為我心裡很難過。找到你的那一刻，好像連夜空都亮了起來，你的眼睛大大的，一點都沒有埋怨地朝我張開手，讓我抱著你回家……」

「小芸。」

「煜哥兒……不是我不嫁給你，而是我不想害了你。你真的知道你想要的是什麼嗎？你才十二歲，男孩和女孩的人生不一樣，尤其是你。你爹是官身，你現在又和歐陽家的公子走在一起，還有六皇子都成了你的兄弟。在村裡時我還不覺得如何，但是此次走出來，我才更清楚意識到這意味著什麼。煜哥兒，我不適合你，也幫不了你什麼……」

李桓煜終於抬起頭，傷心地哭了，他咬住下唇，沙啞道：「小芸，我又不讓妳幫我什麼，我只是想和妳在一起。」

望著這張英俊的容顏，李小芸也忍不住流下眼淚。

「煜哥兒，我們做一輩子的姊弟不好嗎？你以後有了媳婦，我幫你們帶孩子都成；我若是嫁人了，你是我永遠的後盾。這樣我們才可以真正過一輩子，總好過你在十三歲的時候選擇了我，卻在二十三歲的時候離開我。」

李桓煜望著她，真的搞不明白大家在想什麼？

為什麼所有人都問他——你想明白了嗎？

為什麼所有人都認為他對李小芸的感情，不是愛情？

為什麼所有人都不看好他們，包括李小芸自己？

他的胸口好疼，心臟彷彿被刀刺穿。李小芸那道希望他放過她的目光，深深傷害了他。

他兩手支地，用盡全身力氣才站起來，整個人擋住了陽光，卻有幾分搖搖欲墜的感覺。

「桓煜……」李小芸張開嘴，卻不知道該說什麼。

「我回去了。」

……李小芸悵然若失。

她有一瞬間的窒息，暖風隨之而來，加劇了她的窒息感。

「我不打擾妳了，妳……記得給我回信。」李桓煜垂下眼眸，輕聲說著。

或許是他給小芸太多壓力，嚇到她了。

「我……」

李桓煜望著淚眼矇曨的小芸，又蹲了下來，伸出手一點點擦乾淨她眼角的淚痕。「不哭。」

「桓煜……」

「我們現在都過得這麼好，所以不應該哭。」李桓煜的拇指一點點滑過李小芸的眉眼間，眷戀地盯著她看了好久。「我真的走了。」

「不、不休息一下嗎？」李小芸主動道，空氣裡瀰漫著一股道不明的傷感氣息。

「不了，其實燦哥兒還在等我，我本來也打算今日就回去的。」李桓煜怕李小芸亂想，故作輕鬆道。

他的眼眶有些發紅，卻彷彿什麼都沒發生過。「小芸，多吃點吧，刺繡很耗體力，我怕妳撐不住的。」

「好的，我知道了。」李小芸咬住下唇，聲音彷彿蚊子聲。

過。」

「那我先回去了，妳好好休息。」

李桓煜轉過身剛要走，聽到身後傳來小芸的聲音。「我送你吧。」

他雙手握拳，良久，鬆開拳頭，幽幽道：「不用了，我怕我一衝動，又胡言亂語讓妳難過。」

李小芸沒應聲，坐在地上看著他高大的身影一點點變小，最後消失無蹤。

午後的太陽很曬，草地上冒著熱氣，李小芸靠著樹根，坐在地上發呆了很長時間。

若說她對李桓煜沒有好感，著實有些虛偽。李桓煜是個英俊少年郎，又待她好，她自然是喜歡他的；但正因為這分發自內心的喜歡，所以才不能和他在一起。

師父曾經說過，不要和青梅竹馬談感情，因為友情比愛情更值得珍惜，做朋友或許會更長久。

她無法想像有一天會失去李桓煜，所以自私地寧願做守護他的親人，永遠看著他便好。或許她不夠勇敢，她承受得起夫君納妾另愛他人，卻無法接受那個人是李桓煜。

李小芸雙手捂臉，她不清楚自己都做了什麼，也不明白自己要做什麼，她對於這個世界尚有許多迷茫之處。

她迷迷糊糊地來到李蘭的屋裡，她以為師父尚在午睡，卻發現她開著窗戶，坐在床邊發呆。

李小芸走進去，詫異道：「師父……」

李蘭回過神，驚訝道：「小芸，怎麼了？煜哥兒呢？」

提起李桓煜，李小芸忽地有些難過，忍不住哭道：「他走了。」

李蘭將她拉到床邊坐下。

李小芸彷彿是大海裡的小船，總算找到了靠岸的港灣，吸了吸鼻道：「他同我說，他心悅我……」

李蘭摸了摸李小芸的臉頰。「倒是可以理解，他也和我提過，日後要娶妳為妻。」

「可是這怎麼能當真？他才多大。」李小芸哽咽出聲。她覺得她傷害了小不點，可是又不知道該怎麼做。

李蘭猶豫片刻，問道：「小芸，妳喜歡他嗎？」

「我……不知道。」

「真的不知道，還是不想面對？孩子……沒關係的，我在感情方面也失敗得一塌糊塗。」李蘭苦笑道，聲音溫暖得好像春風拂面，李小芸覺得好過一點。

「我、我不討厭他；可是我以前喜歡過二狗子，後來也不喜歡了，可見喜歡終歸是長久不了的。」

李蘭搖搖頭。「妳是怕了吧。」

李小芸咬住唇，用力過猛，沒一會兒嘴裡傳來腥味。「嗯，我是怕，怕日後他會嫌棄我。我若是嫁給別人，夫君納妾便算了；可若是他，怎麼想都無法接受，還不如乾脆嫁給別人，不同他牽扯才是。」

「那麼妳對李旻晟也是如此感覺嗎？」李蘭引導她道。

「我……」李小芸迷茫了。「好像沒那麼難受，甚至如果他繼續追求小花，我都可以接受。」

「這便是了，現在妳真正喜歡的人是小不點。」李蘭替她判斷道。

李小芸慌了。「不是吧？我對他的喜歡也可能是親情，可能……」

「別解釋了，小芸，人因為害怕才會本能想要保護自己。比如我吧，我看起來那麼恨夏子軒，可是若沒有在意，何來的恨呢？妳若是不喜歡，又何來的害怕失去？而且還站在他的立場思索問題，希望他過得比妳好？這便是比喜歡還要深的感情呢。」

……李小芸徹底崩潰了，她從不敢深思這個話題。

「不過小芸，我也認為你們不在一起比較好，這樣才可以做一輩子的好姊弟，他會是妳最牢固的依靠；可是這樣也很自私，明明是相互喜歡的兩個人，卻偏不在一起，難道不是對另一半的不忠嗎？」

李蘭頓了下，繼續道：「妳日後在面對弟媳的時候可做得到坦坦蕩蕩？我的小芸，我知道妳不是厚顏之人，所以最終的結局會是妳反而和桓煜斷了聯繫，這是妳想要的嗎？」

李小芸躊躇起來，她看向窗外空無一人的庭院，心底莫名失落。

腦海裡始終重播著李桓煜離去時孤單的背影，眼淚止不住流下來。她捂著嘴巴，悶聲道：「師父，我好心疼……」

「傻孩子，難過便哭出來，其實若是喜歡，至少桓煜現在也心悅妳，幹麼不試試呢？」

「我害怕……」

「害怕什麼？害怕萬一沒試好連姊弟都做不成嗎？妳以為現在你們還可以當作若無其事？」李蘭嘆了口氣，輕聲道：「如此看來，當年的我真是比妳有勇氣很多。」

李小芸眨著淚花。「師父，妳和夏大人還會復合嗎？他……一直未娶。」

李蘭自嘲地揚起唇角。「他未娶未必是因為我，興許只是念著他記憶裡的李蘭；可是這麼多年走下來，誰還能是最初的自己？」

「師父……」

「可是，妳知道嗎？」李蘭低下頭，一句句說得清楚——「當年，我對愛情可是奮不顧身的。他是外地人，還是商人，在我爹娘看來，商人還不如一個種地的，商人重利，肯定會負我。可我就是認定了他，後來爹娘也拿我沒辦法，就成全了我們。

「結局妳也看到了，他不是商人，卻還不如商人；可我想那時候他應該也是真心待我的，否則不會終身未娶。人活到這個歲數，心裡想著曾經做過的往事，能拍著胸脯說一聲不悔，就很了不起了。妳看妳不也一步步走到今天？放在五年前，妳敢想來京城嗎？若不是一門婚事逼妳入絕境，又如何換來今日我們可以奪回顧家？」

李蘭的聲音擲地有聲，回蕩在屋子裡。

「感情的事情不能勉強，卻最容易抱憾終身。妳還是跟著心走吧，小芸妳不是那種會輕易放棄的女孩，小不點呢？更不是。」

李小芸大腦一片漿糊，她喊了聲累，失魂落魄地回了房間。

她第一次認真面對李桓煜的這分感情，竟是有些言不由衷，偏偏拖字訣用在這裡反而更傷人……

她重重地將身子摔在床上，興許是思緒繁重，沒一會兒竟是睡著了。

再次醒來，已經是傍晚時分。

她的眼前一直浮現著李桓煜離去的背影，耳邊不停重複著那悲傷的嗓音——我不打擾妳了……然後淚水洶湧而下，泛起椎心的疼。

「小芸姑娘，吃飯嗎？」屋外的嫣紅聽到屋內的動靜，揚聲問道。

李小芸擦了下眼角，悶聲說：「還記得我昨日的那個包裹嗎？幫我拿進來。」

她下了床翻箱倒櫃地收拾起來，好多繡活本是要寄到西河郡的，如今桓煜在京郊呢，不如直接送給他。

李小芸想起白日兩個人的爭執，心口像是被火烤了，特別後悔。

小不點在京城待不了幾日就會離開，她幹麼要和他鬧彆扭呢？明明兩個人難得才重逢的。反正她這輩子都沒打算成親，應了他又如何？日後他有了意中人就會明白，自然會離她而去。

難過的只會是她一個人，她可是擁有金剛心，什麼都不怕呢，她幹麼要讓煜哥兒難過呢？

李小芸心裡實在放心不下李桓煜，她揉搓著手裡的衣裳，決定厚著臉皮去找他。反正她不能讓小不點用這種狀態回軍中，要是出事了咋辦？

她一個人悶悶地收拾包裹，沒一會兒整理了兩大包。

她左右兩隻胳臂各挾著一個，迷迷糊糊地朝大門走去。

邊走邊想，她去哪兒尋李桓煜呢？他只說也住在附近，卻沒說住址；不過沒關係，她可以去驛站打聽，想必六皇子進京的陣仗不會太小吧。

「小芸姑娘，您這是去哪裡，拿這兩包東西走路不累嗎？」家丁顧安走了過來，伸手就要幫她拿東西。

李小芸搖搖頭道：「顧安，你幫我安排一輛馬車，我要去驛站。」

「去驛站做甚？一會兒就天黑了。」顧安不解地看著她。

李小芸心頭一軟，眼眶就有些發紅。「我有事沒和桓煜說完呢，他就走了。」

顧安一愣。「小芸姑娘是要尋中午來找您的那位公子嗎？」

李小芸點了點頭，吸了吸鼻頭。

顧安撓了下後腦。「小芸姑娘若是尋他，那麼在下就帶您去找。」

李小芸激動道：「你知道他的住址嗎？那太好了，你去駕車。」

顧安急忙攔住。「不用駕車，用走著就成。」

「這麼近？」李小芸驚訝道。

顧安點了點頭，打開門，指著門外臺階上背對著大門的身影。「這不一直坐在這兒？我讓他走都不走，還哭了呢，大男人的哭什麼。」

李小芸呆住了，包裹順著胳臂掉到地上。

她來到李桓煜身旁，蹲了下來，從背後輕輕抱住他，把頭枕著他的脖頸處。「煜哥兒，小芸不對，小芸來給你道歉了……」

李桓煜無法置信地回過頭，望著一臉愧疚的小芸，一下子就擁她入懷中。「是我不對，我……我該好好和妳講話，而不是胡言亂語。妳那麼好，不喜歡我也是應當的；李蘭姊待妳我有恩，妳幫她也是應當的，我大了，可以照顧好自己，我不該給妳添亂的。」

李小芸哽咽道：「我哪裡好了，我……」

她發不出聲，哭泣的哽咽聲好像塞住了嗓子，望著李桓煜自責的目光，她的心都快碎了。她站起來拉著李桓煜的手道：「走，進屋說，晚上風大。我……我去給你下麵條，辣醬牛肉味的，我們一起吃，好嗎？」

李桓煜不住點頭，生怕李小芸反悔。這次他老老實實地跟在李小芸身後，不敢有一點踰矩，若是小芸轟他，他怕自己都沒臉再上門了。

李小芸讓丫鬟幫著生火，自己挽起袖子擀麵，這擀麵力道要恰到好處，她小時候身子壯，倒是比她娘做的好吃。然後她親手拌醬，將前些時日煮好的牛肉切成一片片，再搭配芥藍和雞蛋倒入麵裡。

兩碗熱騰騰的麵煮好了，她吩咐人備點小菜和酒水，端到她房間裡。

李桓煜白日裡沮喪的情緒彷彿一散而盡，只要李小芸一個輕易的認可，他便能將所有事情拋在腦後。

李小芸看著目露饞光的李桓煜，調侃道：「瞧你這著急樣。」

「好香呢，老遠就聞到了。」

「吃點開胃菜，你剛才既然沒走，幹麼不……」回來兩個字被李小芸嚥進肚子裡，今日的事情還是別再提了，否則她會受不了。

李桓煜怕是不會懂，他的每一點不高興，看在她心裡都好痛呢。奇怪，她幹麼為他這麼揪著心？這種感覺糟糕透頂。

李桓煜嗯了一聲，張開大口一頓胡吃海塞。

吵架非常消耗體力，彷彿比打仗還更容易讓他筋疲力盡。

這頓晚飯可比午飯香多了，因為是小芸親手下廚做的。

「妳倒是動筷子呀。」李桓煜抬眼，見李小芸一直盯著他吃，催促道。

李小芸急忙拿起筷子，生怕李桓煜一個不滿又跑掉。她今兒個也有些怕了，明明是她讓他走，為什麼他真走了她最難過呢？既然如此，她還是好好留著他，否則兩敗俱傷的感覺好糟糕。

李小芸拿起手帕，擦了下李桓煜嘴角的水跡。

李桓煜渾身一顫，感覺如夢似幻，記憶裡的小芸又回來了，不再凶巴巴的總說要讓他娶別人。他心情忽地就好了起來，咧嘴笑了，悶頭吃了一大口差點沒順過氣嗆了起來。

李小芸幫他順著後背，柔聲道：「慢點吃，又沒人和你搶。」

李桓煜臉上一紅，支吾道：「嗯。」

兩個人都吃完飯，嫣紅收拾完屋子就退出去了。

李小芸換了一根新蠟燭，將新縫製的背心拿出來對著李桓煜比了下。「感覺還是小，我預估小了你的身量呢。」

李桓煜看著床上擺滿了新衣裳，都是他的，索性脫掉衣衫，光著膀子。

李小芸剛回頭，嚇了一跳，竟有些移不開眼睛。

好壯……

她在想什麼呀？

李小芸甩了下頭，尷尬地扭過頭。

「小芸，身上這件不要了，我自個兒補得都快爛了，給我挑件新的，哪件好？」他興致勃勃來到床邊，拿起一件比較輕薄的背心。

李小芸撇開頭，悶聲道：「這件就不錯，料子吸汗呢，我還給你縫了個兜，要是想藏點東西可以放那兒。」

說起兜，李桓煜忍不住抱怨了一下。「下次別給我在內裡褲子縫兜了，我下面……總之不舒服。」

他也覺得這話題過於隱私，生怕小芸又發脾氣，索性閉上嘴巴。

李小芸有些不好意思。「好，我也是看人家……」

「你看誰內裡褲子有兜了？」李桓煜敏感地抬起頭，言語裡隱隱透著不快。

李小芸咳嗽兩聲。「師父給新哥兒做的就有縫，說一般遇到劫匪，不摸那……」

李桓煜臉上熱了起來，故作訓斥道：「別瞎縫！怪不舒服的……」

「好。」李小芸自打剛才出去尋李桓煜，就決定以後再也不和他輕易較勁了，反正就是言語上後退一步，有什麼大不了？

她才自我安慰結束，就聽到耳邊傳來一道蚊子聲，可憐兮兮道：「小芸，我……還能和妳一起睡嗎？」

這不是廢話嗎……李小芸差點噴出一口血，她這次表情嚴肅道：「小不點，不許得寸進尺哦。」

「知道啦……」李桓煜不情願地應聲。

他指了指外屋的床榻。「我睡這兒成嗎？」

李小芸默不作聲。

李桓煜見她猶豫，覺得有機可乘，急忙道：「小芸，妳想啊，上次我還和妳同床共枕呢。當然，妳長大了……」他的目光往她胸前掃過。

李小芸莫名覺得彆扭起來，咬牙想了片刻，反正就是睡外屋嘛……

她的視線落在李桓煜光著的手臂上，詫異道：「你這疤是怎麼回事？」

她剛才沒有注意，此時才發現李桓煜左胳臂上有一條蜈蚣似的凹凸不平的傷疤。

李桓煜故作不在意道：「沒點傷還是男人嗎？」

「什麼歪理，落下這麼大的疤，你沒治嗎？」李小芸蹙眉埋怨道。

李桓煜見她著急，心情反而好了起來，暖暖的。「想讓妳看看……」

李小芸一怔，沒好氣道：「這還值得炫耀了？你到底知道不知道什麼叫做傷疤呀！落下了好不了怎麼辦！」

李桓煜揚起下巴，無所謂道：「靠近胳肢窩，誰能看得到？妳不介意就好。」他言辭曖昧，又把李小芸說成了個大紅臉。

她快要惱羞成怒了，但仍不停安撫自己。

忍……忍著……

小不點和她在一起待不了多久就又要走了，她何苦讓他難過地離開呢？

於是，李小芸居然沒有發火。

李桓煜心裡有一點小小的驚訝，暗自琢磨，看來小芸還是心疼他的，所以耐性稍微高了一些。白天他還是太過急躁了，才會逼得小芸說狠話，到頭來他一點好處都沒有。

看來這年頭還是苦肉計有用……他想到此處，突然撩起背心，指著靠近褲腰的位置道：

「妳看，這裡還有呢。」

「你幹什麼！」與此同時，李小芸驚叫出聲。

她慌亂地站起來，兩隻手捂住眼睛，透著指縫看到了李桓煜肚臍眼處的一道刀痕。

「我的老天！誰幹的？」她顧不得男女之防，撲了過去，右手輕輕按著那塊細長的痕跡。「有些發紅，是新傷吧？是不是沾水了？會發炎的你知道嗎？」

她低著頭看了一會兒。「不成，你這分明是有些發炎，你別動，我給你上點藥吧。」

「唔，好……」李桓煜懶懶地拉長音，望著一門心思給他上藥的李小芸，無法移開視線。

他的手放在空中，猶豫良久不敢輕易觸碰那一頭黑髮。

小芸的頭髮真好看，又密又黑，好像織出來似的披散在她腦後；耳邊跳動著的碎髮也很可愛，映襯得她清瘦下來的側臉美麗至極。

「小芸……」

「嗯？」李小芸正低著頭，用紗布給李桓煜上藥。

她還不忘記消了下毒，疼得李桓煜情不自禁大叫出聲。

這太破壞眼前這令人感動的氛圍了！

李桓煜哭笑不得。

李小芸抬起頭，瞇著眼睛揚起唇角。「這都忍不住？」

李桓煜一怔，只覺得眼前的女孩是一團光，一團屬於他生命裡最耀眼的光，他的人生裡若沒有她，便會黯淡無光，了無生氣。

「小芸，我想睡新彈好的褥子。」

李小芸撇嘴道：「越、來、越、多、事、了、啊。」

李桓煜嘿嘿笑了一聲。「就喜歡麻煩妳，看妳為我忙碌著，心情就好。」

李小芸搖搖頭。「冤家。」

李桓煜靠著桌角，望著李小芸忙碌的身影，她彈被褥的樣子在他眼裡充滿著可愛撩人的誘惑。

若有一日，他可以……

李桓煜臉頰紅了，竟是感覺身體有了反應。

在西河郡的時候，六皇子作主帶他去見「世面」。

他本以為是什麼「世面」，沒想到竟是妓院。

女人們穿著打扮極其露骨，個個美豔不可方物，他卻一點反應都沒有，望著她們討好的媚樣，只覺得噁心。

一個不熟識的女孩想給他倒酒，才過來就被他本能推開，女孩仰坐在地上，非但不覺得羞恥，還故意鬆開腰帶，再次撲向他。

於是，他毫不猶豫抬起腿，竟把女孩從二樓硬生生給踹下去了……

後來他反省過後也覺得不大妥當，可是那種情境下，他實在不知道該如何是好。為了保護自個兒的清白，出於本能就動手了。

他突然發現，他的身體比心還要誠實——就想要小芸，除了小芸，誰都別想靠近他到三步內。

李桓煜不由得苦笑起來，就這樣的境地了，李小芸居然還是不肯嫁給他。難道狠心讓他出家當和尚嗎？

李小芸鋪好被，又捏了捏被角，這才下了床，拍了拍手道：「躺下試試，剛曬的被子，可軟了。」

李桓煜嗯了一聲，脫鞋跳上去，鑽進被子，歪著頭看向李小芸。「小芸。」

「嗯？」

「回家的感覺真好……被子香香的，屋子暖暖的。」

李小芸聽著李桓煜的聲音，凝望著他的臉頰，心裡想到——他終究還是個孩子呀……很多十二歲的男孩尚在父兄守護之下，小不點卻沒有。

李先生雖然待他不薄，卻從未給予過父親應該給予的關懷，反倒像是一位師長。

在李桓煜成長的歲月裡，從未有一名男性長輩愛護著他。

李小芸忽地好難過，她發現自己真的不僅僅是把他當成弟弟般的疼愛。

近十年積壓了太多的情感沈澱下來，也許就成了喜歡。

她曾想過，兩個人可以各自有所歸屬，然後兩家人相依為命一輩子；可是，她為什麼不可以做那個守護他的人呢？

李小芸在心裡告訴自己——妳若是在乎他，便不應該讓他念著妳，而是應該守著他。

或許有一天煜哥兒會覺得今日的表白顯得可笑，但是她會記住，這個單純的少年在這段時間裡，喜歡過她。

反正她這輩子只想幫師父重振顧繡，姻緣的事便隨緣吧。

名聲好壞也變得沒那麼重要，更何況金家小子的死擺在眼前，或許她真是誰都不嫁才不會給人添麻煩。

「小芸……」李桓煜輕聲喚她。「來，坐在床邊陪我說一會兒話，說著說著，我就睡著了。」

李小芸點了下頭，目光裡滿是溫柔。

「你想說什麼，我都陪著你。」

「妳會陪我一輩子嗎？」李桓煜笑著。

「我努力。」李小芸不再像白天那般反應強烈。

人真的唯有經歷失去，才會想要挽回。

她想了一下午，她捨不得推他走，更捨不得他難過半分。

「那就好……我也努力陪著妳。不娶便不娶，我陪妳一起幫李蘭姊姊重振顧繡。」

……

「小芸，妳知道我腹間的傷怎麼來的嗎？」

李小芸見他閉上眼睛，說話慢吞吞的，低聲附和道：「怎麼來的？」

「走水路的時候替六皇子擋了一刀……當時船翻了，六皇子和我都掉下水，有人在水裡行刺。他們水性好，竟敢在水裡睜眼呢，我第一次遇到這種人，好在小時候練過泅水，所以替六皇子擋了。六皇子說了，他欠我一條命，所以讓我當他兄弟。」

「嗯嗯嗯……」李小芸敷衍應聲，看著快要睡著的李桓煜，她的右手順了下李桓煜額前的髮絲，忽地被他抓住。

「揉揉頭，小芸，妳以前每次給我揉頭，我都睡得特別香。」

李小芸笑了。「好的，我給你揉揉，你好好睡。」

「白天妳讓我傷心了，好歹不成拒絕便是，幹麼還轟我走？以前妳不是這樣的。」李桓煜皺了下眉頭，睡覺都不安生，還敢抱怨。

「妳還承認喜歡過二狗子，那個傻蛋……妳居然敢承認……」李桓煜咧嘴說道，睫毛處卻有些濕潤。

李小芸抹了下他的眉眼，柔聲說：「好了好了，都是小芸的錯，不要想了，睡吧，我的煜哥兒。」

「嗯，妳的……小芸，妳說六皇子可以當皇帝嗎？燦哥兒說四皇子死了，希望最大的反而是六皇子不是二皇子呢，因為六皇子和靖遠侯府親近，靖遠侯府本來就不想捧四皇子，不過是皇后堅持罷了。」

李小芸傻眼，食指堵住了李桓煜的唇角。「睡覺……」

「他要是能當皇帝就好了。我不要他還我命，我讓他賜我官，一品大員，然後妳就是一品誥命夫人。逢年過節可以進宮參加宴會，和皇后娘娘聊天，曾經那些看不起妳的人都只能給妳讓路；還有李小花，就讓她活著看妳一路富貴，受盡恩寵……」他的聲音越來越小，變成了呢喃。

李小芸搖了搖頭，李桓煜的腦袋裡面在想什麼呢？

她輕手輕腳地站起來，吹滅燭火。

她推開門，看到嫣紅還在門口守著，猶豫片刻才說道：「妳搬張床去大堂守著吧。」

嫣紅應聲。

李小芸合上屋門，走入內屋。

她的名聲算是好不了了。

不過清者自清，若是真有人樂意娶她，便會信她的為人。

第四十四章

次日清晨，小鳥嘰嘰喳喳的在窗外叫得正歡，李小芸率先起身。

她梳著頭，聽到外屋動靜，沒一會兒就有人敲門。

咚咚咚——

「進來吧，桓煜。」

李桓煜穿著一身白色長衫，搭配棕色馬靴。

他頭髮披在腦後，尚未束起，一進屋就有些發愣，整個人好像呆住似地盯著李小芸。

「幹什麼？」李小芸蹙眉。

她穿了一身淡紫色長裙，腳上是粉嫩色繡花鞋，她正坐在梳妝檯前，對著鏡子梳頭髮。

李桓煜心跳又加速起來，他告訴自己千萬別又嚇壞了小芸。

他的情感熾熱，熾熱得可怕。

所以要隱忍，步步為營。

「我……我餓了。」李桓煜紅著臉，他其實好想和小芸講——妳散著頭髮的樣子好美呀，比宮裡面那群濃妝豔抹的女人們強多了。

「吃貨。」李小芸瞇了下眼睛，嘟著唇角。

「你想吃什麼……我親自去給你弄。」

李桓煜心口好像喝了蜜，甜得不得了。

李小芸隨手把頭髮梳成一條大辮子，站起身往外走去，邊走邊道：「有小廚房呢。」

李桓煜嗯了一聲，本能反手攥住她的手，走到李小芸前面。

李小芸愣了片刻，想了一下什麼都沒有說。

抵達廚房後，李小芸故作不在意地抽出手，笑著說：「你想吃什麼？」

「都好。」李桓煜歪著頭瞇著眼睛看著她，朝陽的餘暉灑進並不寬敞的廚房，照得李桓煜英俊的臉龐明暗不清。

空氣忽地稀薄起來，李小芸尷尬地扭過頭。「幫我生火。」

「嗯。」李桓煜去拿柴火。

李小芸望著他走出去的背影，長吁口氣。

真是的，自從李桓煜同她表白心意後，她心裡就莫名其妙揪了起來，不由自主往別處想。小不點從小待她那麼好，人又偉岸英俊，小小年紀渾身卻透著貴氣和男子氣概。這種男孩，若說對他不動心是假的。

可是一想到自個兒大他三歲，又出身低微，還死過未婚夫婿……日後李桓煜做官，她的背景指不定會讓多少人對他指指點點，興許他真的會後悔，然後兩個人連姊弟都做不成。

情愛兩字，毀了多少人……

瞅瞅李蘭師父，她口口聲聲說恨夏家，何嘗不是因為太在乎？夏子軒也沒有另外娶妻生子，兩個明明相愛的人都無法在一起，何況她和小不點這種不明不白的關係？

李桓煜生了火，便又靠著牆角目不轉睛地看著李小芸，目光裡隱隱帶著幾分癡戀。

李小芸淘米下鍋，李桓煜見她隨意淘了一把米，主動上前幫忙淘了另一把米扔進鍋裡。

「煜哥兒，太稠了。」她倒入一些水。

李桓煜故意又扔了一把進去。

李小芸瞪了他一眼，又倒入一些水。

李桓煜再次去淘，李小芸一把按住他的手。「別鬧了！」

李桓煜往後一退，李小芸上前一撲，順勢就進了他的懷裡。

李桓煜臉上一熱，心裡滾燙滾燙，臉上揚起燦爛的笑容。「小芸，妳以前早上都煮好大一鍋。」

李小芸紅著臉。「現在和以前能比嗎？當時爹和哥哥們要下地幹活，有些時候恨不得上午就能把一天的飯做出來。」

李桓煜將她扶正。「但是那時候卻覺得每一天都過得特別好，日子很清苦，卻覺得很快活。」

李小芸心頭一緊，撇開頭。「小時候人的想法單純，就會覺得好。」

「小芸……」李桓煜喚她，聲音裡彷彿帶著顫音。

啪啪啪……一陣腳步聲傳來。

李小芸急忙後退幾步，擦了下臉頰。「稍後冒氣了就掀開蓋子，差不多了就可以倒入碗裡。」

她吩咐後轉過身，看向從遠處跑來的嫣紅。「可是前院有事？」

她巴不得趕緊離開，索性主動開口。

李桓煜好笑地看著快速走到院子裡的李小芸，唇角微微揚起，他轉過身拿起抹布，過了下水，將灶臺擦乾淨。

嫣紅見李小芸出來，道：「姑娘，李公子來了。」

李桓煜一怔，停下動作向屋外看去。

李小芸渾身一僵，莫名心虛起來，咳嗽了一聲。「嗯？」

嫣紅見李小芸面露遲疑，又說：「就是李記商行的李旻晟公子，他說您上次讓他查的事情有著落了……」

「咳咳……」

李桓煜啪的一聲推開門，面露冷色道：「妳讓二狗子查什麼了？」

李小芸生怕他又發脾氣，回過頭柔聲說：「你還記得翠娘嗎？李翠娘。」

李桓煜一愣。「就是和李小花一起進京的。」

「嗯，我們小時候很好的，你忘記啦？」

他冷哼一聲。「哪裡會忘記，妳為了去尋她玩，搞得我被二狗子欺負呢。」

……李小芸嘴角一抽。

「我進京後，一直沒有她的消息。聽說她本是在賢妃娘娘身邊做宮女，後來出了事，這還是黃怡告訴我的，可是她支支吾吾，似乎不方便多說。我和翠娘的情誼你曉得的，我想找到她。」

李桓煜眉頭皺起。「能出什麼事？」

李小芸蹙眉道：「宮裡齷齪事可多了……所以上次和李旻晟見面時，就隨口問過他。」

「上次什麼時候見的面？」李桓煜質問道。

李小芸沒好氣地看著他，懶得爭執。「半個月前。」

「再上次呢？」李桓煜瞇著眼睛，一股股酸水從胸口往外流。

「又有半個月。」

「再再上次呢？」

李小芸快被他弄瘋了。「幹什麼……」

「妳知道妳才給我寫了幾封信嗎？」李桓煜雙手環胸，硬聲道：「我收到的總共不超過五封，最要命的是好長一段時間妳一點消息都沒有。」

他揚起下巴，繼續道：「二狗子倒好，一個月就能見妳兩次面。」

嫣紅有些尷尬地低著頭，顧安說眼前這名英俊非凡的男孩是小芸姑娘的未婚夫婿呢，難怪吃醋吃得如此理直氣壯，就差把整座院子的人都吼來圍觀，為他評理呢。

李小芸猶豫片刻，揚起笑容，她走上前，拉住李桓煜的手腕，輕聲說：「好了啦，都是小芸錯了，你別生氣。不久你就要走了，所以我希望這段時間你都是開心的。」

李桓煜愣住，所有的難過只因為李小芸的三言兩語就瞬間消散。

他很想用力把李小芸擁入懷裡，告訴她，他不生氣；可是……這也太沒骨氣了吧？他還想假裝生氣一下呢。

「煜哥兒，李旻晟來了，咱們一起去聽聽他如何說，好嗎？」李小芸瞇著眼睛，笑成了一朵花。

李桓煜盯著她，有片刻失神，不知不覺就點了頭。

李小芸拉住他的手，道：「走……」

李桓煜傻傻地跟著李小芸穿過了兩道月亮拱門，才猛地想起——他、他還在生氣啊！李小芸還沒解釋為什麼那麼久不給他寫信呢。

李旻晟坐在會客大堂裡，聽到動靜便知道是李小芸來了，沒想到入眼的卻是兩道身影。

小芸身後高個子的男孩比他還要壯實，他面如玉冠，身著白色長衫，顯得十分飄逸。

李旻晟瞇著眼睛，銳利的目光落在李小芸和那男孩交叉相握的手上，皮笑肉不笑地道：

「小芸，這位公子……」

「你不認識他啦？仔細看看吧。」李小芸笑著調侃，眉目越發顯得清秀起來。

李旻晟一愣，這才又再次看向李桓煜，這男人長得雖然漂亮，身板卻站得筆直，不似一般公子哥兒般弱不禁風。

他猛地想起前去參軍的小不點，嘴唇微微張開。「我知道了，是妳弟弟，李桓煜吧……我還納悶妳怎麼會和男子這般親近，原來是桓煜弟弟回來了。」

李桓煜冷哼一聲。「我可不是你弟弟，更不是小芸的弟弟，說話還是注意下才好呢。」

李旻晟一怔，倒也不生氣。「許久不見，小不點都長大了。」

他一副以兄長自居的樣子實在讓李桓煜受不了，而且這人這麼對著李小芸說話，彷彿他們倆才是同輩人。

李小芸目光溫柔地看著李桓煜，輕輕點了點頭。

右手本能地伸過去，小心翼翼撫平了李桓煜衣角處的褶縐。「這件衣裳有破洞，你稍後脫掉我幫你縫下吧。」

李桓煜揚起下巴，得意地嗯了一聲，目光卻是看著李旻晟，帶著幾分挑釁。

李旻晟瞇著眼睛，倒也看不出情緒。

他淡淡垂下眼眸，把玩了一會兒翠綠色扳指，什麼都沒有說。良久，他抬起頭道：「小芸，翠娘我找到了，妳想見她嗎？」

李小芸隱隱帶著幾分激動道：「她還好嗎？她……還活著吧？」

上次和黃怡見面的時候沒有多說什麼，只道是在宮裡衝撞貴人被罰了。

至於李翠娘下落如何？黃怡正懷著身孕呢，她沒有多言，怕對方費神……

李旻晟掃了一眼李桓煜。「還活著，但是剛小產了。」

李小芸傻眼道：「什麼！她不是……」

李翠娘才多大呢？又是在宮裡服侍人的宮女，怎麼會衝撞貴人後小產？

最要命的是宮裡可以令人懷孕的男人有幾個？李小芸原本落下的心思不由得又懸了起來。

李旻晟閉上嘴巴，看向旁邊的丫鬟。

李小芸急忙讓丫鬟出去，同時令嫣紅守著外面的月亮拱門。

李旻晟又把視線落在李桓煜身上，唇角揚起。

李桓煜懂了他的意思，有一種被侮辱的感覺。

二狗子就是故意給他找不痛快吧！

他冷哼一聲。「怎麼，難不成想讓小芸轟我出去嗎？」

李小芸怕他們兩個人吵起來，急忙插嘴道：「小不點不是外人！李……大哥你直接說吧。」

什麼大哥不大哥……李桓煜聽著這兩個字就覺得不痛快，看向李旻晟的目光帶著明顯的敵意。

李旻晟對李小芸那句「李大哥」十分滿意，便沒有為難她。「據我所知，翠娘當初並非如外界所傳衝撞了某位貴人，才被關起來的。」

李小芸蹙眉看著他，想起小產兩字，忽地有些難過起來，幽幽道：「莫不是她被哪個混蛋糟蹋了吧？」

才開口就有些哽咽，多年來，除了小不點李桓煜，唯獨李翠娘是她生命裡最重要的人了。

李桓煜見她如此，急忙上前用兩隻手扶住她的肩膀。「小芸，翠娘一定會沒事的。」

李小芸抬起手摸了下眼角。「嗯，李大哥你就直說吧。」

李旻晟目光落在李桓煜放在小芸肩上的手，看了一會兒，說：「不能說被人糟蹋。她本是賢妃娘娘宮裡的宮女，勝在模樣出眾，性子淡雅，頗得賢妃娘娘喜歡，便讓她進了內屋。」

內屋……大家心照不宣，後宮娘娘的內屋能有誰出入？

「具體真實情況我也沒有打聽到，但是可能被留宿的皇上看入眼，又或者有什麼其他緣故，總之是伺候了皇上還懷了孕。」李旻晟沈聲道。

李桓煜皺起眉頭。「可若是伺候過皇上，應當是會記入名冊，按理說是有名分的吧？」

「所以才說這裡面可能還有其他事情。反正前段時間皇后放權，太后娘娘精力不夠，後宮主要是賢妃主事，不曉得她有何打算。」
李小芸臉色不好。「聽起來怎麼那麼不靠譜呢？不管後宮是否是賢妃娘娘一手遮天，皇家子嗣都是大事吧；翠娘又是她的人，懷孕不是壞事，又是正經伺候過皇上的，理應有名分才是，她扣著翠娘名分幹什麼？」
李旻晟瞇了下眼睛。「其實翠娘小產這事我聽後也很驚訝，因為誰都不知道翠娘懷孕，就傳出她小產的消息。我都能打聽到的事情，皇后娘娘會不知曉嗎？這若是被皇后拿出來責問賢妃娘娘，莫名其妙就少了個皇帝子嗣，怕是賢妃娘娘是開脫不了的……」
他頓了下，繼續道：「而且當下後宮倒是有位正兒八經的懷了孕的貴人，是小李美人，賢妃娘娘庶出叔叔的女兒，她和翠娘年紀差不多。」
李小芸臉色更差了。「難不成賢妃娘娘還想留著翠娘替他們家小李美人生兒子嗎？可是翠娘懷孕這事皇帝不知道，誰伺候過他，難道皇上也不曉得？」
李旻晟尷尬地咳嗽一聲。「小芸，聖上一天到晚公務繁忙，晚上嘛……後宮美女如雲，有時候喝了酒召誰侍寢，還真有可能是記不住的，全憑賢妃娘娘一面之詞。」
他頓了片刻，勸慰道：「不過翠娘應該是無礙的，她小產的消息不知道被誰傳出來，內務府開始查了。據說太后娘娘還插手了，所以翠娘的安全反而能得到保障，就是可能會得罪賢妃娘娘。她本是賢妃娘娘的人，知道她懷孕的也唯獨賢妃娘娘，可是賢妃娘娘卻不知出何原因將她藏起來養著身子，這本就是犯了天家忌諱。當初賢妃娘娘幹這事的時候怕是並非密不透風，興許皇后娘娘那頭的人明知道卻不說，就是等今日出事用來打擊賢妃娘娘的。」

李小芸深深地嘆了口氣。「這後宮女人真是……李大叔不也是靠著鎮國公府嗎？咱們李家村，豈不是……都和鎮國公府脫不了關係？」

李旻晟皺起眉頭，看向李桓煜。

他記得這孩子是同靖遠侯府家的嫡孫一起回京的。

李桓煜倒也同他目光相撞，淡淡地說：「你放心吧，我不會和歐陽燦說什麼；不過有句話我可以告訴你，燦哥兒根本不想知道這些事情。靖遠侯府嫡出孫兒出類拔萃，什麼事都不需要做就挺好的，真正需要著急的是鎮國公府吧；畢竟名不正，言不順，女兒再如何尊貴也不是正宮娘娘，五皇子上面還有哥哥壓著呢。」

李旻晟沒有同他爭。李家村若是能巴結上靖遠侯府自然是最好了，可是當初的際遇卻是投靠了鎮國公府。

李小芸心裡也覺得這件事情做得草率。

李桓煜見一個翠娘就讓李小芸待李旻晟熱上三分，有些不高興地挽住她的胳臂，爭寵似地看著她。「不就是一個李翠娘嗎？我回頭見了燦哥兒和……」他頓了下沒有說出六皇子回京的事情，雖然這件事情並非什麼秘密，李桓煜卻不是嘴鬆之人。

李小芸有些不好意思地拉開他的手。「嗯嗯，知道了，這不是你前陣子不在嗎？」

李桓煜聽到此處，故意說道：「也罷了，我不在的時候妳求助下二……李大哥可以理解嘛；現在我在了，這件事就不勞李大哥跟進了。」

既然小芸都叫二狗子李大哥，他和小芸是一起的，也就改口了。

李旻晟抿住唇角，想起什麼，淡淡開口。「小不點不回西河郡軍營啦？」

四周瞬間安靜下來，李桓煜原本的好心情跌入谷底。

李小芸一想到李桓煜待不了幾日就要離開，胸口溢滿濃濃不捨。

李桓煜氣炸了，看向李旻晟，胡言亂語道：「是要走呢，小芸和我一起走呢。」

這次換李旻晟驚訝了。

他看向李小芸，問道：「妳要離開京城嗎？不是說要在京城大幹一場，振興顧繡？」

李小芸頓時支支吾吾的不知道該回什麼好……她若是戳穿李桓煜的話豈不是讓他下不了臺？到時候又搞成昨日那種慘狀。

她猶豫片刻，垂下眼眸道：「京城水太深了，我和師父沒有背景，也毫無門道，或許不會留下來吧？」

其實這也未必是假話，如今夏子軒不願意過繼到顧家的兒子和自個兒有牽連，一直想讓她們徹底離開京城呢。

李旻晟面上不由得染上一抹失落的情緒，他嘆了口氣道：「雖然我一直想彌補當年的事情，但妳卻不肯給我機會。」

李小芸心底一慌，生怕李桓煜又誤會什麼。「李大哥，我和師父進京後，你給予我們的幫助太多了……切莫說這種話。」

她見李旻晟表情不對，揚聲喚來門口丫鬟。「去吩咐廚房備飯吧，眼看著就快晌午了，李大哥留飯嗎？」

李旻晟莫名覺得李桓煜和李小芸的姊弟情深略嫌刺眼，於是搖搖頭道：「還有事，先走了，我也是一打聽到翠娘消息，就趕緊過來的。」

李小芸心底暖暖的，剛要說些感謝的話，李桓煜就大步上前道：「那我和小芸就不送了。翠娘的事情如今既然鬧開了，我直接尋燦哥兒問就是了，反正他還要進宮的，沒必要再託他人。」

李旻晟一怔，什麼都沒有說。

他朝李小芸點了下頭便離去，孤單的背影被遠處的日光拉得特別長……

見他走後，李小芸忍不住埋怨道：「你這是幹什麼？好歹李旻晟真幫了我們不少忙呢，他……不是個壞人。」

李桓煜此次沒有反駁她，目光從她的前額向下看著，一直看到白淨的脖頸處。

李小芸莫名覺得害臊，羞憤道：「看什麼，我稍微給你好臉色你便又開始想搗蛋了吧？」

李桓煜一怔，輕聲道：「我只是在想，要如何把我親手雕的一枚玉墜，給妳戴上？」

李小芸愣住，只見李桓煜手心一晃，上面就多出了個紅色玉墜。

他撓了撓頭，認真道：「我手工不好，閒暇時和燦哥兒一起練著玩的，不敢用好玉，妳別嫌棄就是了。」

李小芸胸口暖暖的，望向李桓煜，竟是感動得閃出淚花來。

李桓煜頓時有些尴尬起來，他扭著頭左看右看，故作不在意地說：「妳知道嗎？那個……傳說中的歐陽穆大將軍最擅長的是什麼？」

李小芸笑了一聲，順著道：「擅長什麼？難不成是木工？」

李桓煜認真地開口道：「就是這個，是雕刻。」

「你胡說吧？」

她伸過手拿起那枚紅色玉墜。這陣子以來，有很多人送給她好看的飾物，卻是第一次有人親手為她製作呢。這枚玉墜是橢圓形的，上面隱隱有著淡黃色痕跡，一層一層，上方有一個圓形眼，用來串繩子。

「瞧你雕的，一點都不圓。」李小芸嘴上說著嫌棄的話語，笑容卻異常甜蜜。

李桓煜看得有些發癡，隨口道：「我本來雕的就不是圓，明明是……」

他頓了下，臉上一熱，心裡偷偷想著——明明雕的是心形嘛，小芸果然是笨蛋！

「你跟誰學的？」李小芸越看越喜歡，這分心意令她感動不已。

「歐陽穆大哥……我和燦哥兒都是他徒弟。他雕的可好了，尤其是鷹，跟真的似的。」

李小芸不可置信地說道：「真是歐陽穆大將軍？」

李桓煜用力地點了點頭。「歐陽大哥其實挺專情的，他這次進京就是因為一個女孩，據說他等那女孩好些年，現在女孩開始議親了。」

「不知道是京中哪位貴女？」李小芸好奇道。

歐陽穆在他們漠北就是個傳奇呢。

據說這人性子冷淡，對待敵人不擇手段，冷酷無情，居然會有心儀的姑娘？而且看起來還心儀了許多年……

「戶部左侍郎陳宛的女兒，陳諾曦。」

李小芸徹底呆住。陳諾曦她見過呢，可是感覺並不好，總覺得此女心思迂迴，和其他人不一樣。

「為了陳諾曦，歐陽大哥好多年前就躲開同駱家女的娃娃親，離家出走了呢。」

李小芸愣了片刻道：「好多年前……歐陽穆怎麼也要大陳姑娘八、九歲呢，現在陳姑娘不過才十五、六歲，豈不是很早就惦記上人家了？」

那時陳諾曦才多大啊……她沒好意思多言，李桓煜也有些尷尬，良久才道：「反正……歐陽大哥待我挺好的。」

「嗯，人家待你好，我們就加倍還回去。」

李桓煜笑著應聲，認真地看著李小芸，問道：「妳喜歡嗎？我第一次做……」

「喜歡，可喜歡了。」李小芸誠心笑著，還未回過神便感到一雙手覆蓋在她的手上。

「我幫妳戴上。」李桓煜從她手心裡拿起繩子，小心翼翼地探著頭，認真地給她戴上。

他的身材高大，李小芸的前額正巧抵著他的下巴，一陣冷風吹來，她莫名起了一身雞皮疙瘩。

完蛋了，她對於李桓煜的氣息似乎越來越敏感了，這該如何是好？

「小芸……」李桓煜的聲音在耳邊響起。

李小芸不好意思地抬起頭，暗紅玉墜襯得她光滑無瑕的臉龐越發白嫩起來。

「真好看呢，下次我再去找歐陽大哥學習學習，幫妳做好看的頭飾，還有腳鍊……」

說起腳腕處的飾品，也太過親密了，李小芸莫名紅了臉頰，沒敢應聲。

此時門口傳來腳步聲。

李小芸急忙後退幾步，同李桓煜拉開距離，揚聲道：「嫣紅？」

「奴婢在。」

「可是有人來了？」李小芸問道。

「是顧安來報，有人來尋桓煜少爺。」

李小芸一怔，同李桓煜對視一眼。「可知道來人是誰？」

「說是桓煜少爺的侍衛，姓夏，叫夏凝。」

李小芸再次看向李桓煜，見他點了下頭，道：「好吧，把人帶到大堂。」

她見李桓煜頭髮凌亂，忍不住上前幫他打理一番，整理好衣衫，一起走向大堂。

「夏凝是誰？你軍中同僚嗎？我命人備點吃的。」

「不用了，是我屬下，我現在也算是小隊長呢，直屬於歐陽穆將軍的第十小隊。」

李小芸哦了一聲，雖然不曉得李桓煜在說什麼，還是笑著稱讚道：「好棒呢。」

「嘿……」李桓煜笑了，渾身充滿了幹勁，這些日子來不斷的努力似乎有了回報，就是為了小芸一句肯定。

「那你們聊，我就不進去了。」李小芸擔心對方來尋桓煜是有軍中要事，她不方便聽。

李桓煜深感小芸的體貼，雖然有些不捨，還是點了點頭。

他走進大堂，關上屋門，道：「夏凝，你怎麼直接尋到這裡的？」

夏凝行禮，回道：「歐陽燦公子給的住址。」

「可是有要事嗎？不是說咱們不用進京？」

起初他對於不能進京很是遺憾，一直以為李小芸在京城呢，如今他好不容易和李小芸重逢，自然巴不得不需要他進京。

夏凝猶豫片刻道：「小將軍，六皇子他們出事了。」

李桓煜一愣。「怎麼了？」

「具體情況不知，但是俘虜丟了，歐陽大將軍認識城門外的都督，直接令人提前宵禁尋人。」夏凝越說越是愁苦。

「這是何時的事情？」李桓煜皺了下眉頭，問道。

「昨日。」

「那麼現在呢？」

夏凝嘆了口氣道：「尋人時發現五皇子調了宮內禁衛軍，一起進行搜捕。」

「什麼？這同五皇子有什麼關係？他算什麼？」

夏凝也有些氣憤。「歐陽燦公子也是極其氣憤的，一早便去了東華山尋皇后娘娘說話去了。」

李桓煜哦了一聲。「果然和後宮有關係嗎？」

夏凝點了下頭。「從始至終，知道實情的唯有聖上；好吧，或許聖上底下的勢力也曉得，所以才會知會五皇子。但是聖上可能意在打擊歐陽家，卻不曉得此舉實在太讓人寒心。」

李桓煜冷哼一聲。「可不是？我們抓了人，歐陽大哥以此為六皇子造勢，並且為了躲開細作監視，明暗兩路進京獻俘。一路上我和燦哥兒經歷了多少危險六皇子是看得到的，可是他親爹卻想捧另外一個兒子，實在太傷六皇子的心。這功勞本是我們送給六皇子的，如今皇上想冠在五皇子頭上，他以為這是不想給靖遠侯府功勞，但何嘗不是傷了六皇子的名望？」

夏凝點頭應聲。「歐陽燦公子一生氣就上了山，我攔也攔不住，這才來尋您。」

李桓煜當機立斷道：「我知道了，此時萬不能動怒，我去尋燦哥兒。」

說完就去後院和李小芸道別，準備離去。

李小芸沒承想他這麼快就要離開，一路小跑著送他，時不時叮囑著什麼。

夏凝這才意識到眼前的姑娘便是李桓煜名不離口的李小芸呀。

他忍不住多看了幾眼，便覺得有一道銳利的視線投向他，似乎極其不滿。夏凝急忙撇開頭，不由得笑出聲，李桓煜這乾醋吃得太沒道理了吧。

李小芸總覺得什麼都還沒有和李桓煜說，他就要走了。

她越發埋怨自己不珍惜同李桓煜相處的時間，眼眶發紅。「對了，新哥兒如何？師父很惦記他呢，瞧瞧你我，都沒顧上這件事，本來還想著吃過飯後帶你去見師父的……」

李桓煜回過頭，右手拂過李小芸的側臉。「新哥兒一切安好，只是現在還無法回家看一趟，幫我和李蘭姊姊說一聲。小芸等我，我還會回來的。」

李小芸連連點頭，也忘記拍開臉上那放肆的手掌。

他們走到大門口，李桓煜胸口湧上濃濃的不捨情緒，他大步上前將李小芸擁入懷裡，輕聲說：「別忘了我。」

李小芸一怔，滿臉通紅，兩隻手抵著他的胸膛，卻沒有用力推開他。

「不許再見李旻晟，不許……」李桓煜用力道。

李小芸本還想反駁兩句，終究抵不過即將分別的難過，硬是忍了下來，哽咽道：

「好……」

「給我寫信！」

李桓煜大步轉身上馬，揚起馬鞭狠狠一甩，馬蹄飛揚，甩出一片塵土。

李小芸一動不動，遙望著那個越來越小的身影，眼角落下了兩行清淚。

闊別許久，他們才見了兩日。

但是這兩日，卻是她生命裡最為甜蜜的日子……她右手撫上胸口，摸了摸墜子，輕聲唸著。「桓煜。」

或許，我也心悅你吧……

第四十五章

李桓煜快馬加鞭，根本不敢回頭。

他怕一回頭就走不了……他的眼眶發乾，迎面而來的冷風刺得皮膚發疼。

他不停告訴自己，再一次的分開，是為了更好的見面。

他趕到東華山腳下。

由於歐陽燦拜見貴人並未提前說好，所以此時也在山腳下和侍衛亂發脾氣，虛張聲勢胡鬧著。

李桓煜朝他快馬走過去。「燦哥兒，你幹麼呢？」

歐陽燦臉色發沈。「不幹麼，就是想進去見一眼姑奶奶。」

「你瘋了？皇帝不在山上，你此時臭著臉上山若是被人知曉指不定會被傳成什麼樣子，咱們回去說。」

歐陽燦黑著臉，不甘心道：「你知道嗎？小六從小就是在我們家長大的，聖上不疼他就算了，姑奶奶居然也狠得下心。如今兩國開戰，為了這個俘虜，我們一路小心，甚至分了明暗兩路，生怕西涼國細作把人救回去；但是到了最後，我們防住了細作，卻防不住自己人！」

李桓煜抿著唇角，安撫道：「我也替六皇子不值，明面上是六皇子護送俘虜，一路受了那麼多罪。」

歐陽燦咬住下唇。「你知道我最氣的是什麼嗎？其實今日俘虜已經抓回來了。」

「哦，那是說問題解決了？」

「本來就沒什麼問題。」歐陽燦氣忿地道：「可是老百姓的聲音都變了——有功之人倒成了有勇無謀之人，很多人甚至謠傳六皇子護送俘虜失敗，反要靠五皇子把人找回來。」

李桓煜的火氣也上來了，怒道：「這五皇子倒是有幾分本事，真是他抓回來的？」

「有個屁本事！」歐陽燦憤慨道：「分明是他的人來劫走俘虜，好在我兄長也不是好糊弄的，這才用了不到一日就尋到人給抓回來。可是事情驚動了宮裡錦衣衛，如今姑奶奶卻是在東華山，京城裡只有聖上和賢妃娘娘，朝堂風聲還不是他們想如何編排，就如何編排？」

李桓煜臉色一沈，深思片刻想通了其中關鍵。

抓沒抓到、誰抓到的不是重點，重點是俘虜丟過，全民皆知，所以找回來的就算是六皇子也無人關注，五皇子帶兵巡城的事卻是所有人親眼目睹，於是某些刻意的謠言裡，便成了五皇子的大功。

「他到底幹了什麼？帶著禁衛軍溜達一圈？」歐陽燦嘲諷道。

這功勞本是煜哥兒的，如今讓給六皇子無所謂，他們都是好兄弟；可是偏偏被五皇子撿了個大便宜，實在是太可恨了！

李桓煜倒是心情尚好，他對這些都不甚在意。

想要軍功的最終目的也不過是為了給李小芸掙臉面，他才和李小芸待了兩日，已經很滿足了。

此時身後傳來聲音。「報——」

李桓煜和歐陽燦一同回頭，入眼的是一名宮裡內侍。

「皇后娘娘有令，兩位公子隨我入山吧。」

李桓煜和歐陽燦都跳下馬匹，對視一眼，跟隨內侍上山。

李桓煜見歐陽燦仍一臉忿忿不平的，靠近他小聲道：「燦哥兒，你莫不是打算指著皇后娘娘的鼻子問，六皇子到底是不是妳兒子啊？」

歐陽燦掃了他一眼。「去你的。」

「那你見皇后娘娘有何用意？」

「表達憤怒。」歐陽燦小聲道：「其實我也不是一時衝動。你曉得，這世上知道我兄長蹤跡的人只有一個人而已。」

李桓煜瞬間瞭然。「皇上？」

「可不是嗎？所以……根本不需要去查什麼『西涼國細作』。聖上真是不遺餘力幫助五皇子造勢，我兄長之所以將蹤跡告知皇上，還不是因為身為臣子，不可能瞞著聖上進京。其次嘛……我們琢磨著六皇子好歹是聖上親生兒子，這功勞又不是冠在我們歐陽家身上，冠在他兒子身上他會不樂意？」

李桓煜冷哼一聲。「兒子也有分親疏的。」

他不由得想起小芸，她和李小花還不都是李村長的女兒，可是李村長卻很偏心呢。

「歐陽大哥知道你來？」

歐陽燦點了點頭。「都被人欺負到了眼皮子底下，難道我們家不該放肆一些嗎？若是這都能忍下，聖上怕是更不放心呢。」

李桓煜哦了一聲，心裡多少有些明瞭。

歐陽家手裡攥著的功勞就這麼沒了，搞不好還變成一場斥責；若是沒有一點反應，反而令皇上深感惶恐，暗道歐陽家隱忍心機深。

如今燦哥兒來皇后面前哭訴一番，反而能讓皇帝感嘆一句歐陽家的嫡孫也挺沈不住氣的……這就受不了了？

在眾人耳目下，歐陽燦一臉憤怒地進了皇后娘娘的院子。

皇后娘娘果然是遣走所有人，獨留下歐陽燦和李桓煜說話。

外人都猜測三個人在裡面說什麼？卻不知道屋內的景象令人瞠目結舌——

歐陽燦坐沒坐樣子地一連吞了三塊南瓜餅。「姑奶奶，這餅可真軟，可是好像沒放糖……」

歐陽雪眼底帶笑道：「怎麼餓成這樣？瞧瞧人家桓煜，可是比你像個世家子弟呢。」

咕嚕一聲，李桓煜的肚子不爭氣地叫了一聲。

歐陽燦一愣，大笑出聲。

歐陽雪看著他們兩個年輕的臉龐，有種莫名想要寵溺他們的衝動。「吃吧吃吧，就知道你要來鬧，一早令人做了好多糕點擺在桌子上。」

李桓煜心想反正已經如此丟人，就不怕更丟人了。

於是他不再客氣，也開始吃起甜點，心底仍有一絲遺憾。

唉，本是要和小芸一起吃頓「甜蜜」的午飯，沒承想卻被俘虜這事攪黃了……

東苑那頭，太后自然是第一時間得到李桓煜去見皇后娘娘的消息，她坐立不安，喚來服侍的王氏問道：「妳說我要不要宣桓煜過來說話呀？」

王氏頭皮一陣發麻……

「娘娘，您若是宣他們也要有個理由吧？」

王氏心裡想著，太后娘娘見到李桓煜的情緒太過強烈，還是別見了吧？

昨日差點被棗核卡了喉嚨，現在回想起來都是一身冷汗，她的腦袋差點就沒了呢。

「不好不好，我怎麼沒理由宣他了？妳忘了昨日是誰救了我一命？」

王氏頓時無語……拍出太后娘娘喉嚨裡的棗核也能算救命之恩？

她不敢違背太后娘娘的命令，順著她話道：「那麼娘娘，要不然奴婢就藉這個由頭去派人宣小主人過來吧?」

太后娘娘嗯了一聲,又急忙搖搖頭。「等等……我再想想,嗯想想。」

王氏無奈地立在一旁,這不知道會想到什麼時候?

太后娘娘抬起頭。「他們兩人是因何上山呀?我若是幫煜哥兒出口氣,他會不會對我印象好一些呢?」

王氏一陣沈默……良久才說:「娘娘,您也曉得的,此次皇上就是故意要捧五皇子,他對於之前那場大病一直心有餘悸,為此連四皇子都可以捨下;他怕是對皇后娘娘所出的幾個兒子都不喜歡,尤其是同靖遠侯府親近的六皇子。」

「嗯,我曉得,不過我若是想教訓孫兒,手段也多著呢。」

太后淡淡說道,似乎已經有所決定。

如今對她來說最為重要的是李桓煜,她要留給他好印象,日後等他得知身世後才可能同她親近。

至於昨兒個李桓煜主動提起想要娶李小芸為妻,已經讓李太后自欺欺人地遺忘了。

她一定是聽錯了,嗯,聽錯了……

王氏心知改變不了太后的決定,便道:「那麼娘娘……奴婢這就去宣小主人吧。」

太后點了點頭,又搖了搖頭。「小廚房今日做了些什麼?桌子上都沒有點心,稍後煜哥兒來吃什麼?」

王氏急忙道：「奴婢立刻去吩咐，然後私下派人去給皇后娘娘口信，定讓太后娘娘有機會見到小主人一面。」

王氏左思右想，怕其他人轉述會生出事端，決定親自去皇后娘娘那裡要人。

她帶著兩名宮女，命人將新鮮蔬果放在托盤裡，拿過去分給皇后娘娘一些，順便「意外」得知歐陽燦和李桓煜在皇后娘娘的院子裡。

王氏假裝驚訝，自言自語念叨起來昨日李公子「英勇」救太后的事情。

她假裝思索片刻，主動開口和皇后娘娘內屋的夏氏提及，想請李公子去東苑那裡坐一會兒。

夏氏對於太后娘娘的心思自然十分知曉，便立刻稟了皇后娘娘。

歐陽雪倒也沒有多做為難，見王氏沒有提及歐陽燦，便主動留下歐陽燦，放李桓煜離去。

李桓煜心裡嘀咕半天，他可不想去見太后娘娘……

歐陽燦見他牛脾氣上來，輕輕戳了他一下。「太后娘娘欠你人情還不好呀，你忘了之前請求的事情？」

李桓煜一怔，立刻來了精神，可不是嘛？太后娘娘還欠他一個回覆，他本該主動去討呢。

如此，他便愉悅地同王氏離開了西苑。

王氏見李桓煜十分配合，懸著的心放下大半，囑咐道：「李公子，稍後見到太后娘娘可千萬別失禮呀，太后娘娘覺得和李公子特別有眼緣呢。」

李桓煜渾身起了一陣雞皮疙瘩，卻不敢得罪王氏。「太后娘娘福運齊天，若是可以入了娘娘的眼，也算是我的福氣。」

王氏點了點頭。「李公子晚上想吃點什麼嗎？怕是娘娘會留你吃飯。」

李桓煜猶豫片刻，歐陽燦若是沒大事，他還是想回去同小芸多溫存幾日呢。

王氏見他面露躊躇，又道：「稍後若是娘娘主動提起，李公子萬不可像現在這般不情願，太后娘娘是貴人，貴人們高看我們是福氣。」

李桓煜哦了一聲，若是太后娘娘能把他和李小芸的婚事辦妥，他也是可以好好犧牲下自己奉承對方。

王氏見他不語，以為是懂了，兩個人各懷心事進入東苑。

李桓煜已經是第二次覲見太后娘娘，大規矩都懂，所以一切順利，連開場白都和上次一樣。

李太后端坐在軟墊子上。「煜哥兒，你走近些，讓我看得清楚點。」

李桓煜嗯了一聲，覺得太后娘娘偶爾流露出的過分親近讓人不適應，不過他還是聽話地上前。

李太后的呼吸隱隱有些不暢，先前礙於歐陽燦也在，她都是遠遠看著她的姪孫兒，此時一想到姪孫兒就在眼前，他們李家的根沒有絕，竟是有些忍不住地紅了眼眶。

她抬起頭，透過大門望了下院子。

王氏立刻退出去，同時將大門緊閉，自己在屋外守著，還吩咐人守著院門。

李太后吸了吸鼻子道：「你上來坐吧。」

李桓煜渾身一僵，暗道，這老太婆莫不是有什麼怪癖好吧？

他的背脊發涼，咬牙走了上去。

太后娘娘往墊子左側移了移，竟給他留出了個空位。

李桓煜總覺得於禮不合，但還是慢吞吞地坐了上去，頓感非常古怪。

沒一會兒，一隻年老的手掌就覆了上來，摸著他的臉頰道：「煜哥兒……桓煜啊……」

……

李桓煜差點揚手拍過去。

他本就生得好看，剛去西河郡的時候遇到過一些奇怪的男人，看著他的目光很是熾熱，起初他不懂，後來還是燦哥兒提醒他，遠著點那種人。

他特意去查過書，這才瞭解「斷袖」兩個字。

可是太后娘娘是個女人，還是個老女人，最主要是他從她的目光裡看不到任何猥瑣的情緒，而是滿滿的、濃濃的，讓人無法理解的關懷。

「你那麼小就去軍中……」太后才開口說了兩句，就哽咽無聲。

他們李家唯一的子嗣，竟被個小縣長逼得參了軍，他這麼小，正應該是肆無忌憚在長輩庇護下胡鬧的年紀呢。

「娘娘……」李桓煜尷尬道，那滿是皺紋的手揉得他臉頰發癢。

「孩子，你說……」太后娘娘收了手，擦了下眼角落下的淚痕。「孩子，你有什麼想要的嗎？你跟我說，我成全你。」

李桓煜頓時所有煩惱都煙消雲散，整個人開心得不得了。

忍辱負重出賣色相就是為了這一刻！

他站起來，往後退了兩步跪地行禮，恭敬道：「屬下確有一事相求，就是昨日……提過的，我想娶小芸為妻，可是她爹是肯定不會同意的，所以……」

啪的一聲，太后忽地用長袖將桌子上的茶杯掃到地上。

王氏立刻破門而入。

李桓煜發愣地抬頭看向太后娘娘，入眼的是一雙沈靜如冰的目光。

「婚姻大事從來都是父母之命、媒妁之言，這件事情我幫不了你。」她字字有力，沒有一點餘地。

李桓煜也沈了臉。「既然如此，太后娘娘便不要再提什麼但凡屬下有所求，便成全於我的話了。」

管你什麼太后娘娘、皇后娘娘，誰都不及小芸對他來得重要。

早知道太后娘娘翻臉比翻書還快，他幹麼忍她那麼久？還不如珍惜在京的時間，回家陪著小芸呢。

太后娘娘深吸了好大一口氣，李小芸是什麼人？

村姑！

她召見她是看在她善待李桓煜的分上，但是並不意味著允許李小芸嫁入李家啊。

李桓煜呢？

未來肯定是要繼承鎮南侯爵位的人，居然三番兩次說要娶個村姑做媳婦……他到底懂不懂得什麼叫做世家臉面？

「娘娘息怒，李公子尚且年少，言辭衝動。」王氏急忙為李桓煜求情。

她深知太后娘娘心裡非常看重李桓煜，表面再如何生氣，心裡都是向著他的；而且她最為擔心的是，李桓煜並不知曉自己的身世，若是因此和娘娘有隔閡，日後煩惱的還是娘娘自己。

太后娘娘不快了，她們做下人的就會倒楣。

太后瞇著眼睛，終於是按下心底的憤怒。「你爹如今是官身，你自己現在也是六皇子的人，你沒想過李小芸或許配不上你的身分嗎？」

李桓煜一愣，冷哼道：「身分？我本是棄兒，無父無母，若不是小芸，現在指不定會長成什麼樣。我不認為我是有身分的人……」

太后咬住下唇，只覺得胸口堵得不得了，「無父無母」這四個字，深深刺痛她的心，但仍不能接受李桓煜這般頂撞。

「你那般喜歡她，喜歡到寧可為了李小芸衝撞於我？」李太后眯著眼睛，硬聲道。

李桓煜想了片刻，跪地道歉。

他心知這群貴人們的脾氣就是南方的雨季，一會兒陰、一會兒晴，他哪怕是為了顧及李小芸，也不能真得罪他們。

李太后見他服軟，微微有些鬆口氣，否則她都不知道該如何訓斥下去了。

李桓煜沈聲道：「娘娘，我和小芸的感情非一日可以說得清楚……總之，我此生追求不多，所做所為全是為了小芸，我只希望她過得好；我若是不看著她，她那麼笨的人是過不好的，所以我願意守著她一輩子。」

太后難掩憤怒道：「瞧你這點出息！」

就知道兒女情長！

李桓煜抿著唇角。「人這一生，各有所求，我只想求個開心。小芸在，我開心；小芸不在，日子過得沒意思。我是不會就這般放棄的，她爹不是好人，我不會讓她爹左右小芸一生。」

王氏見狀只覺得腦門全是汗水。

李桓煜這個二愣子，真是……

她猶豫片刻，道：「娘娘，其實李公子也沒有別的意思。奴婢想了下，若是我從小無依無靠，被恩人所救，自然也是全身心希望她可以過得好，李公子果然是心地純善之人呢。」

李太后臉色緩和一些，從這個角度去思索，李桓煜待李小芸好，反而說明他重情義，並非忘恩負義之輩；可是她還是不甘心，他們李家唯一的男丁，居然要娶個村姑？日後若是李桓煜繼承鎮南侯的爵位，必然是要儘量抹掉曾經的污點才是，李家村、託孤之類的話能不被翻出來就不要提……他倒好，老嚷嚷著要娶李小芸為妻，不是擺明讓朝中大臣嚼舌根嗎？

王氏無奈地看著太后娘娘，心知她生氣也是白生氣。

別看現在太后憤怒異常，過幾日就又會提及李桓煜的好……誰讓李桓煜是她唯一的親人呢？

她自己罵兩句完了，別人卻是一句話都說不得。

搞不好還讓他們做奴才的去請人來見，也不想想她自己今日如何待人家，他們請得來嗎？

李桓煜跪在地上，舉止卑微，態度卻依然不卑不亢，絲毫沒有改變想法的意思。

王氏見狀，開口道：「娘娘，您身子可是累了，不然休息一下吧？」

太后一看到李桓煜那冥頑不靈的樣子就有氣，可是她又怕真說重了，這還沒認親呢就成了仇人。

不管如何李桓煜從小到大受了不少苦，這其中絕大部分都是因為她。她有補償之心，便不忍苛責李桓煜，忍下怒火道：「給煜哥兒騰個屋子，陪我晚飯。」

王氏急忙點頭，李桓煜心裡則有些不踏實。

這老太太沒事吧？一會兒溫柔似水，一會兒冷若冰霜；一會兒慈眉善目，一會兒言辭苛刻，她到底想幹什麼？

王氏立刻讓宮女將李桓煜帶到旁邊院子休憩，安撫他道：「李公子，娘娘是真心想報答你的。」

……李桓煜蹙眉，對此不置可否。

王氏望著李桓煜，柔聲道：「所以她定是覺得李小芸配不上你，才會拒絕；如果你和她說求娶什麼公主、郡主，沒準兒娘娘都會應了你。」

李桓煜無奈道：「王女官，您也覺得我和李小芸不配嗎？我不過是孤兒出身，從小在農村長大，義父雖然教了我唸書，卻也說不上多麼有才，我若真和娘娘求娶公主、郡主，才會令人笑死吧。」

王氏尷尬地咳嗽了一聲。「唉……誰讓娘娘高看你呢？她就覺得你哪裡都是好處，搞不好覺得連公主都配不上你呢。」

李桓煜冷哼一聲，回想起太后娘娘剛才對他「動手動腳」，蹙眉道：「王女官，太后娘娘沒什麼怪癖吧——」他見王氏皺眉，急忙改口道：「我家中其實還有事，想盡早離開。」

王氏急忙把他拉進屋子裡說話。

「我的小祖宗，凡事等晚飯後再說，到時候肯定會放你回去；但是千萬莫在娘娘面前說這種話，娘娘聽到會傷心的。」

李桓煜對此大為不解。「我比較傷心吧？剛才娘娘明明是動怒了。」

「但是後來可是忍下了呢，這要是換作他人，怕是早就一頓刑罰伺候。」

李桓煜聳聳肩，不再反駁什麼，反正太后一聲令下，他如今是走不了的。

「您在這兒睡個午覺吧，宮女就在門口伺候，隨傳隨到。晚飯時稍微哄哄娘娘，您就可順利下山了。」王氏勸慰著。

李桓煜無奈地點了頭，這都什麼事啊？他怎麼就招惹上一個老太太，偏偏這老人還是連聖上都敬重三分的……

王氏安撫好李桓煜，又掉頭回去同太后娘娘稟報。

太后果然心情不暢，看到王氏回來彷彿找到可以傾訴的人，嘮叨道：「妳說我拒絕他還不是為了他好嗎？李小芸什麼身分，她的爹娘都是什麼人啊？日後豈是可以掌管侯府的料？」

「娘娘息怒。其實小主人這般心性可見是懂得感恩的人，若是曉得身世，定會好好孝敬娘娘的。」

李太后冷哼一聲。「就怕日後拿李小芸的話當聖旨呢，我又算什麼！」

「娘娘，其實奴婢覺得，小主人同李小芸感情既然如此好了，您偏要拆散他們，也不是解決的辦法吧。」

俗話說得好，男人有了媳婦忘了娘，更何況太后娘娘從小沒帶過他……當然，王氏是不敢如此說的，那豈不是打了娘娘的臉面？

太后沈著臉，想了片刻，道：「難不成煜哥兒還能真為了個臭丫頭同我鬧翻？」

王氏很想點頭……

「至少在情感上來說，他是戀著她呢。情這個字，不好講，小主人他爹不也是情深意重之人？」

李太后嘆了口氣，幽幽道：「妳同我提那個孽障，又是為何？」

王氏垂下眼眸。「娘娘，李小芸身分卑賤，但這無外乎是外人一句話的事情。這世上人的身分高低，不全是在您和聖上掌控之下嗎？您若是當真想提拔李小芸，還怕她上不來？」

「提拔她？」太后不甘心地咬住下唇。

「我幹麼提拔她？她能給煜哥兒帶來什麼？我明明有更好的選擇，現在皇上和歐陽家鬧翻，於我們李家來說是最好的局面了，我倒是好……偏偏還要去奉承一個小丫頭嗎？」

「娘娘，這小丫頭不是外人啊，她是小主人喜歡的人。您也常念叨，小主人過去生活得不容易，那不過就是個丫頭，賜給他就是了。說到底兩人是幼時感情好，待日後小主人大了，沒準兒還看不上李小芸了呢，沒必要現在為了這件事情同小主人鬧翻吧？」王氏語重心長開解道。

太后往日裡是個明白人，不過是事情擱在自己身上有些想不通。

她考慮再三，賭氣道：「那我暫且應下？不過李小芸絕對不能當侯夫人，世家媳婦誰會和她來往啊……」

「娘娘，這不都是後話嗎？小主人又不是明日就要成親了……」王氏被太后嘮叨得頭皮發麻。

「好吧！我暫且就依了他！妳去把桓煜喚來……」太后突然道。

王氏傻眼道：「娘娘，您晚飯時候告訴他便是。」

「不好，煜哥兒現在指不定如何編排我呢，現在就要告訴他，不能讓他誤會我。」

太后娘娘小孩脾氣上來了，王氏只好再次折返去請李桓煜。

她一邊走一邊心裡抱怨，什麼怕人家誤會，明明是怕自己被討厭吧。

李桓煜才坐在床邊一會兒，就聽到門外響起了王氏的聲音。他詫異地走出來道：「女官大人，難道是決定讓我走了嗎？」

王氏笑道：「太后娘娘重新思索方才你提出來的事情，覺得似乎也並非不可行，特來讓我請你過去。」

李桓煜一怔，臉上揚起雀躍的笑容。「是……關於小芸的……嗯？」

他有些害羞，眼睛亮亮的。

王氏看著他難以控制的開心，不由得搖搖頭。

若是李桓煜最後真娶了李小芸，怕是娘娘以後少不得會碰軟釘子。

太后好像期待被表揚的小孩似地坐在內屋等著李桓煜來。

李桓煜才進屋，她就揚聲道：「煜哥兒你過來，方才是我有些事情沒想通，你能在養父功成名就後還依然保持純樸的心境，惦念著小時候對你有恩的女孩，這是好品德啊。」

真是什麼話都被您說了……李桓煜在心裡暗自念叨。

「李小芸的事情我會幫你……但是總要等你大些了再說吧。」

李桓煜立刻唇角揚起。「多謝太后娘娘恩賜。」還不忘記奉承道：「娘娘，您真是個好人……」

李太后望著這張像極兄長的面容，胸口彷彿開了一朵花兒。

她心情難得大好，見李桓煜樂著，自己也跟著笑了出聲。

太后多年不曾像今日這般快樂，和李桓煜聊了許多，直到放他下山後，都似乎在回味著什麼。

入夜後，王氏見她坐在床邊發呆，從屋外撩起簾子走進來，笑呵呵地伺候太后娘娘更衣。

「娘娘，一點都不睏嗎？」

李太后一愣，搖搖頭，眉眼帶笑道：「妳覺得不覺得煜哥兒的模樣很像我大哥？」

王氏思索片刻道：「是有些神似呢。」

其實她心裡覺得沒多像……但是太后既然認為像，那麼便是像了。

太后點了點頭。「性子卻不像大哥，反而像是父親。我大哥性子溫和，是家裡難得性情溫和的人，爹總是抱怨他太柔和，卻不知每個弟弟、妹妹都以大哥做榜樣。桓煜長得像他，我就是再氣都忍得下去。」

王氏沒好意思接話，太后娘娘是在給自己找臺階下吧。

「可惜呢，我留不了煜哥兒過夜。」

……王氏無言以對。這要是太后娘娘留下小主人過夜，指不定被外面傳成什麼樣呢。

「娘娘，您好好養好身體，總會等到光明正大喊小主人孫兒的一天。」

「他雖然是我的姪孫兒，卻比其他孫兒還親近；唉……其實我也沒有親孫兒……」她連兒子都沒有，無人可以寄託思念，此時對待李桓煜卻全是真心，只希望他過得好便是。

李桓煜和歐陽燦在山腳下會合，兩個人隨意聊了片刻，歐陽燦問道：「你怎麼還在太后那兒睡了一覺？」

李桓煜蹙眉道：「沒睡成，是太后累了，說要午睡，讓我去旁邊休憩等她問話；可是她又沒睡，就把我叫回去了。」

「太后性格據說挺古怪的，沒把你如何吧？」歐陽燦關心道。

李桓煜面色古怪，怎麼說呢……他沒有好意思告訴歐陽燦，他覺得自己似乎被那個老太太占便宜了。

他抬頭看了一眼夜色，說：「歐陽大哥那兒需要我過去嗎？」

歐陽燦剛想點頭，腦海裡就想起兄長的囑託——吩咐他不許帶李桓煜進京。

雖然他不清楚有何內情，猶豫片刻道：「罷了，你難得和李小芸團聚，暫且放你假吧，我進京去幫大哥處理。」

李桓煜不好意思地撓了撓頭，臉紅道：「燦哥兒，謝謝你呢。」

他們是好兄弟，他也就沒有再和對方客氣。

歐陽燦有些心虛，覺得愧對兄弟，忍不住問道：「你想進京嗎？如果想……我就帶你去。」

李桓煜搖搖頭。「當然不想了！我想，嗯……想小芸呢。」

歐陽燦頓時無語。「你可真是兒女情長呀！」

李桓煜沒理會他的看不起。「什麼兒什麼女的，我只對小芸情長。」

「那就但願你們可以在一起吧。」

「一定會的，太后娘娘也說會幫我，不許小芸她爹輕易將她改嫁他人。」李桓煜攥了攥拳頭，用力道。

歐陽燦哦了一聲。「其實也沒啥可擔心的，待日後老皇帝一死，六皇子當了皇帝，這天下還不是咱們的？你想娶誰都成。」

他說完就沈默下來，兩個人深深看了彼此一眼。

剛才燦哥兒這話是十分大逆不道的，更何況皇后所出的四皇子雖然死了，卻還輪不到六皇子做太子。論起嫡長還有二皇子；若說最被皇帝寵愛的，還有五皇子呢，似乎如何都輪不到六皇子。

那麼，歐陽燦的底氣從何而來？

李桓煜假裝什麼都沒聽到，拉了下馬匹韁繩。「我先撤了，去看小芸。你那頭若是有事隨時派人去尋我，反正你曉得小芸住址。」

歐陽燦應聲道：「代我和小芸問好，你若是真認定了她，早晚大家還是要相處的。」

「必然的……」李桓煜兩腿一夾，快馬離去。

歐陽燦望著他離去的背影，若有所思。

——未完，待續，請看文創風290《繡色可餐》4（完結篇）

文創風 289

繡色可餐 3

國家圖書館出版品預行編目資料

繡色可餐 / 花樣年華著. --
初版. -- 臺北市 : 狗屋, 2015.04
冊 ; 公分. --（文創風）
ISBN 978-986-328-446-8（第3冊 : 平裝）. --

857.7　　104003395

著作者　花樣年華
編輯　余一霞
校對　沈毓萍　馮佳美
發行所　狗屋出版社有限公司
地址　台北市104中山區龍江路71巷15號1樓
電話　02-2776-5889～0
發行字號　局版台業字845號
法律顧問　蕭雄淋律師
總經銷　知遠文化事業有限公司
電話　02-2664-8800
初版　2015年4月
國際書碼　ISBN-13　978-986-328-446-8
原著書名　**《胖妞逆袭手册》**，由北京晉江原創網絡科技有限公司授權出版

定價250元
狗屋劃撥帳號：19001626
網址：love.doghouse.com.tw　E-mail：love@doghouse.com.tw